RELOAD
리로드

리로드 1

초판 1쇄 찍은 날 2010년 11월 19일
초판 1쇄 펴낸 날 2010년 11월 30일

지은이 | 이수영
펴낸이 | 서경석

책임편집 | 유경화
편집 | 이수민

펴낸곳 | 도서출판 청어람
등록번호 | 제1081-1-89호
등록일자 | 1999. 5. 31
어람번호 | 제 8-0021호

주소 | 경기도 부천시 원미구 심곡2동 163-2 서경B/D 3F (우) 420-822
전화 | 032-656-4452 팩스 | 032-656-4453
http://www.chungeoram.com
E-mail | chungeoram@chungeoram.com

ⓒ 이수영, 2010

ISBN 978-89-251-2362-2 04810
ISBN 978-89-251-2361-5 (SET)

• 파본은 구입하신 서점에서 교환하여 드립니다.
• 저자와 협의하여 인지를 붙이지 않습니다.
• 이 책은 도서출판 청어람과 저작자의 계약에 의해 출판된 것이므로,
  무단 전재 및 유포·공유를 금합니다.

RELOAD
리로드

FANTASY FRONTIER SPIRIT
이수영 판타지 장편 소설

CONTENTS

프롤로그	7
제1장	13
제2장	67
제3장	123
제4장	181
제5장	211
제6장	261
제7장	325

프롤로그

붉은 피가 뚝뚝.

나는 그 모습을 지켜보고 있었다.

하얀 뺨에 얼룩이 졌다. 언제나 그녀는 깨끗하고 단정한 외모를 자랑해 왔었다. 울지도 찡그리지도 않는 무표정한 얼굴은 너무 단정해서 정나미가 떨어질 지경이었다. 그렇다. 여자라면 좀 사근사근하고 예쁜 곳도 있어야겠거늘 어찌하여 그녀는 항상 그 모양인지. 나는 그게 불만이긴 했지만 신경 쓰진 않았다. 단순히 그녀의 외모를 사랑한 것은 아니었으니까. 게다가 그녀에게 훌쩍대지 말라, 울지 말라 명한 것도 나였으니까.

루비처럼 붉은빛이 도는 눈동자는 이미 빛을 잃었다.

푸른빛 도는 대리석 바닥 아래서 식어가는 하얀 살결은 아직도 탐스러웠지만 나는 손을 내밀 생각조차 하지 않았다. 아니, 할 수 없었다.

하얀 손목에 흐르는 붉은 피. 너무나 붉어 검게 보이는 그 핏줄기. 나를 저주한 그 입술. 파리하고 창백한 그 입술은 이제 향기로운 숨결을 내뱉을 줄 모른다. 왜? 왜 이렇게 되었지?

"폐하! 이제 끝입니까?"

절규하는 것은 나의 그림자이자 가디언인 메리테인. 그는 그저 석상처럼 굳은 채 앉아 있는 나를 향해 외치고 있었다.

"정신을 차리시옵소서! 적이 바로 코앞까지 다가왔습니다!"

충성스런 기사들이 가슴을 쥐어뜯으며 한탄하건만 나의 무뎌진 심장은 움직일 줄을 모른다.

그녀는 죽었다. 나를 원망하고 조소하고 또 증오하며 죽었다. 그녀가 죽자, 내 심장도 죽었다. 그녀의 아름다운 눈빛은 죽었다. 나를 향해 올곧은 애정을 퍼붓던 소녀는 죽었다. 황궁에서 그녀의 하얀 손은 나를 쓰다듬은 적이 단 한 번도 없었다. 오로지 환멸과 무시, 그리고 증오뿐.

그래, 이제는 안다. 그렇게 만든 것은 나였다. 나도 알고 있다. 그녀의 나라를 멸망시키고 작은 몸을 유린하고 짓밟은 나를 어찌 사랑할 수 있겠는가.

"폐하의 탓입니다!"

누군가 그렇게 외쳤다. 울부짖는 대전 안에는 시체와 죽어가는 자들로 가득하다.

그래, 다 나의 탓이다. 그래서 어쩌라고? 나의 심장은 그래도 움직이지 않는다. 대륙의 반을 차지했던 영광스런 황제였던 내가 지금 개처럼 죽어가는데도 이 마음은 흔들리지 않는다. 그래, 그게 다 무슨 소용이냐. 네가 없는데 권력과 부귀영화가 다 무엇이냐.

안데르.

나의 안데르. 미안하다. 너를 사랑했다.

만약 다시 태어난다면, 아니, 처음부터 다시 시작할 수만 있다면 나는 이 제국의 황관도 버릴 수 있다. 나의 안데르, 사죄하고 싶지만 이미 너는 죽어버렸구나.

나의 작은 천사. 다시 시작할 수만 있다면. 진정 다시 시작할 수만 있다면.

아아, 나의 신이시여, 나를 총애하신 나의 신이시여, 제게 기회를 주소서. 다시 시작할 수 있는 기회를 주소서.

　…고대 데이페론 제국의 초창기에는 수많은 신화와 전설이 난무했다. 이름 모를 무명의 음유시인들과 역사가들이 앞 다투어 신성한 황가의 혈통을 노래했다. 덕분에 무수한 서사시와 영웅담이 현재까지 그대로 전해진다. 이는 국위를 선양(宣揚)하기 위한 고대 국가들이 흔히 취해온 수법 중 하나로, 제국만이 아니라 당시 제국과 팽팽한 다툼을 해왔던 대륙의 고대국가 역시 마찬가지로 스스로를 신의 후손이라 칭했다. 그럼에도 불구하고 제국의 황가신화(皇家神話)가 오랫동안 연구가들 사이에서 거론되고 있는 까닭은 데이페론 고제국(古帝國)의 신화가 유형을 좀 달리하고 있기 때문이다. 특히 신의 피를 받아 이능(異能)을 발휘했다는 황가의 신화는 아직까지도 전쟁신 카자르 엔더의 신전 벽 서적에서도 그대로 전해진다. 전신(戰神) 카자르 엔더의 후손이라 자처했던 황족들은 하루 이틀도 아니고 수천 년에 걸쳐 자신이 인간이 아니라 신에 가까운 존재라 칭했다. 모든 것을 무력으로 짓눌렀던 고대 사회

에 있어서 이들 지배층의 신격화는 드물게도 중앙집권적인 체제를 확립시키고 신정일치(神政一致)의 고대제국을 강화시켰다. 고대 데이페론 신화에서 전쟁의 신 카자르 엔더는 무력을 상징하는 잔혹한 신으로 전쟁, 다툼, 이성과 광란을 동시에 상징하는 신이다. 이 신의 자손을 자처한 데이페론 황족들은 태어나면서부터 잔혹하기 그지없어서 인육(人肉)과 인혈(人血)을 즐기고 근친상간을 당연시했다. 이복 남매끼리의 성혼이 흔한 것은 아마도 혈통 보전을 위해서였겠지만 그 때문에 정신착란과 광기는 도를 더했을 것이라 생각된다. 특히나 제국황실사록을 저술한 모이페이 박사의 견해를 따르자면……

—데이페론 제국서기(帝國敍記) 제1장 신협의 황가

룬그렌 필고어 著

CHAPTER 01

RELOAD

 안녕하십니까? 제 이름은 에티르. 위대하시고 대단하시고 엄청나신 유그 폐하의 가디언 2번입니다. 통칭 그냥 2번이라 불립니다만 사실 제 이름은 에티르이지 말입니다. 가끔 조금 억울하긴 합니다만, 그래도 만날 얻어터지는 대장보단 낫지 말입니다.

 서는 위대하시고 엄청나신 폐하보다 이틀 먼저 태어났다는 이유로 가디언으로 선발되어 오랫동안 교육받고 얻어맞은 뒤에 가디언 2번으로 임명되었습니다. 그리고 열심히 열심히 살아왔던 것입니다. 그리고 요즘은 열심히 열심히 얻어맞고 있습니다. 쪼금, 아주 쬐금 억울하긴 합니다만 그래도 폐하가 좋으니 할 수 없지 말입니다. 우리 폐하는, 좀 쪼잔하고 치사하고 무식하고 잔인하고, 술고래에 마약쟁이에 가끔 사람 죽여 피도 마시지만 그래도 우리 폐하란 말입니다. 우리 엄마, 아빠가 꼭 폐하 말을 잘 들으라 했지 말입니다. 빌어먹을 교관들은 모두 다 폐하를 잘 섬기지 않으면 벼락 맞아 죽을 거라 그랬지 말입니다. 그래도 제 생각에는 벼락을 맞는 거보다 우리 폐하에게 채찍으로 얻어맞다가 소금 뒤집어쓰는 게 쬐끔 더 아픈 것 같지 말입니다. 그런데 얼마 전부터 우리 폐하가 엄청 이상해졌지 말입니다. 글쎄, 글쎄! 저희 생일을 챙겨주시지 말입니다! 생일! 생일! 우리 엄마 아빠도 챙겨준 적 없는 생일을 말입니다. 물론 생일은 안 맞지만 그래도 생일잔치를 하라 하시다니! 우리 폐하가 미쳤지 말입니다!

⚜

"펠리오르님!"

그는 현기증으로 비틀거렸다.

그를 부축하면서 누군가가 시끄럽게 외쳤다.

"괜찮으신 겁니까? 어지러우십니까? 어디 부상이라도?"

왕왕 울리는 소리가 너무도 시끄러워 욕지기가 났다. 머리가 빙빙 돈다. 그는 헛구역질을 하는 대신 명령했다.

"닥쳐."

부축하던 자가 흠칫하며 뒤로 물러섰다. 그는 관자놀이를 누르면서 뒤를 돌아보았다.

이게 뭐지? 시야에 생각지도 않은 얼굴이 나타났다. 하얀 얼굴에 둥근 뺨을 가진 청년이 그를 물끄러미 바라보고 있었다. 토끼처럼 놀란 눈이 우습다. 진흙 범벅인 갑옷이 몹시도 무거워 보이는 청년은, 아직 스무 살 남짓한 애송이였다. 주근깨가 남은 뺨이 특히나 어려 보인다. 뭐냐, 이거? 건방지게 이 몸 앞에서 알짱대다니. 그는 작게 뇌까리다 말고 유달리 낯익은 주근깨에 주목했다.

청년은 거구였다. 안 그래도 큰 그보다도 거구다. 어깨는 도끼자루 서너 개 얹을 정도로 넓고 근육질인데 뺨은 동그랗고 주근깨까지 얹혀 있다. 이런 이상하게 생긴 놈은 그가 아는 한 하나밖에 없다.

"설마 메리의 아들이냐?"

이 자식이 나 몰래 애를 낳았나? 그는 멍하니 중얼거렸다. 가디언 메리테인은 그의 명령 없이는 아이를 낳을 수 없는 몸이었다.

"아들이라뇨? 대체 무슨 소리를 하시는 겁니까? 역시 취하신 거죠?"

낯익은 얼굴의 청년이 그를 움켜쥔 채 큰 소리로 쩌렁쩌렁하게 외쳤다.

그는 그 서슬에 절로 휘청거렸다. 얼마나 흔들어대는지 속이 울렁거렸다. 이건 분명히 숙취다. 그는 입안에서 올라오는 술 냄새에 미간을 찌푸렸다. 아, 머리 아파라.

"주인님! 제가 몇 번이나 말씀드렸습니까? 술과 피를 동시에 드시지 말라니까요!"

익숙한 잔소리. 익숙한 어조. 너무나 익숙한 말투에 그는 멍하니 둥근 뺨의 청년을 바라보았다. 이게 무슨 일이야? 저거 누구야? 저거 메리 맞아?

그는 멍하니 고개를 들어 주변을 살펴보았다. 방금 전까지 그는 피로 물든 대전 안에 있었다. 옥좌에 앉아 죽어가는 신하들을 내려다보며 썩어가는 안데르의 시신을 옆에 끼고 역도들의 칼부림에 죽어가는 중이었다. 손바닥에 스며들던 음습한 한기가 아직도 선명히 남아 있다. 한데, 지금 그의 손에 묻은 것은 진흙이다. 그리고 넘치는 피 대신 두통을 동반한 숙취만이 남아 있다.

"역시 잠이 부족하시군요. 알고 있습니다. 어제 술을 너무 드셨습니다. 제가 몇 번이나 말하지만 폐하는 한번 술을 드시면 꼭 열 병을 채우는 게 문제입니다. 맥주라면 모를까, 실레카주를 열 병 드시고 전투에 임하시다니! 아무리 신족의 혈통이라시지만……!"

"아가리 닥쳐!"

익숙한 문장이 절로 새어 나왔다. 그 잔소리에 머리가 깨질 것만 같았다.

"헉."

겁먹은 듯 고개를 숙이긴 했지만 그는 메리테인이 입을 삐죽거리고 있을 거라 확신했다.

왕궁에서 유일하게 그보다 키가 큰 사내 메리테인. 그의 가디언. 젖형제이자 유일하게 믿고 있는 심복. 가디언은 그와 비슷한 또래로 이루어진 집단으로 그의 수족이자 노예로서 교육받고 세뇌받은 존재였다. 또한 죽을 만큼 두들기거나 베어도 벌떡벌떡 일어나는 가공할 재생력의 소유자이기도 했다.

"이게 뭐가 어떻게 된 거야?"

그는 다시 멍하니 되뇌었다.

"술 덜 깨셨습니까? 전투 다 끝났잖아요. 이젠 죽일 놈들은 남아 있지 않습니다. 방금 전에 하리아드의 왕이 무릎 꿇고 빌었잖아요. 무조건 항복한다는 조건하에 미녀 이백 명과 황금을 바친다는 조공 서약서에도 서명했고요. 루네릭 단장이 조약에 대한 것을 정리하고 있습니다."

하리아드. 이백 명의 미녀. 전투. 루네릭.

오랫동안 잊고 있었던 단어가 뒤범벅이 되어 그의 머릿속을 휘저었다. 그는 가디언을 노려보다 말고 퍽 소리가 나도록 후려쳤다. 악 소리와 함께 메리테인이 뺨을 붙잡고 고개를 숙이자 그는 지금 이 상황이 꿈이 아니라고 판단 내렸다. 건방지게 그의 앞에서 엄살을 부리는 건 수석 가디언 메리테인뿐이다. 눈앞에 있는 것은 정말로 살아 있는 메리테인이 분명했다.

"아야, 아야! 설마 피를 들이켜신 건 아니죠? 그 버릇 고치시지 않으면 언젠가 카자르 엔더께 벼락을 맞으실 거라고 엄마가 가르쳐 주시지 않던가요?"

별로 아프지도 않은 주제에 뺨을 손바닥으로 문질러 가면서 투덜거리는 가디언을 보고 그는 조용히 물었다.

"야, 너, 메리 맞지?"

"맞습니다요. 제가 메리입지요. 주인님의 종이자 그림자이자 기타 등등인 사랑스런 메리테인입니다요."

너스레를 떠는 가디언의 머리통을 꽉꽉 눌러주면서 그는 잠시 동안 자신의 손바닥에 와 닿는 체온에 미간을 찌푸렸다. 진짜 꿈이 아니다. 그에게 잔소리를 하고도 살아 있는 유일한 존재 가디언 메리테인.

"너, 몇 살이냐?"

그가 으르렁대며 묻자 메리테인의 거구가 움찔거렸다.

"열여덟입니다요, 펠님. 진짜 어디 안 좋으신 거 아닙니까? 썩은 피라도 드셨어요?"

아직 젖살이 남은 둥근 뺨에 밤색 눈, 밤색 머리칼, 산뜻한 검은 갑주에 붉은 망토, 등에는 크레이모어, 허리에는 바스타드 소드를 찬 모습. 낯익기도 하지만 낯설기도 했다. 아무리 봐도 이건 솜털 보송한 스무 살 애송이였다. 그가 기억하고 있는 구레나룻을 자랑하던 중년 거한과는 거리가 멀다.

"이상한 소리 하지 마시고 궁 안으로 그만 들어가시는 게 어떻겠습니까? 반항하는 놈들은 다 죽이셨잖습니까? 전처럼 장대라도 준비해서 죽은 놈들 엉덩이를 콱 뚫어서 전시

해 놓을까요?"

건방지게 등을 밀어대는 녀석을 보다 말고 그는 고개를 돌렸다. 그리고 조금 후회했다.

시커먼 얼굴에 시커먼 옷을 입고 피범벅이 된 험악한 형상의 사내들이 줄지어 도열한 채 그를 뚫어져라 바라보고 있는 중이었다. 진흙 범벅에 피범벅이 된 몰골로 눈빛만 희번덕거리는 모습은 참으로 끔찍스러웠다.

"씨발, 눈 안 깔아?"

그가 작게 뇌까리자, 눈알만 번들거리고 있던 시커먼 사내들이 분분히 고개를 푹푹 숙였다. 파르르 떠는 것이 첫날밤 새색시 같기도 하다. 그는 잠시 동안 저 익숙한 반응에 기분이 좀 나아지는 것을 느꼈다.

"저놈들도 피곤할 겁니다. 하리아드의 왕이 연회 준비를 하고 있다고 합니다. 개선식 준비도 한다는데 어서 가시지요. 폐하가 또 술 마시고 피 마시고 싸웠다고 하면 저 엄마한테 맞아 죽습니다."

메리테인이 손짓했다.

그는 눈을 깔고 얌전히 서 있는 시커먼 사내들을 돌아보았다. 전투가 갓 끝난 탓인지 모두 험악한 몰골이었다. 피가 아직도 줄줄 흐르는 부상자가 있었지만 그래도 열을 이탈하는 자들도 없었고 자세가 흐트러진 자도 없었다. 문득 그들이 걸치고 있는 플레이트 메일에 새겨진 은빛 매의 문장이 눈에 띄었다. 제국 황실의 문장이다. 전신 카자르 엔더의 신조(神鳥) 강철의 매.

맨 앞에서 잔뜩 굳은 얼굴을 하고 있는 것은 예전에 죽었던 레비스였다. 그 옆에 서 있는 것은 앙데라그. 그 두 사람 모두 다 밸라카 내전에서 허망하게 죽었다. 그런데 왜 저들이 저렇게 생생하게 살아 있는 것일까? 그것도 애송이처럼 동그란 얼굴로?

그는 혼란에 빠진 채 머리를 쓸어 올렸다. 그러자 잔뜩 엉킨 긴 머리칼이 손가락 사이로 떨어졌다. 긴 머리카락. 그는 자신의 머리칼을 잡아당겨 보았다.

"이거 뭐야?"

제국에서 머리를 짧게 자르는 것은 노예뿐이다. 신분이 높을수록, 혈통이 고귀할수록 머리칼을 길게 기른다. 터럭 하나 함부로 하지 않는다는 의미다. 그런데 그는 스물두 살 생일 연회에서 술 마시다 조는 바람에 그만 화로에 머리칼을 반쯤 태웠다. 그 때문에 등허리까지 길게 기르고 있던 머리를 짧게 자르고 측근에 있는 자들도 모두 머리를 짧게 자르게 했다. 심지어 제국 귀족이라면 짧은 머리를 하라고 황명까지 내렸다. 귀족들은 모두 울면서 머리를 잘라 그에게 바쳤다. 그리고 그는 그 잘라 바친 머리로 채찍을 만들어 색노들과 함께 즐기곤 했다. 머리가 짧으니 잘 때 편하다고 킬킬대면서.

그는 잠시 동안 등허리까지 치렁치렁하게 늘어지는 백금색 머리칼을 뚫어져라 바라보았다. 머리칼이 이렇게까지 길다는 것은 아직 스물두 살이 되지 않았다는 의미다. 다시 말해 옆에 있던 메리테인처럼 열여덟 살이 맞는다는 이야기다.

"폐하?"

황당하다. 지금 내가 다시 열여덟 살이 되었다는 말이야? 그는 두 눈을 손등으로 짓눌렀다. 꿈인가? 이게 뭐지? 발치까지 차오른 진흙이 온몸을 빨아들이는 것만 같았다. 머리가 빙빙 돈다. 이건 꿈인가? 아니면 환각? 그도 아니면 죽기 전에 보이는 잠시간의 꿈? 카자르 엔더께서 보여주시는 백일몽인가?

그가 자신도 모르게 큭큭 웃자, 옆에 서서 부축하고 있던 메리테인이 움찔한다.

"어이고, 폐하. 제발 술이 다 깨신 거라고 말해주세요. 그렇게 웃으시면 무섭습니다."

무섭다고? 오랜만에 듣는 메리테인의 너스레에 그는 킬킬 더 웃고 말았다. 가디언의 손이 부들부들 떨리는 게 보였다. 팔뚝에 소름까지 돋았다. 그 낯익은 장면에 그는 소리 높여 웃기 시작했다.

"그렇지. 모두 다 내가 웃으면 무서워했지. 메리 네놈도 부들부들 떨곤 했지. 내 자식새끼들도 다들 오줌을 지렸어. 빌어먹을 애새끼들."

그가 소리 내어 큭큭 웃기 시작하자, 메리테인은 한 걸음 더 뒤로 물러섰다.

그는 기분이 상하면 살육으로 기분을 푸는 살인광으로 유명했다. 측근은 물론이고 먼 나라에 사는 자들조차 그의 이름에 벌벌 떨었다.

"기분이 좀 나아졌다. 꿈이든 뭐든 메리가 살아 있는 걸 보니 내가 죽은 건 아닌 모양이다."

그는 연신 킬킬대며 손가락을 까딱거렸다. 그러자 뒤로 물러서 있던 메리테인이 주춤주춤 다가섰다. 그는 가디언의 어깨를 쥐고 바로 서서 주변을 둘러보았다.

그의 시야에 펼쳐진 것은 무너져 폐허에 가까운 성벽과 시체더미들이었다. 사나운 전마가 콧김을 뿜어대며 진흙탕을 튀기며 지나간다. 피로 더럽혀진 검을 쥐고 다니는 병사들이 돌아다니며 죽어가는 자들의 숨통을 끊어주고 있었다. 약탈에 바쁜 몇몇이 악을 써대며 날뛰는 모습이 보였다. 새삼스러운 모습에 그는 머리를 흔들며 정신을 차리려 애썼다.

허물어져 가는 성벽 한 귀퉁이에 축 늘어진 깃발이 보였다. 부러진 깃대와 더럽혀진 깃발. 시체더미 위에서 흉물스럽게 흔들리는 그 깃발이 낯익다.

들장미와 비둘기의 문장.

이곳은 하리아드. 안데르의 고국이었다.

그의 이름은 유그 펠리오르 5세 카자르 엔더. 데이페론 제국의 제7황자로 태어나 대륙의 반을 정복한 탐욕스런 정복자였다. 손위 형제들을 몰살시키고 스스로 십팔 세에 제위에 올랐다. 그의 모후는 전신 카자르 엔더의 직계 혈손으로 남들보다 신족의 피가 짙은 무녀였다. 어릴 때부터 뛰어난 신력으로 남들보다 월등한 능력을 가졌던 탓일까, 전신의 피가 너무 짙었던 탓일까. 난폭하고 잔인한 유그 펠리오르는 아주 어릴 때부터 살인을 하고 피를 마셨다. 피와 술에 중독되다시피 한 그는 전쟁광이기도 해서 1년의 반 이상을 전란 속에서 시간을 보냈다. 그는 쉬는 것을 싫어하고 혐오했다. 싸우고 또 싸우고 정복하고 빼앗는 것을 즐겼다. 빼앗지 못하면 죽였다.

신의 이름을 빈 절대적인 폭군. 그것이 바로 그였다.

그리고 비참하게 죽었다.

"캑!"

메리테인의 거구가 다시 한 번 고꾸라졌다.

피범벅이 된 옷을 훌훌 벗어 던지다 말고 유그 펠리오르 5세 황제는 메리테인의 푸짐한 엉덩이에 연신 발길질을 해 댔다.

"아씨! 역시 꿈이 아니야. 아니라구!"

"아이고! 펠님!"

악을 지르면서 메리테인이 데굴데굴 굴렀다. 거구의 요란스러운 몸놀림에 경악할 만도 하건만 옆에서 보고 있는 가디언들은 그렇거니 하는 얼굴로 덤덤하게 서 있다.

"일단 좀 씻으십시오. 그리고 나서 좋아하시는 벌꿀차를 올리겠습니다."

방금 전까지 온갖 엄살을 부리면서 굴러다니던 메리테인이 발딱 일어나서 그의 옷시중을 들었다.

화려한 침실.

손바닥만 한 소국인 주제에 화려한 장식으로 뒤범벅이 된 왕의 침실은 사치스러웠다. 데이페론 제국과는 달리 침대 대신에 윤기가 잘잘 흐르는 보료가 깔린 침실은 황금빛 자수와 보석으로 장식되어 있었다. 바닥은 흑옥석을 깔아 반들반들 빛이 났으며 기둥에는 황금을 상감으로 박아 반짝반짝 빛이 났다. 방 한가운데에 놓인 손바닥만 한 등잔불도 금강석과 백금으로 장식된 귀물이었다.

"위대하신 제국의 황제이시자 대륙의 지배자이신 신의 화신을 뵙습니다."

사파이어와 황금으로 도배되다시피 한 방문이 열리고 하얗고 반쯤 투명한 베일을 발끝까지 걸친 여자 다섯 명이 줄지어 들어왔다. 시종장으로 보이는 사내는 여자들만을 들여보내 놓고는 슬그머니 다시 나가 문을 닫았다. 들어온 여자들은 발끝까지 닿는 투명한 베일 이외엔 아무것도 걸치지 않은 알몸이었다. 하리아드의 여자들은 키가 작고 풍만한 몸매로 유명했고, 곱게 다듬어진 여자들은 모두 고귀한 혈통이 분명했다.

보통 남자들이 봤다면 침을 줄줄 흘릴 모습이었지만 황제의 앞에 선 가디언들은 색욕이라곤 전혀 없는 표정으로 그녀들의 알몸을 주물러 가며 조사하기 시작했다.

"흑."

어디로 보나 귀족으로 보인 여자들은 이 난데없는 모욕에 부들부들 떨었지만 그래도 용케 비명은 지르지 않았다. 조사가 끝나자 얄팍한 베일을 벗고 완전히 나신이 된 그녀들은 황제의 앞으로 고개를 숙인 채 무릎걸음으로 기어왔다.

풍만한 하얀 엉덩이와 젖가슴이 적나라하게 드러나 대단히 유혹적이었지만 그 모습을 지켜보는 가디언들의 얼굴들은 다 무표정했다. 문득 황제는 그 모습을 보고 혀를 찼다.

그들은 모두 황제와 비슷한 나이였다. 한창 피가 끓을 청년이지만 가디언들은 그의 허락 없이는 여자를 건들지도 못하는 고자 상태다. 심지어 그들은 성욕조차 느끼지 못했다.

"불쌍한 것들."

황제가 혀를 차자 그의 옷을 곱게 개키고 있던 메리테인이 다시 흠칫했다.

"저어, 시, 시중을……."

새까만 머리에 올리브 색 눈동자를 가진 여인이 바들바들 떨면서도 고해왔다.

"너희들은 목욕 시중이나 들어라."

메리테인은 냉혹하게 명령하고는 턱짓했다.

황제의 가디언들은 아무도 믿지 않는다. 그들이 추구하는 것은 주인의 안전과 주인의 평안뿐이었다. 그 때문에 황제전용 욕조를 들고 전쟁터에 나오는 것 정도는 당연한 일이었다. 가디언들이 번갈아가면서 자신의 몸의 세 배가 되는 욕조를 등에 짊어지고 달리는 모습은 우스꽝스럽긴 했지만 아무도 비웃지 못했다.

하리아드는 그다지 크지도 않은 궁 안에 거대한 욕탕을 네 개나 가지고 있었다. 물이 귀한 지역이었건만 왕족들의 사치는 대단했다. 왕실용, 고위 귀족용, 귀족용 등으로 용도가 정해진 대욕탕이 네 개나 된다. 대욕탕 한 귀퉁이에는 쉴 수 있는 간이침대가 놓여 있어 마사지를 받을 수 있게 준비가 갖추어져 있었다. 왕이 쓰는 욕탕은 당연한 것이지만 황제가 빼앗았다. 왕의 욕탕은 확실히 호사스러웠지만, 특히나 보통 욕조의 열 배 이상 되는 거대한 욕조는 용도가 좀 미심쩍은 것이었다. 하지만 황제의 가디언들은 자신들의 주인에게 남이 쓰던 욕조를 쓰도록 놔두지 않았다. 무려 신의 후예이신 위대하신 정복황제다. 그런 분이 일개 소국의 주인이 쓰던 물건을 쓴다는 것은 가디언의 자존심상 용납할 수 없었다. 그들은 전선까지 짊어지고 온 도자기 욕조를 욕탕 안에 놓고 손수 더운 물을 채운 뒤에 황제가 즐기는 향유까지 뿌렸다. 그리고는 자주 쓰는 황제용 향비누 일체와 정체도 불분명한 귀한 짐승의 가죽으로 만들었다는 목욕 타월까지 갖추어놓고 정중하게 뒤로 물러섰다. 가디언들은 모두 구석으로 돌아가 대기하고 그의 옆에 남은 것은 메리테인뿐이었다.

그가 욕조 안에 들어가 앉자 부들부들 떨기만 하고 있던 여섯 명의 여자들이 다가와 그의 몸에 비누칠을 할 준비를 했다. 향유와 비누도 다 준비되어 있는 터라 여자들은 자신들이 가지고 온 것은 꺼내지도 못했다.

"영 서툴군."

원래 시녀가 아닌 그녀들이 목욕 시중을 잘할 리가 없다. 어설픈 손짓에 괜히 짜증이 난 황제는 미간을 잔뜩 찌푸렸다.

"헉!"

그의 시선에 놀란 시녀가 비누를 떨어뜨렸다. 첨벙 소리와 함께 귀한 향비누가 물속에 빠졌다. 물방울이 감히 황제의 얼굴까지 튀었다.

"요, 용서를!"

여섯 명의 벌거벗은 여자들이 놀라 일제히 머리를 조아리고 엎드렸다.

거대한 도자기 욕조 옆에 서 있던 메리테인의 눈초리가 가늘어졌다. 허옇게 김이 오르던 욕탕 안이 싸늘해지는가 싶더니 순식간에 두 명의 여자가 반 토막이 되어 바닥에 나뒹굴었다. 솜씨 좋게 욕조 안으로는 피가 튀지 않았다. 튀었다면 여자들의 목을 벤 가디언의 목도 무사하지 못했을 터다. 욕탕의 하얀 타일이 빨갛게 물들자 목욕 시중을 들던 나머지 여자들이 일제히 바닥에 고꾸라진 채 덜덜 떨었다.

"폐하, 다른 욕탕으로 갈까요?"

메리테인이 핏방울 하나 묻지 않은 얼굴로 물었다. 다른 가디언들은 재빨리 바닥에 굴러다니는 시체들을 옆으로 치웠다. 욕탕 안은 어느새 피비린내가 가득 찼다.

대꾸하는 대신 황제는 묵묵히 정면을 보고 있는 중이었다. 정확히 말하면 거울을 쏘아보고 있었다.

마법 처리를 했는지 김이 서리지 않은 큼직한 거울에 황제 자신의 모습이 비쳤다. 새하얀 피부에 백금의 머리칼, 날카로운 하늘색 눈, 남들이 경배하고 감탄하는 외모.

전신의 재래라 불리는 상아색의 몸에는 흉터조차 없다. 주름살 하나 없는 미끈한 어깨 위로 길고 매끄러운 머리칼이 달라붙어 있었다. 아무리 봐도 잘난 얼굴이다.

"야."

"넵, 폐하."

메리테인이 잽싸게 황제의 옆으로 다가와 무릎을 꿇었다. 충실한 가디언은 옷이 젖든 말든 상관하지 않았다.

"너 몇 살이냐?"

"올해로 열여덟 살입니다."

이상한 질문이라 해도 가디언은 충실하게 대답했다.

"네놈이 열여덟 살이면 나도 열여덟 살이란 말이로군."

그의 머릿속에 깊이 묻혀 있던 기억이 천천히 펼쳐지기 시작했다.

황제가 된 열여덟 살의 늦겨울. 그는 추운 것이 지겹다는 이유로 정복전쟁을 일으켰다. 나약한 형들의 목을 베는 것만으로는 성이 차지 않았다. 그래서 반대하는 자들을 모조리 다 죽여 버리고 심복들만 모아 전쟁을 시작했다. 그리고 이곳은 하리아드. 남서쪽에 위치한 구질구질한 소국. 근위대 기사 50여 명만 데리고 정복한 곳이다.

"지도 가져와."

"네?"

메리테인이 갑자기 헉 소리를 냈다. 그것도 잠시, 그는 뒤를 향해 손짓했다. 가디인 하나가 재빨리 지도 다발을 들고 왔다.

황제는 오연히 욕조에 앉아서 지도를 펼쳤다. 그리고 욕설을 퍼부었다.

"쌍!"

황제는 글을 몰랐다. 당연한 말이지만 지도도 볼 줄 모른다.

위대한 황제는 굳이 그런 소소한 것을 알 필요가 없다고 주장하며 가정교사를 때려 죽였던 무식한 놈이 바로 그다.

충실한 메리테인이 무릎을 꿇고 옆에서 주저리주저리 떠들기 시작했다.

"위대하신 폐하의 제국은 여기이고요, 지금 저희가 있는 곳은 바로 여기입니다."

"그렇지. 기억이 난다. 대륙은 싸다 만 똥 덩어리처럼 생겼다. 그리고 그 똥 덩이의 반 이상이 내 거란 말이지."

"폐하, 그럼 폐하는 똥 덩어리를 갖기 위해 전쟁을 일으켰다는 말이 됩니다."

덩치도 큰 메리테인이 소녀처럼 콧등을 찡그리며 입을 삐죽거렸다. 그 주둥이에 주먹을 선사하면서 위대한 황제는 잠시 빈약한 기억력을 되살리려 애썼다. 황제의 머릿속에는 그다지 지식이 없었다. 주로 그의 지식은 경험상 획득된다.

하리아드의 남부는 모래사막과 마른 풀포기밖에 없는 불모지였다. 별로 쓸모없는 땅. 과거의 그는 대륙을 종단해서 정복해 보겠다고 병력을 계속 투입했다가 쓸데없이 삼만의 병사를 잃고 재상 로리랜드의 잔소리에 파묻혀 죽을 뻔했다. 알고 보니 그 불모지에 고약한 풍토병이 있었던 탓이다.

"야, 지금 돼지 레솔트가 어디까지 가 있지?"

"황원 능선에서 병력을 정돈하고 있습니다. 폐하를 기다리고 있습니다만."

"철수하라고 해. 그딴 더러운 땅은 안 먹어."

지도를 휙 집어 던지자 구석에서 대기하던 가디언 하나가 잽싸게 지도를 잡아채 사라졌다.

"폐하, 어디 편찮으신 데라도?"

입을 쩍 벌린 메리테인이 물었다.

황제는 흘러내리는 머리칼을 쓸어 올리면서 얼굴을 북북 문질렀다. 매끈한 뺨이 굉장히 낯설다. 갑자기 30년이 되돌아왔다. 이게 진짜 꿈인지 생시인지 알 수 없다. 방금 전까지 꿈을 꾼 것일까, 아니면 진짜로 과거로 되돌아온 것일까. 머리가 심하게 무구한 그는 이해할 수 없는 것은 이해하지 않고 그냥 넘어가는 편이었다. 복잡한 것, 어려운 것은 전문 학자에게 맡기면 되는 일. 위대한 정복자이자 대륙의 주인인 그는 사소한 걸로 고민하지 않았다.

가만있자, 나 그럼 안 죽었단 말이잖아. 그럼 좋은 거 아냐? 그는 히죽 웃었다. 좋은 게 좋은 거다. 회춘했다. 그렇다. 젊어졌다. 그것도 30년이나.

"마, 맙소사! 폐하, 어디 안 좋으신 데라도 있으세요? 폐하 사전에 철수, 후퇴란 것이 있었다니!"

무릎을 꿇고 두 손을 모은 채 메리테인이 물었다. 남들이라면 빈정거리는 걸로 들리겠지만 메리테인은 진심이다. 가디언은 주인에게 진심만을 말하고 주인만을 위하도록 사육되었다.

"야, 메리."

"넵."

"네 생일선물이야. 오늘을 메리의 생일로 선포하겠다."

메리테인은 굳었다. 그뿐만이 아니라 뒤에 줄줄이 서 있던 가디언들도 굳었다.

"네 생일선물로 황금 200근과 폐자폐지의 방어구 세트를 내린다."

그의 턱이 빠졌다. 그는 침까지 줄줄 흘릴 표정으로 그를 넋을 잃고 바라보았다.

"주, 주, 주인님!"

"이번 정복전은 하리아드로 마무리한다. 대기하고 있는

놈들도 쉬라고 그래. 흠, 한 보름 쉬다 회군할 거니까."

"마, 맙소사!"

갑자기 메리테인이 무엄하게도 황제의 이마를 덥석 짚었다. 그리고는 두 눈을 번뜩이면서 그의 몸 여기저기를 주무르기 시작했다.

"어디 아프신 게야! 틀림없어! 어디죠? 독인가? 어떤 암살자가 펠님의 몸에 암수라도?"

흥분해서 날뛰는 가디언의 시선을 깨끗이 무시하고 황제는 호탕한 척 웃으며 이를 갈았다. 사실 그처럼 잘생긴 얼굴에 그처럼 비열하게 웃는 것도 쉬운 일은 아니었다.

"지랄하지 말고 먹을 거나 가져와. 그리고 연회는 언제냐?"

"그, 연회는 오늘 밤입니다. 해가 졌으니 술과 여자를 대령할까요?"

"됐어. 일단 옷이나 입자."

그가 욕조를 나서자 살아 있던 두 명의 여자가 재빨리 다가와 진흙과 피를 닦아낸 몸에 향유를 바르고 마사지를 시작했다. 나른해지는 몸을 늘어뜨린 채 그는 아직도 정신을 차리지 못하고 있는 메리테인을 향해 피식 웃었다.

"야, 다시 봐서 기쁘다, 메리."

그 말에 가디언들이 일제히 고개를 처박았다. 당사자인 메리테인의 얼굴은 아예 시퍼렇게 질렸다. 주인님이 드디어 완전히 미쳤구나! 안 하던 짓으로 가디언들을 공포로 몰아

넣은 그는 혼자서 상념에 잠겼다.

 황제는 어릴 때부터 가디언이란 발바닥에 항상 와 닿는 발깔개처럼 항상 그 자리에 있는 그런 물건이라고 생각했다. 그러나 메리테인이 그를 대신해 역도들에게 죽은 이후 그는 그 발깔개가 얼마나 편한 물건이었는지 깨달을 수밖에 없었다. 그가 발깔개라 불렀던 가디언들은 그가 태어남과 동시에 전쟁신의 무녀였던 유모가 그를 위해 만들어준 방패이자 장난감이었다. 그와 같은 나이로 태어나 가디언으로 사육되어 그를 위해 죽는 물건. 그의 이름을 부를 수 있는 유일한 존재. 신족의 가디언은 주인과 심장이 이어져 있어서 주인이 죽으면 같이 죽는다. 주인에게는 절대 복종하고 주인을 위해 봉사한다. 물론 가디언이 죽는다 해도 주인은 멀쩡하다. 신족의 수명이 워낙 길기 때문에 가디언의 생명도 특별한 일이 없다면 길다. 재생력도 빠르고 신체 능력도 신족 못지않다. 게다가 주인 이외의 존재는 두려워하지 않는 게 가디언이다.

 "폐하, 정신을 차리셔야 합니다. 주인님의 마음에 드는 다른 여자들을 구해오겠습니다. 안데르 마마와 닮은 여자를 대륙 전체를 뒤져서라도 구해오겠습니다. 그러니까 펠님, 이제 그만 일어나셔서 전처럼 싸우십시오. 피를 마신다고 잔소리하지 않겠습니다. 술 마신다고 잔소리 안 할게요. 펠님, 이러시다간 죽습니다. 펠님, 제발, 제발."

짜증이 나서 잔소리하는 메리테인의 다리를 몇 번이나 부러뜨렸던가. 피가 줄줄 흐르는데도 충실한 가디언은 그의 발을 붙잡고 애원하고 또 애원했다. 보다 못한 대무여관이 나서지 않았다면 메리테인은 그때 죽었을 것이다. 아니, 그때 죽는 게 더 나았을까.

눈을 감자 선명한 장면이 떠올랐다.

가디언의 수장 메리테인은 그를 감싼 채 갈가리 찢겨 죽었다. 그때 메리테인의 피를 뒤집어쓴 채 황제는 멍하니 생각했다. 페자페지의 방어구를 저놈에게 입혀놓았다면 저렇게 쉽게 죽지는 않을 터인데.

48세의 어느 날이었다. 술과 마약과 여색에 취해 날짜도 기억하지 못하지만 그것만은 분명했다. 48세의 생일 연회에 죽마고우이자 유일한 친구라 여겼던 재상 로리랜드가 역모를 일으켰다. 그의 등을 찌른 것은 총희 안데르였고 그의 가디언들을 전멸시킨 것은 근위기사단 호르데마누의 단장이었던 베이커스였다. 근위기사단의 반이 그를 배신했고 반이 그를 지키려다 죽어 결국은 전멸했다. 신의 손길이 깃들었다던 청금석의 궁전은 피로 물들었고 백금으로 장식된 제단은 시체로 뒤덮였다. 그는 별궁의 구석까지 몰려서 결국은 썩어가는 안데르의 시체를 끌어안고 조그마한 별채 구석에서 난자당한 채 죽었다. 신의 화신이, 신의 아들이라 불리는 그가 그렇게 비참하게 죽었다.

눈을 감으면 아직도 그 장면이 선명했다. 심하게 뇌가 순진무구한 황제는 그것이 꿈은 아닐 거라고 결론 내렸다. 그는 그런 광경을 꿈꿀 정도로 상상력이 풍부하지도 감수성이 풍부하지도 않았다. 아니, 한 번도 남에게 죽을 거란 상상을 해본 적도 없었다. 황제 유그 펠리오르는 태어나면서부터 포식자였고 신의 피를 이어받은 지배자였다. 그런 상상을 하느니 아예 미심쩍은 놈들 전체를 숙청했을 것이다. 무엇보다 18세의 그는 무서울 것이 없는 자신민만한 청년 황제였다. 너무 무서운 것이 없는 나머지 50여 명의 기사를 이끌고 나라 하나를 정복할 정도였으니까.

"무슨 일이 벌어진 걸까."

어떻게 된 거지? 환상을 보았나? 아니면 이게 환상? 그는 머리를 쓰는 건 별로 좋아하지 않았다. 사실 머리가 좋은 놈을 쓰면 되는 거지 꼭 황제인 그가 머리를 혹사할 필요는 없지 않은가. 글을 익히는 것보다는 글을 아는 놈을 굴리는 쪽이 더 빠르다. 다시 말해 전문가를 쓰는 거다. 일의 전문화. 얼마나 좋은 일인가.

그의 스승이었던 대륙의 현자 빌리바드 선생은 돌이라기엔 너무도 거대하고 뿌리 깊은 바윗돌인 그를 보고 세 가지만 기억하라 하였다.

"내 너에게 아무것도 기대하지 않겠다. 그냥, 황자로서 꼭 기억할 것만 말해주마. 첫째, 일은 전문가에게 맡겨라. 둘째, 전문가에게 맡기고 딴 놈에게 가끔 확인시켜라. 셋째,

신하들끼리 싸움을 붙여라. 넷째, 절대로 여자에게 비싼 선물 내려주지 마라. 너에게 사랑받는 것만으로도 여자에겐 과한 선물이다."

세 가지라 말해놓고 네 가지를 말하는 것도 학자들의 특성이다.

황제는 오랫동안 홀대해 왔던 자신의 스승을 오랜만에 기억해 냈다. 아니, 그가 18세이니 그다지 오래는 아닌가? 잠시 헷갈렸던 그는 17세 생일 때 주먹질을 해서 앞니를 날려버렸던 대현자인 스승을 회상하면서 그 양반이 요즘 어디서 뭘 하고 있나 궁금해졌다.

"음?"

그는 욕실에서 나오자 시중을 들기 위해 새로 또 여자들이 도착해 있다는 것을 깨달았다. 그녀들은 이미 옷을 벗고 있었으며 그와 시선이 마주치자마자 요염하게 허리를 틀며 열렬하게 유혹해 왔다.

벗은 미녀를 내버려 두는 것은 그의 사전에 없었다. 젊어졌든 어려졌든 그것만은 변함이 없는 일이다. 그는 결국 생각하는 것을 멈추고 당면한 과제부터 해결하기로 마음먹었다. 당연한 말이지만 영웅은 호색이라. 위대하신 황제께서는 여색에 대단히 관대하신 분이었다.

교성을 울리며 그에게 매달리는 여자들을 시간을 길게 들여 세 명 정도 달래준 뒤에야 황제는 침대 머리에 등을 기댄 채 다시 생각에 잠겼다. 몸과 마음이 편안하니 절로 머리가 맑아지는 기분이었다.

"아아, 폐하!"

"아잉, 저 좀 보세요."

발랄하다 못해 발랑 까진 하리아드의 왕녀들은 그의 발치에서 유달리 튼실한 황제의 다리를 주무르며 애교를 떨었다. 알몸으로 살랑대며 너무 귀찮게 굴기에 그는 조용히 하라고 걷어찼다. 여자들이 새된 비명을 지르며 바닥으로 대굴대굴 굴렀다. 그는 여자를 때리는 것에 기부감을 느낄 정도로 섬세한 남자가 결코 아니었다.

그렇다. 제국의 황제 유그 펠리오르는 다시 젊어졌고, 과거로 돌아왔다. 꿈인지 생시인지 잘 기억은 안 나지만 적어도 그와 같이 자라났던 열두 명의 가디언이 죽어 자빠진 장면만은 너무도 선명했다. 그리고 그때 겪은 일을 다시 겪을 마음은 조금도 없었다.

하지만 아무리 그가 청순무구한 뇌의 소유자라 해도 막상 이런 황당무계한 일을 겪고 나자 고심하는 것은 당연한 일이다. 그때 잊고 있었던 전신(戰神) 카자르 엔더가 문득 뇌리에 떠올랐다.

'설마하니 진짜 신께서 나를 되살려 주셨나?'

황제는 고심했다. 그는 신의 피를 이은 직계 혈손이라는 위치에 어울리지 않게 신이라는 존재를 그다지 깊이 생각하지 않았다. 물론 죽는 그 순간에는 입에 익은 카자르 엔더를 부르며 죽긴 했지만. 하도 어릴 때부터 주변에서 떠받들어

왔기 때문에 오히려 신의 존재가 미심쩍었던 것이다. 모후도 유모도 무녀였지만 부황은 그다지 독실한 신자는 아니었다.

뭐, 어쨌든 간에 고민은 전문가에게 맡기자. 그래, 원래 일은 전문가에게 맡기고 나는 전문가를 굴리면 돼. 무구한 뇌를 자랑하시는 황제는 간단히 결론을 내리고 혼자 흐뭇해했다. 오랫동안 생각했더니 머리가 다 지끈거린다. 아아, 그래서 스승은 제발 머리 좀 쓰라고 잔소리를 했던 모양이다. 안 쓰던 걸 쓰면 아주 피곤하다.

"어쨌거나 그때와는 다르게 행동하면 되는 것이지."

간단한 결론을 내리고 혼자 흐뭇해진 황제는 손가락을 까딱거렸다.

"야, 다 나와봐."

무릎을 꿇고 있던 메리테인이 고개를 갸우뚱했다. 그렇지만 가디언들은 다들 재빨리 황제의 앞으로 모여들었다. 다들 비슷비슷한 체구에 비슷비슷한 생김새를 한 가디언들은 메리테인을 빼고는 그보다 조금씩 작았다. 열두 명 중에서 다섯이 육촌이나 팔촌 형제이고 둘은 쌍둥이, 나머지는 다 사촌 간이었다. 따지고 보면 결국 다 같은 혈통이란 의미다.

주욱 선 가디언들을 보니 황제께서는 갑자기 가슴이 짠했다. 동글동글, 만질만질한 얼굴들을 보니 더 짠했다. 아이고, 어린것들. 이것들이 나중에 다 짐을 위해 죽는다는 게 아닌가.

"오늘은 메리 생일이다. 아냐?"

"제 생일은 지났는데요?"

메리테인의 딴지에 절로 발이 날아갔다.

"오늘이다."

"네, 오늘입니다. 오늘이고말고요."

배를 문지르며 메리테인은 한숨을 내쉬었다. 난 진짜 오늘이고 싶었어요. 엄마만 허락했다면. 역시 심술이야, 심술. 뒤에 있던 가디언들이 킬킬 웃기 시작했다.

"그러니까 오늘 메리테인의 생일 파티를 열겠다."

"아, 저, 하리아드의 왕이 기다리고 있습니다만."

"지금 그게 문제냐? 네놈 생일이라고 했잖아!"

그가 왈칵 소리를 지르자 가련한 가디언들이 일제히 바닥에 머리통을 박았다.

"기념으로 네놈들에게 전부 페자페지의 방어구 세트를 내린다. 나중에 궁에 돌아가면 창고에서 마음에 드는 걸로 하나씩 골라 가져."

"펠님!"

메리테인이 입을 쩍 벌리며 말했다.

"과, 관대하신 처사이십니다. 하지만 페자페지의 방어구 세트는 수십만 테론이 넘는 물건입니다. 그런 걸 어떻게 저희 같은 것들에게!"

안 그래도 저흰 상처 입어도 금세 낫거든요. 침 한 번만 발라도 괜찮거든요. 그러니까 비싼 물건 안 차도 괜찮거든요. 그렇게 말해오는 메리테인의 멍한 얼굴을 보자 황제는 다시 한 번 가슴이 짠했다. 아씨, 이 바보들이 내 돈 나가는 게 아깝다고 지들 몸에서 피 봐도 괜찮다는 거 봐라. 이런 걸 바로 병신이라 부르는 거지.

"야, 나 황제야."

짜증이 나서 한마디 던지자 가디언들이 다시 머리를 조아리고 황공하다고 외쳤다.

황제는 부자였다. 뭐, 대륙의 지배자였으니까.

그 불쌍한 것들의 뒤통수를 내려다보면서 황제는 다시 한 번 다짐했다. 그래, 나, 옛날처럼 막살진 말아야지. 착한 놈은 잘 챙겨주고 나쁜 놈은 때려줘야지. 그래서 오래오래 잘 살아야지. 개새X들은 X나게 패주고 착한 놈은 벅차게 귀여워해 주겠어.

30년의 세월을 거슬러 올라갔다는 거대한 기적을 맞닥뜨린 주제에 이렇게나 간단한 결론을 내리는 그는 진정 심히 단순했다.

"보고드립니다."

각진 얼굴에 두툼한 입술을 가진 루네릭이 고개를 숙였다.

황제는 푹신한 보료 위에 앉아서 여자들의 시중을 받다가 새삼 그를 자세히 들여다보았다.

망국의 왕이 된 하리아드의 신왕(新王)은 잽싸게 자신의 침궁을 비우고 별궁으로 들어갔다. 왕의 침궁이래 봐야 황제의 눈에는 초라하기 짝이 없었다. 그가 거느린 후궁들이 지내고 있는 별궁만도 못한 수준이다. 하지만 진흙탕보다야 나았다. 최고가 아니면 입에 대지 않는 그였지만 최소한 때와 장소에 따라서 타협을 할 줄도 알았다.

실크로 짠 카펫이 풍성하게 깔린 왕의 침실은 사실 나쁘지 않았다. 아니, 나라의 규모에 비하면 매우 화려한 편이었다. 밤의 시중을 든 여자들도 나름 괜찮다고 황제께서는 관대하게 판단하셨다. 물론 눈치없는 것이 문제이긴 했다. 그는 교태를 부리는 여자는 좋아했지만 귀찮게 매달리거나 튕기는 여자들은 싫어했다. 튕기는 여자를 구슬리느니 차라리 다른 여자를 안는 게 훨씬 편했기 때문이다.

젖가슴을 반쯤 드러낸 채 황제의 긴 다리를 어설프게 주무르고 있는 것은 전(前) 하리아드 왕의 딸들이다. 메리테인의 검에 가로세로로 썰린 토실한 선왕의 공주들인 셈이다. 검은 머리에 연갈색 피부를 가진 여자들은 탄력이 있는 피부를 가지고 있긴 하지만 그리 대단한 미녀는 아니었다. 태어날 때부터 온갖 기교로 단련된 여자들에게 둘러싸여 자라온 그의 눈은 하늘만큼 높다. 그런 그에게 고작 하룻밤을 보냈다고 정식 후궁이나 된 듯이 교태를 부려가며 벌써부터 이리 해달라 저리 해달라 하는 왕녀들의 짓거리는 기가 차다 못해 어이가 없었다. 하지만 짜증스러운 여자들과 달리 독하면서도 달콤한 술은 그럭저럭 먹을 만했다.

근위기사단 호르데마누의 단장인 루네릭 백작은 삼십대 중반이었다. 루네릭 가는 고위 가문은 아니었지만 대대로 황제의 근위기사가 되었다. 부단장이 되거나 단장이 되거나 혹은 수석기사가 되어 어쨌거나 수백 년간 황제의 근위기사로 복무해 온 뿌리 깊은 가문이었다. 난폭한 황제는 고지식한 루네릭 백작을 별로 썩 좋아하지는 않았지만 그래도 군소리없이 말을 잘 들어 신뢰했다. 그랬기에 마구 부려먹었다. 원정대에 넣어 가장 최전선에 데리고 가서 이리저리 굴리다가 괜히 쓸데없는 전쟁터에 몰아넣기도 했다. 괴롭히기 위해서가 아니라 그저 말을 잘 들었기 때문이다. 그리고 더 정확히 말해, 전략과 전술이라는 근본을 황제가 전혀 몰랐기 때문에 그러했다. 난 강하고 또 강해서 일단 패고 부수고 죽이면 다 되는데 왜 너희들은 안 된다는 거냐고 외치는 것이 황제의 일상생활. 굴려지는 기사와 병사들만 가엾다. 어쨌거나 그리하여 강철의 매, 호르데마누란 별칭을 가진 황제의 근위기사단은 덕분에 역대 근위기사단 중에서 최고의 전쟁 경험을 가진 이들이 되었다.

그 말 잘 듣는 근위기사단장 루네릭 백작은 고지식하게도 한 번도 항명을 하지 않았다. 그는 황제의 명령이라면 물불을 가리지 않고 고스란히 따랐다. 불리한 전쟁에 나가라 해도 나가고 쓸데없는 남의 내전에 참가해서 적장의 목을 열 개쯤 가져오라는 황당한 명령에도 충실히 따랐다. 그리고 결국 악명 높은 밸라카 내전에서 죽었다. 그의 아들인 젊은 루네릭 백작도 대를 이어 황제의 근위기사단장이 되었다가 계속되는 난전에서 어이없이 죽었다. 자손이 그다지 많지 않았던 루네릭 백작가는 그렇게 대가 끊겼고, 결국 황제를 배신하는 데 앞장섰던 베이커스가 근위대 기사단장이 되었다.

'바보짓했지.'

황제는 마구 떠오르는 기억들을 뒤지기 시작했다. 이성과 지성 대신에 본능과 기분으로 세상을 살아가는 황제는 까막눈인만큼 기억력과 감은 좋았다. 가히 짐승 같은 육감의 소유자였다. 문제는 기억하고 있는 것 자체가 적었다는 것이지만.

'쓸데없는 짓을 하다가 괜찮은 애들을 너무 많이 죽였지.'

밸라카 내전은 그저 심심풀이로 끼어든 전쟁이었는데 재수가 없으려니 뜬금없이 나무 엘프들과 분란이 터졌다. 나무 엘프들은 황제도 건들기 싫어하는 독종들로 하필 밸라카의 다크우드에서 살고 있다가 내전에 참전했다. 별다른 소득도 없이 근위기사던의 삼분의 일과 10만의 병력을 잃은 재수없는 전쟁이었다. 단장인 루네릭도 부단장이었던 레비스도, 수석기사였던 앙데라그도 거기서 다 죽었다.

"…그리하여, 중군사령관 아누에스 후작께서는 현재 수단타 지역까지 내려오셨습니다. 수단타 주둔군은 지금 물자를 징발하여……."

"야."

"네, 폐하."

갑자기 말을 끊자 루네릭 백작이 당황한 얼굴로 올려다본다. 어차피 보고해 봐야 황제는 반도 못 알아들었다. 그래도 루네릭은 고지식하게 일일이 보고를 해왔다.

"나머진 네가 알아서 해. 메리에게서 말은 들었겠지? 나가 있는 애들, 회군하라고 해."

"네, 이미 전령을 보냈습니다."

루네릭 백작의 말에 그는 고개를 끄덕였다. 재미도 없는 전쟁에는 이제부터 나가지 않을 참이었다. 당연한 말이지만 황제는 손해 보는 것을 싫어했다.

"너, 애가 몇이야?"

루네릭은 갑자기 눈을 부릅떴다. 그의 얼굴에 불안한 기색이 떠올랐다.

"애가 몇이냐고."

"황공합니다. 아들이 하나 있습니다."

"아들이 왜 하나밖에 없어?"

이해할 수 없다는 듯 그가 묻자 백작의 얼굴이 창백해지기 시작했다. 설마 황제가 남색에 눈을 떴는가! 이제 겨우 사춘기를 맞이한 어린 아들의 얼굴을 떠올린 그는 진땀이 줄줄 흘렀다. 내 아들을 후궁에 넣으라 하시면 어쩌지?!

"그, 그것이……."

"여자를 좀 내려주마. 아들을 많이 낳아."

난데없는 말에 놀란 백작은 귀를 의심했다. 무심하고 이기적인 황제가 무언가를 내려준다는 일은 거의 없었다. 아니, 그가 아는 한 전혀 없었다. 놀란 백작이 얼어붙자 그는 관대하게 명령했다.

"유서 깊은 루네릭 가에 아들이 하나밖에 없다는 건 수치다. 많이 낳아라. 대가 끊기면 곤란해."

황제의 따스한 말에 감격한 백작은 무릎을 꿇고 머리를 조아렸다.

"화, 황송하옵니다, 폐하."

"여자가 부족하면 말해라. 그대가 원하면 어느 나라의 공주라 해도 주마."

황제는 전쟁터를 돌아다니느라 결혼한 지 이십 년이 되도록 아들을 하나밖에 못 낳은 가련한 신하를 측은하게 바라보았다. 18세인 황제는 벌써 아들이 다섯이다. 여자앤 몇인지 기억도 못한다. 임신 중인 후궁도 있다. 자신이 원흉이라는 것을 아예 접어둔 황제는 백작의 성기능을 가련하게 여겼다.

"쯧쯧, 아내가 하나밖에 없으니 그럴 수밖에. 그건 그렇고, 아들은 몇 살이냐?"

"올해 열세 살입니다."

애처가인 백작은 혀를 차는 황제의 말에 가슴이 벌렁거렸다. 설마 아내를 버리라는 말을 하는 것은 아니겠지?

"너 닮았냐?"

"아, 그……."

"뭐, 널 닮았겠지. 네 아들놈 생일선물로 진주 한 상자와 페마라의 검 한 자루를 내린다."

황제의 말에 루네릭의 눈이 튀어나왔다.

"네?"

"애들 잘 키워라. 그리고 너."

루네릭은 넋이 나간 얼굴로 그를 보다 말고 황제의 뒤에 선 메리테인의 눈치를 보았다. 충실한 가디언은 황제가 무슨 변덕인지 알고 싶어 미칠 지경이었다.

"회군하면 휴가 좀 줄 테니 애들 좀 더 만들도록 해. 쯧쯧쯧. 허우대는 멀쩡해 가지고."

황제의 변덕에 전쟁터를 내달리며 독수공방 기나긴 시간을 보내야만 했던 백작은 원흉의 동정 어린 시선에 얼어붙었다. 호, 혹시 미치신 건가! 아니, 광증이 도지셨나?

그가 얼어붙든 말든 황제는 루네릭 백작의 벗겨지기 시작하는 정수리를 노려보며 혀를 차고 있었다. 루네릭 가(家)가 대가 끊긴 것은 자손이 적기 때문이다. 하다못해 여아라도 있었다면 데릴사위를 얻어서라도 대를 이었을 것이다. 그런데 백작은 외동아들밖에 없었다. 그 아비를 닮아 고지식한 아들 루네릭 백작도 젊은 나이에 죽어 자손이 없었다. 그래서 그 뒤를 이은 것이 뼈를 발라 먹어도 시원치 않을 역적 베이커스 가(家). 절로 이가 갈렸다.

"자고로 집안은 애들이 바글바글해야 되는 법. 괜찮은 남자에겐 처첩이 다섯은 되어야 한다. 많이 자손을 낳아 불려라. 루네릭 가의 자손은 많아야 한다."

이를 북북 갈면서 황제가 말하자 백작은 눈물을 주룩 흘리며 고개를 숙였다. 그는 감격한 어조로 외쳤다.

"황공합니다! 폐하의 은혜는 하늘과도 같습니다! 폐하께 카자르 엔더의 은총이 가득하시길!"

그가 눈물까지 줄줄 흘리며 나가자 뒤에 있던 메리테인이 속삭였다.

"폐하, 정말 어디 아프신 건 아니겠지요?"

"매가 부족하냐?"

"아닙니다요. 그저 갑자기 변하시니 놀라워서……."

황제는 놈을 흘겨본 뒤에 푹신한 깃털 베개에 머리를 기대고 누웠다. 앙알대는 여자들을 내쫓고 술통을 들이라 명했다. 메리테인이 옆에서 공손히 술을 따라 바치는 것을 보다 말고 그는 다시 기억을 뒤지기 시작했다.

정말로 과거로 다시 돌아온 거라면 내일 벌어질 일을 미리 아는 셈이 된다. 그는 미간을 꾹꾹 누르며 입가를 씰룩거렸다. 30년 전이라 소소한 것은 영 기억이 나지 않았다.

하리아드를 점령한 날 다음에 무엇을 했더라?

승전 보고를 받은 다음에 중군사령관을 기다리면서 여자들과 좀 시간을 보냈던 것은 확실히 기억이 난다. 그리고 승전 연회가 있었다.

그리고 그 연회에서 하리아드의 왕이 마음에 드는 것으로 골라보라면서 귀족가의 여자들을 바쳤다.

풍만하고 자그마한 여자들이 국부만을 가린 채 줄지어 그의 선택을 기다리고 있었다. 그러나 그는 헐벗은 작달막한 여자들에 대해서는 그다지 흥미가 생기지 않아 그녀들의 뒤에 얌전히 서 있던 다른 여자들을 쳐다보았었다. 그리고,

그는 갑자기 벌떡 일어나 앉았다.

"폐하?"

그중에 안데르가 있었다.

하리아드는 정말로 별 볼일 없는 소국이었다. 황제가 원정군을 이끌고 남하하는 도중이 아니었다면 결코 들를 이유도 없을 정도로 구질구질했다.

황제가 다스리는 제국의 남작령쯤 되는 규모로, 남들이 보면 비웃을 빈약한 병력 삼천에 나무 성채 일곱, 오아시스 도시 세 개가 전부인 나라였다. 그나마 사막과 초원이 뒤섞여 있으니 땅이 기름진 것도 아니다. 왕궁이라 해봐야 그의 별장 수준도 못 되는 가난한 나라였다. 그런데 항복을 권고했더니 건방지게도 태양신을 모시는 나라라서 카자르 엔더의 깃발을 받을 수 없다는 기가 막힌 대답을 해왔다. 그냥 지나가려다가 황제는 어이가 없어서 근위기사단 50명만 달랑 이끌고 달려와 공격했다. 그것도 술김에.

그 엉성한 공격에도 불구하고 바보스러운 소국의 왕은 냉큼 무릎을 꿇고 살려달라 매달렸다. 작달막한 하리아드의

왕은 투실투실한 몸에 야들한 손을 가진 자로, 싸움꾼인 황제의 눈에는 살찐 돼지로밖엔 안 보였다. 눈을 버린 황제는 분노했다. 그는 왕이란 당연히 이두박근 삼두박근 갖추고 복근 배열 깔끔히 한 상태에서 검기 정도는 날릴 줄 알아야 한다고 믿고 있었다. 모후와 유모에게 어릴 때부터 그렇게 교육받았던 것이다. 그랬기에 투실투실 살이 찐 왕이나 왕자라는 것은 도저히 용납할 수가 없었다.

왕인 주제에! 왕자인 주제에 어떻게 근육이 없단 말인가!

그렇다. 황제는 격노하고 또 격노했다. 그래서 토실한 왕과 왕자는 가차없이 다섯 토막으로 잘라 개밥으로 주었다. 조그마한 나라에 왕자는 또 얼마나 많은지 십여 명이 넘었다. 황제는 그중 근육이 좀 있고 검술도 좀 쓰고 체구도 좀 되는 왕자를 왕위에 올리고 쓸 만한 계집애들은 침노로 거두었다. 몰살시키지 않은 것만으로도 실로 관대하신 처사였다.

"왕이란 모름지기 강해야 하는 법이지. 나약한 놈은 죽어도 싸."

"그렇고말고요. 지당하십니다."

아부를 하면서 메리테인은 쌓여 있는 서류더미에 사인을 갈겼다. 그 사인은 황제의 사인이다. 황제의 그림자인 메리테인은 황제를 대신해서 사인하고 결재를 도맡았다.

가디언 2번이 무릎 꿇고 얌전히 황제의 잔에 술을 따르다 말고 뒤에 있는 가디언 3번에게 신호를 주자 3번이 잽싸게 훈제 햄을 황제의 입에 넣어준다. 손 하나 까딱하지 않는 황제는 미간을 찌푸린 채로 투덜거리고 있을 뿐이었다.

열심히 황제의 다리 마사지를 하고 있던 4번이 메리테인을 돕고 있던 5번에게 시선을 던졌다. 그러자 5번이 잉크로 범벅된 손가락을 자기 옷자락에 닦으면서 고했다.

"폐하, 지금 하리아드의 왕이 기다리고 있다고 합니다."

"왜?"

"연회 준비가 다 끝났다고 합니다."

메리테인은 결재가 끝난 서류를 탁탁 털어 대기 중이던 6번에게 넘겼다. 5번과 6번이 서류 정리를 끝내자 그제야 메리테인이 황제의 앞으로 다가와 설명했다.

"철군하라는 명령은 이미 전군에 떨어졌습니다. 재상께도 연락드렸고요. 재상께서 편지를 보내셨는데 보고드릴까요?"

절대 읽어준다고 말하지 않는 자상한 가디언이었다.

"해봐."

"음, 영명하고 위대하신 대륙의 주인이신 나의 주군이시여, 이렇게 올바른 판단을 내리신 것은 난생처음이 아닐까 하옵니다. 폐하가 소비한 겨울 군량을 생각하면 눈물이 앞을 가리고 피가 거꾸로 치솟을 것 같습니다만 그래도 올봄에 올라올 공물을 생각해서 꾹 눌러 참고 있습니다. 이왕이면 여자들 말고 식량과 황금을 풍족하게 빼앗아 오시길 기원합니다. 또 노예의 수량도 좀 확보해 주십시오. 여자 말고 건장한 남자로 이만 명만 확보해 주셨으면 합니다. 또 전사자의 수도 되도록 줄여주시면 더욱 감사드리겠나이다. 그리고 또……."

"그만! 그놈은 바라는 게 왜 이리 많아!"

그가 짜증을 내자 메리테인은 들고 있던 재상의 편지를 착착 접어 서류더미에 던졌다.

"그놈은 예전부터 쪼잔한 놈이었어."

재상. 황제와 황후를 빼면 제국의 제1인자인 존재.

황제는 미간을 찌푸린 채 턱을 괴고 고심했다.

재상 로리랜드 에녹하든 이베어리. 줄여서 로리. 그와 함께 자란 재상가의 차남으로 어릴 때부터 죽마고우이자 악우로 지내왔던 사이다. 주먹질로 다져지고 욕설과 물어뜯기로 돈독하게 쌓여온 친구였다. 그럭저럭 친구라는 말을 할 수 있었던 유일한 존재다. 그런 그가 그를 배신하고 역모를 일으켰다. 머리가 좋아 행정을 비롯한 거의 모든 일을 맡겨놓았던 터라 그의 배신은 치명적이었다.

"왜 배신했을까."

처음엔 만사 다 귀찮고 짜증나서 궁금하지도 않았다. 그런데 다시 회춘하고 보니 궁금해졌다. 여유가 있는 탓이다.

대대로 제국의 재상직을 맡아왔던 이베어리 가문의 로리랜드가 반역이라니. 신의 상징인 황제 외에는 어차피 만인지상의 위치다. 제국의 모든 것은 그의 손아귀에 있는 것이나 다름없었다.

그가 생각에 잠겨 있는 동안 가디언들은 얌전히 굳어 있었다. 어차피 그들의 주인은 길게 생각하는 법이 없었다. 보통 술 한두 잔 마실 정도면 생각이 끝났다. 심히 단순한 사고의 소유자인 까닭이다.

축축 늘어진 얄팍한 휘장들 사이에 가려진 황금빛 문이 열렸다.

"위대하신 황제 폐하."

달달 떨면서 새로 왕이 된 놈이 앞으로 나왔다. 치렁치렁하고 반짝거리는 옷을 걸친 하리아드의 왕은 무릎을 꿇고 머리를 조아렸다. 그의 뒤에 있던 신하들도 같이 절을 했다.

황혼이 지기 시작하는 늦은 오후, 오색으로 찬란한 색유리로 장식된 창문에서는 형형색색의 광선이 쏟아졌다. 바닥에 깔린 카펫은 모두 비단실로 짜인 최고급품이고 기둥과 벽에 그려지고 새겨진 그림들은 꽃과 나비, 그리고 농염하게 익은 과일들로 풍요를 상징하며 빛을 발하고 있었다. 복도 구석구석에 놓인 채색된 화병에는 보기 드문 꽃들이 가득 꽂혀 있고, 곳곳에 놓인 붉은 휘장 아래에는 앙증맞은 향로가 사향 냄새를 뿜었다. 그리고 은쟁반 위에는 풍성한 음식들이 먹음직스럽게 놓여 있다. 목숨을 걸고 패국의 요리사들이 만들어낸 야심에 찬 요리들이었기에 화려하다 못해 장엄하기까지 한 요리의 퍼레이드였다. 그 요리들을 나르고 시중들 준비를 갖춘 시녀들은 풍만한 몸매를 자랑하고 있는 반라의 미녀들이었다. 왕궁 전체에서 예쁜 시녀들만 뽑아왔는지 시녀로 보이는 여자들은 제법 고왔다. 가슴과 아랫도리만 간신히 가리고 있는 헐벗은 차림새는 북구에서 살아온 제국인들의 눈에 상당히 탐스럽게 보였다.

보통 사람들이라면 기가 죽거나 탄성을 올릴 엄청나게 화려한 연회였다. 하지만 정작 보고 있는 이들은 사치에 물린 황제와 모든 욕심에서 무감해진 가디언들이다. 탄성은커녕 하품도 나오지 않았다. 실망한 하리아드의 왕이 가슴을 졸이고 있는 동안 다행히 루네릭 백작을 비롯한 근위기사들이 대신 감탄해 주었다. 사실 근위기사단 중에는 화려한 연회에 감탄을 하는 이들보다 벗고 서 있는 이국의 미녀들에게 감탄한 이들이 더 많았지만 그래도 아예 반응이 없는 황제보다는 나았기에 하리아드의 신하들은 안도의 한숨을 내쉬었다.

황제는 심혈을 기울여 만들어낸 연회장 안을 둘러보았다.

첫날 가차없이 왕과 왕자들을 토막 내 죽인 탓인지 하리아드의 모든 이들이 겁에 질려 정성을 다하고 있었다. 물론 황제는 별로 신경 쓰지 않고 있었고, 식욕과 색욕에 무감한 그의 가디언들도 그저 무표정한 얼굴로 늘어서 있을 뿐이었다.

"이쪽으로 오시지요."

벌벌 떨면서 하리아드의 왕이 그를 분수대 옆의 상석으로 안내했다.

연회장 한가운데에 위치한 실내 분수대는 화려함의 절정이었다. 황금과 청금석으로 만들어진 분수대는 물이 귀한 곳에서 샘 하나를 통째로 파서 만들어낸 왕궁의 자랑이었다.

"술을 올리도록 하겠습니다."

왕의 말이 떨어지자마자 시종장이 분수대 안에서 술병 하나를 꺼내 들었다. 얼음이 귀한 지역에서 보일 수 있는 최고의 사치였다. 맑은 물을 뿜는 분수대에는 차갑게 식힌 술병들이 가지런히 물속에 잠겨 있었다. 사파이어와 에메랄드로 장식된 분수대 바닥은 맑고 차가운 물로 찰랑거렸다.

시종장이 술병을 들고 오자, 술잔을 내밀기도 전에 메리테인이 무뚝뚝한 얼굴로 술병을 빼앗았다. 파랗게 질린 시종장의 얼굴을 무시하고 그는 술병을 따고 그 안에 담긴 황금빛 액체를 한 모금 들이켰다. 그러자, 그 뒤에 있던 2번이 연회장에 놓여 있던 황금잔을 밀어버리고 품 안에 간직하고 있던 백금으로 만든 술잔을 꺼내어 황제의 앞에 내려놓았다.

이 무례한 태도에 뭐라 항의할 수 있는 자는 아무도 없었다. 황제의 모든 것은 가디언에 의해 관리되기에 다른 이가 끼어들 상황이 아니었다. 술병을 발칵발칵 세 모금 정도 더 들이켠 메리테인은 입맛을 다시고 잠시 기다린 뒤에 황제의 잔에 술을 따랐다.

"괜찮은 맛입니다, 폐하."

메리테인의 말에 황제는 피식 웃으며 잔을 들었다.

"괜찮군."

"마, 마음에 드신다니 다행입니다."

하리아드의 왕이 조심스럽게 말하는 동안 황제의 시선은 연회장에 줄지어 앉은 기사들에게 향했다. 그들은 황제가 잔을 들자 그제야 안도의 한숨을 내쉬고 있었다.

변덕스러운 황제의 취향과 성격에 익숙해진 그들은 황제가 웃있다는 것만으로도 충분히 안도하고 있는 중이었다. 하지만 다시 시선이 꽂히자 절로 긴장해 얼굴과 자세가 굳었다.

"죽은 놈을 위해 건배."

황제가 잔을 들자, 기사들은 급히 잔을 들어 올렸다. 황제가 술을 마시자 기사단들도 동시에 술을 들이켠다. 야금야금 술을 먹는 이들은 없다. 모두 한 번에 들이켠다.

"살아남은 놈을 위해 건배."

뒤이어 또 한 번 술을 들이켜자, 기사단들도 황제를 따라 잔을 들이켰다.

"메리의 생일을 축하하며 건배."

뜻밖의 말에 당황하긴 했지만 기사들은 평정심을 잃지 않고 술을 들이켰다.

"루네릭의 아들 생일을 축하하며 건배."

또다시 낯선 단어에 당황하면서도 기사들은 충실히 잔을 들었다. 기사단장 루네릭 백작은 감격해 눈물이 벌써 글썽

글썽했다. 사실 생일이 지난 지 한참 되고도 남았지만 위대하신 황제께서 축하해 주신다는 것은 가문의 영광이었다. 특히나 성질 더러운 폭군 황제의 경우는.

하리아드의 왕은 루네릭 백작을 황제가 총애한다는 사실을 재빨리 눈치챘다. 그뿐만 아니라 나름 정치색이 좀 있는 기사들도 이 고지식한 단장을 황제가 〈상당히〉 총애한다는 것을 깨달았다. 저 이기적인 황제가 백작 아들의 생일까지 챙기다니! 그들은 질투와 경악의 시선으로 황제 대신 백작을 노려보기 시작했다.

기사들 사이에서 야릇한 시선이 오고 가는 동안 여전히 생각없는 황제는 메리테인의 옆에 서 있던 2번에게 말했다.

"담번에는 네 생일이다."

2번은 눈을 부릅떴다. 평상시에 이름도 불리지 못한 채 그저 2번이라 불리고 있던 가련한 가디언은 황제의 자비로운 말에 당황한 나머지 평상시와 달리 두 눈만 끔뻑거렸다. 보고 있던 메리테인이 그의 옆구리를 쿡쿡 찌르자 그다음에야 비로소 감사의 인사를 올렸다.

나른한 음악이 퍼져 나가기 시작하고 반라의 무희들이 줄지어 들어섰다.

요염한 몸짓의 무희들이 제각각 춤을 추고 있는 동안 황제는 사실 고심하고 있었다. 기억보다 술은 맛있었고, 부하들은 솜털이 뽀송했으며, 연회는 시시했다. 하지만 원래 그다지 깊은 생각을 하고 있지 않았던 그는 이다음에 무슨 일이 있었는지 도무지 기억이 안 났다. 그의 후궁 안데르가 이 때쯤 나온 것 같긴 한데 도무지 자세한 것은 기억이 안 났다. 어쨌든 그때 술을 많이 마셔서 꽤 취한 상태인 것 같았다.

무희들이 나가고 시녀들이 연신 술을 권해 연회장 안이 취기와 열기로 서서히 물드는 동안 기사들 중에는 슬슬 반라의 시녀들과 뒹구는 자들도 나왔다. 원래 황음한 연회에 익숙한 이들이리 황제의 발치에서 여자를 탐하는 것은 대단한 일도 아니었다. 여기저기서 헉헉대는 소리가 나오는 가운데 긴장한 얼굴의 하리아드의 왕이 조심스레 황제의 곁으로 다가왔다.

"폐하, 준비된 아이들을 보여 드리겠습니다. 좋은 혈통의 아이들로 마음에 드실 겁니다."

그 말이 끝나기가 무섭게 연회장 끝에 늘어져 있던 휘장이 서서히 올라갔다.

나른하게 울려 퍼지던 음악 소리가 사라지자, 술에 취해 있던 이들이 시선이 일제히 한곳으로 쏠렸다.

"호오!"

여기저기서 감탄사가 튀어나왔다.

일곱 명의 미녀가 휘장 아래 서 있었다. 그중 네 명은 반라의 모습으로 시선을 어디로 두어야 할지 모를 정도로 대담한 옷차림이었다. 국부와 가슴의 일부만 얇은 천으로 가린 채 보석 장신구와 황금 사슬을 허리에 묶은 그녀들은 왕의 피를 받은 후궁 태생의 공주들과 귀족가의 여식들로 나름 미모에 자신이 있는 이들이었다. 그리고 그들 중 오히려 가운을 겹쳐 입어 살갗이라고는 전혀 보이지 않게 가리고 있는 여자들이 세 명. 몸을 가리고 있긴 하지만 얇은 천으로 전신을 감싸서 몸매의 굴곡만은 고스란히 드러나 있었다. 역시나 황금 사슬을 허리에 두른 세 명의 여자들은 얼굴을 가렸기에 더 시선을 끌었다.

"모두 좋은 혈통을 가진 아이들입니다."

왕의 소개에도 불구하고 황제의 시선은 얼굴을 가린 한 여자에게로 쏠려 있었다.

다른 여자들은 얼굴의 반만 가려 얼굴 윤곽을 알 수 있었는데 그녀만은 머리끝부터 발끝까지 가려서 머리카락 하나 보이지 않았다.

'안데르!'

그는 가슴이 내려앉았다. 아니, 가슴 한구석이 터질 듯 뛰기 시작했다.

안데르. 나를 죽이려 한 독부. 나를 배신했던 여자. 유일하게 사랑했던 여자.

"마, 마음에 드는 아이가 있으시다면……."

그의 시선이 여자들에게 박혀 있다는 것을 깨달았는지 왕이 잽싸게 고해왔다.

황제는 몸을 반쯤 일으키고 베일을 쓰고 서 있는 안데르의 모습을 뚫어져라 노려보았다.

'저년, 저년이 나에게 독약을 먹이고 비수를 꽂았다. 그리하여 나는 죽었다.'

당장 찢어 죽이고 싶은 생각과 당장 끌어안고 싶은 생각이 마구 뒤섞였다.

저년이 날 배신하다니. 저년을 곁에 둔 것이 30년. 황후보다도, 그 누구보다도 총애했는데 저년은 날 배신했다. 그렇게 모질게 날 찌른 주제에 자결은 왜 했니? 왜 울면서 나를 원망했어? 나쁜 년!

베일을 뒤집어쓰고 있었는데도 작고 마른 체구는 눈에 띈다. 황제는 이를 갈았다. 들끓는 가슴속이 찢어질 듯 아팠다. 미칠 지경이다.

"폐하?"

이상하다 생각했는지 메리테인이 슬그머니 그의 옆으로 다가왔다.

황제는 이를 갈면서 히죽 웃었다.

"면상도 안 보이고 서 있는 저것은 뭐냐?"

저년을 다시 볼 줄이야. 죽여 버릴 테다. 저년을 확 잡아 찢어버릴 테다! 이를 북북 갈며 그가 되뇌자 그 살기를 느꼈는지 메리테인이 벌떡 일어나 여자들 사이로 뛰어들었다. 그리고는 베일을 쓴 안데르를 질질 끌고 와 황제의 앞으로 패대기쳤다.

앞으로 나동그라진 그녀는 비명도 지르지 않았다. 비명 대신 몸을 웅크린 채 얌전히 엎드려 있을 뿐이다. 그 모습도 마음에 들지 않았다. 아니, 저놈이! 안 그래도 연약한 애를 왜 패대기쳐! 변덕스런 황제는 방금 전까지 했던 생각을 송두리째 잊어버리고 애꿎은 메리테인을 찢어 죽이려다 참았다. 그래, 저놈도 불쌍한 놈이다. 참자, 참아.

"요, 용서를! 관대하신 폐하! 이 아이는 그 모습이 특이하여……."

하리아드의 왕이 벌벌 떨면서 설명을 시작했다.

황제는 순간적으로 미간을 찌푸렸다. 갑자기 안데르에 대한 기억이 밀려들어 왔다.

"전 왕의 열세 번째 소생입니다만 그 외양이 기괴하여 신전에 바쳐졌던 아이입니다. 상서롭지 못한 모습인지라 몸을 가리고 있는 것입니다. 이 추한 꼴이 싫으시다면 당장 내쫓겠사오니 분노를 거두어주십시오."

추한 꼴. 상서롭지 못한 모습. 기괴한 외양.

황제는 바닥에 엎어진 채 고개를 떨어뜨리고 있는 그녀를 멍하니 바라보았다.

"그런 추한 것이라면 왜 이 자리에 끌고 온 것이냐?"

메리테인이 추궁하자 왕은 급히 설명했다.

"좋은 혈통을 가진 여식들을 모았을 뿐입니다. 저 아이가 이 자리에 서게 된 것은 그 이유뿐입니다."

그 말을 들으며 황제는 까마득히 잊고 있던 기억을 되살렸다.

연회장에서 안데르를 본 그는 아직 열네 살밖에 안 된 그녀를 침실로 끌고 가 실컷 범한 뒤에 원정군에 합류했다. 몇 번 병이 나서 앓기도 하고 훌쩍거리기도 했지만 안데르는 얌전했다. 다른 여자들과 달리 조용하고 말이 없는 터라 꽤 편하게 여긴 그는 그녀를 끌고 전쟁터를 전전했다. 그리고 본국에 돌아와 그녀를 후궁으로 봉했다. 그때부터 그녀는 변하기 시작했다. 후궁에는 삼백여 명이 넘는 여자들이 있었다. 황후도 있었고 그녀가 이끌고 다니는 궁비들도 많았다. 연회마다 새 여사들이 들어와 그를 시중들었다. 얌전하지만 수줍게 웃었던 안데르는 그때부터 웃음을 잃었다. 눈물도 흘리지 않았다.

"한 번만이라도 좋으니 제가 좋다고 말해주세요. 제발."

어느 날이었던가. 웃지도 않던 안데르가 울면서 그에게 애원했다. 술에 취해 있던 그는 짜증이 나서 그녀에게 채찍질을 하고는 자리를 떴다.

"한 번만이라도 제가 예쁘다고 말해주세요. 제발."

그녀가 애통하게 울던 그 목소리가 기억에 남았다. 뒤에 생각이 나서 슬그머니 상처를 보러 가니 그녀는 침대에 축 늘어진 채 하쉬쉬를 흡입하고 있었다. 웃지도 않고 울지도 않는 그녀. 후궁 따위에게 신경 쓰는 것도 우습게 생각되어 그는 그때 있었던 일을 모두 잊었다.

그리고 그녀는 그를 배신했다.

"빌어먹을."

그는 주먹을 움켜쥐었다. 가슴이 거북했다. 눈앞이 어질

어질해진다.

왜 하필이면 안데르를 처음 만나던 이때로 되돌아온 것일까. 이게 무슨 이유가 있는 것일까? 그는 미간을 잔뜩 찌푸린 채 이를 악물었다.

이 조그마한 여자 때문에 흔들린다는 게 화가 났다. 당장 쳐 죽이고 온순한 여자들을 취하고 싶었다. 안데르를 없애 버리면 그를 배신한다는 미래는 사라질 것이다.

그러나,

그는 자신의 눈치를 보고 있는 메리테인을 순간적으로 멍하니 바라보았다.

"폐하, 정신을 차리셔야 합니다. 주인님의 마음에 드는 다른 여자들을 구해오겠습니다. 안데르 마마와 닮은 여자를 대륙 전체를 뒤져서라도 구해오겠습니다. 그러니까 펠님, 이제 그만 일어나셔서 전처럼 싸우십시오. 피를 마신다고 잔소리하지 않겠습니다. 술 마신다고 잔소리 안 할게요. 펠님, 이러시다간 죽습니다. 펠님, 제발, 제발."

그의 다리를 붙잡고 애원하던 메리테인의 말이 기억났다.

"다시 돌아갈 수만 있다면, 다시 시작할 수만 있다면 안데르 너에게 용서를 빌겠다. 다시 돌아갈 수만 있다면 너와 다시 시작할 수만 있다면, 황제 따윈 버릴 수도 있다."

그날의 기도. 난생처음 신에게 애원하던 그 순간.

그는 이마를 짚었다.

갑자기 울컥 눈앞이 뜨거워졌다. 이제 기억이 분명히 났다.

그는 안데르와 다시 시작할 기회를 얻었다. 하나밖에 없었던 사랑을 다시 시작할 기회를 얻은 것이다.

얼어붙은 황신(荒神), 거칠고 광폭한 신의 아들을 사로잡은 아리따운 미희(美姬). 그녀의 아름다움은 겨울의 차가운 계곡을 봄빛으로 물들였나니.

—고대 서사시 폐 펠리오라 사가 中에서

(연대 미상 저자 불명)

RELOAD

 안녕하십니까. 네네. 저는 3번 가디언, 그러니까 2번 다음 서열 3번 르나스입니다. 에, 그러니까 사실 저는 가디언 중에서 나이가 가장 많지 말입니다. 그러니까 사실 서열이 1위가 되어야 하는 게 맞지 말입니다. 그럼에도 불구하고 3번이라 상당히 불만이 있지 말입니다. 그러다가… 대장 메리테인에게 얻어맞았지 말입니다. 악! 투덜거리지 말라고요? 시성하겠습니다악! 에, 그러니까 제가 말씀드리고 싶은 것은 제가 가디언 중에서는 가장 학식이 높지 말입니다. 저의 독서량은 위대하신 황제 폐하께서도 인정하고 계시지 말입니다. 아, 악! 때리지 말란 말입니다! 잘난 척하는 게 아니지 말입니다! 전 잘난 것이지 잘난 척하는 게 아니지 말입니다! 서류 분류를 하는 게 저이지 말입니다! 제가 다치면 손해 보는 것은 대장이지 말입니다! 에, 그러니까 위대하신 우리의 황제 폐하께서 달라지신 것은 바로 그때지 말입니다. 네, 하리아드에서 말입니다. 하리아드의 이상하게 생긴… 악! 악! 시정하겠습니다! 끄악! 때리지 말란 말입니다! 네, 아름다우시고 아름다우셔서 눈이 부신 하리아드의 공주님을 폐하께서 만난 그날부터지 말입니다. 분명히 기억하고 있지 말입니다. 수다를 떨지 말라고요? 악! 그만 좀 때리지 말입니다! 대장은 대장이지 폐하가 아니지 말입니다! 저는 폐하의 가디언이지 대장의 가디언이 아니지 말입니다! 악! 그만 좀 때리지 말입니다! 쌍! 계급장 떼고 한번 붙을 거야? 커억! 끄아아아아악! 잘못했지 말입니다. 네, 죽을죄를 졌지 말입니다. 다시는 안 개길 터이니 그만 좀 때리지 말입니다. 흑! 내 팔자야.

⚜

　세상의 모든 일에는 이면이라는 것이 있기 마련이다. 한쪽에서는 사랑이라 우기고 한쪽에서는 스토킹이라 여기는 것처럼 말이다.
　30년 후, 어설픈 반역자인 동시에 남편의 배를 쑤신 독부(毒婦)가 되었던 안데르 라네 라이리 공주는 열네 살인 이 시점에서 지극히 순진한 소녀였다. 아니, 조금 삐뚤어진 소녀였다.

그녀의 모친은 태양신의 무녀가 될 귀족가의 소녀였다. 그러하나 미모가 유달리 뛰어난 관계로 무녀의식을 치르는 도중 불행히도 왕의 눈에 띄었다. 위대하신 황제 폐하가 주장하는 것처럼 왕인 주제에 배가 튀어나오고 지극히 호색하고 방탕하며 여자를 밝히는 것밖에는 하는 일이 없는 왕은 자신보다 무려 30년이나 어린 소녀를 잡아챘다. 당시 열다섯 살이었던 불행한 소녀는 신전에서 벌어진 신성모독과 어린 몸에 가해진 폭행으로 깊은 마음의 상처를 입고 말았다. 실성한 상태였던 그녀는 하녀의 손을 빌어 해산을 하다 사망했고, 태어나자마자 모친을 잃은 안데르는 왕이 부친이라는 것 이외엔 가진 것 없이 자라날 수밖에 없었다.

신전의 비난을 무마하고자 왕은 이 가여운 소녀를 공주로 인정하고 별궁 한구석에서 키우라 명했다. 사실 워낙 약해서 곧 죽어버릴 거란 계산이 없었던 것은 아니다. 이 가련한 공주는 왕의 죄를 고스란히 드러내는 증거이기도 했으므로 왕은 그녀를 매우 저어했다. 자신이 싸지른 주제에 모른 척하는 파렴치한 짓거리를 한 왕은 그 이후에도 계속해서 파렴치한 짓을 하다가 결국은 더 파렴치하고 더 악당인 주제에 위대한 척하는 황제를 만나 일생을 끝마치게 된다. 이것이 바로 인과응보라 할 수 있겠다.

각설하고, 어쨌든 부친과 모친에게 동시에 버려진 이 가여운 공주님은 놀랍게도 정성 어린 유모를 만나 무탈하게 자라났다. 그리고 성장을 함에 따라 불행히도 이 아가씨가 태생만이 아니라 생김새까지도 특이하다는 것이 밝혀지게 되었다.

백발(白髮)에 홍안(紅眼). 그 피부는 유래없이 희었다. 그냥 뽀얀 게 아니라 엄청나게 희다 못해 창백할 지경이었다. 그 놀라운 생김새에 신전은 태양신의 분노라고 여기게 되었고, 왕가에서는 저주의 증거라 여겼다. 안 그래도 입지가 모자랐던 가련한 공주는 생김새가 끔찍하다며 왕궁 출입마저 거부당했다.

태양을 경애하는 하리아드인들은 대부분 검은 머리에 검은 눈이나 다갈색 눈, 곱게 그을린 갈색 피부를 가지고 있었다. 그런데 난데없이 백발에 홍안이라는 기이한 외모가 등장했으니 크든 작든 그녀와 연관이 있는 자들은 신의 분노라 여기며 부들부들 떨 수밖에 없었다. 공주의 외가에서도 내쳤고, 신전에서도 거북하게 여겼으며, 왕가에서는 아예 불길하다며 멀리했으니 이 가련한 공주의 생활이 얼마나 비참했을지는 굳이 설명하지 않아도 알 법한 일이다.

그녀는 항상 추한 모습을 가리기 위해 머리끝부터 발끝까지 베일을 뒤집어썼고, 왕족에게 지급되는 패물이나 용돈조차 받지 못해 궁핍했다. 그저 죽은 듯 조용히 왕궁의 구석진 별궁에서 지냈지만 항상 멸시 어린 시선에 시달려야만 했다. 같은 피를 가진 형제자매들은 툭하면 그녀에게 화풀이를 해 구타를 하거나 모욕을 퍼부었다. 태생부터 비참했던 공주의 유일한 행운은 그녀가 외국 출신의 유모를 만난 것이었다.

그녀의 유모는 괄괄한 성격으로 북부 대륙에서 자라난 여인이었다. 떠돌이 용병과 결혼해 세상을 떠돌다가 우연히 하리아드에 정착한 그녀는 태양신을 모시는 신전에서 허드렛일을 하다가 우연찮게 공주의 모친을 만났다. 외국인인지라 선입감이 없던 그녀는 어린 나이에 원치 않는 임신을 해서 실성한 가련한 소녀를 수발들고 해산까지 도맡았다. 이윽고 태어난 아기를 아무도 맡지 않으려 하자, 그녀는 두 팔 걷어붙이고 왕실과 신전을 상대로 담판을 벌여 매달 일정한 급여를 받고 아기를 키우기로 계약을 맺었다. 백발에 홍안이라는 괴이한 생김새에 놀란 이들이 아기를 멸시하거나 끔찍하게 여길 때도 북방 출신의 유모는 당당하게 외쳤다.

"너희들이 까말 뿐이야! 북구에 가면 하얀 애들 많아! 무식한 것들!"

남들의 시선에 상처받고 공주가 울 때마다 유모는 씩씩하게 이야기를 읊어주었다.

대륙의 북부에는 전쟁신의 핏줄을 이어받은 신족이 다스리는 제국이 있는데 그 신족들은 대대로 신성한 백금의 머리칼에 백석보다도 흰 피부를 가지고 있다고. 키는 2미터에 이르고 한 팔로 아이 두엇은 안아 올릴 정도로 힘이 세며, 바윗돌을 맨손으로 깨부수는 용맹한 전사들이라고 설명했다.

"그러니까, 나의 하얀 공주님. 고귀한 신족의 눈에 공주님은 아주 귀엽고 아름답게 보일 거랍니다."

유모의 말에 공주는 희망을 새겼다. 언젠가는 이 답답한 곳을 나가 하얀 신족들이 사는 제국에 가서 살고 싶다고. 그리하여 그녀는 유달리 독립적이고 진취적인 성격이 되었다. 아주 조금은 무모한 면도 있긴 했지만 워낙 이 공주님의 환경이 가련하니 그건 접어두기로 하자.

그리고 세월이 흘러 소문으로만 듣던 신족의 제국군을 직접 접하게 된 날이 왔다.

제국의 오만방자한 황제가 던진 항복권고에 태양신을 모신다는 왕국 전체가 불가를 외치며 결사항전을 외쳤다. 그리고 그 말이 무색하게 사흘이 채 지나지도 않아 모두 엎드려 용서를 빌었다. 잔혹무도하다는 황제의 행보에 발발 떨면서 귀족들과 왕은 살아남기 위해 고심했다. 그녀의 부친이자 왕인 남자가 성문 앞까지 나가서 비단 카펫을 깔고 넙죽 엎드려 무조건 항복을 빌 때 왕족이란 이름하에 모든 이들이 전부 성문 앞으로 내쫓겼다. 왕의 소생들이 얼마나 많았는지 귀족들은 눈을 부릅뜨면서 왕의 모든 소생은 다 나아가 빌라고 주장했다. 왕의 과오이니 왕족이 책임져야 한다는 게 그들의 주장이었다. 또 제국의 황제가 유달리 호색한에 여자라면 사족을 못 쓴다는 정보를 지닌 그들은 절세미녀인 공주들이 앞으로 나서면 성질 더러운 황제의 마음을 누그러뜨릴 수 있을 거라 여겼던 것이다. 문제는, 황제가 호색한은 맞지만 여자라면 사족을 못 쓰는 게 아니라 여자라도 패 죽이는 패악한 심성의 소유자라는 것이지만.

어쨌든 유달리 얇고 야한 의상으로 휘감은 왕의 딸들은 투실한 왕의 뒤에 얌전히 도열해 자신의 미모를 위대한 황제에게 드러낼 순간을 고대하고 있었다. 사실 얼결에 이끌려 나간 안데르는 억울했다. 공주 대접을 해주지도 않으면서 안 좋은 일이 일어나면 왕족이라고 앞에 나가라는 건 불합리한 일이다. 그녀는 유모와 함께 서책 필사하기, 수놓기, 옷 만들기, 조각하기 등의 소소한 일로 생계를 이어가는 가련한 처지였다. 손재주가 있었던 그녀는 특히나 수를 잘 놓았고, 겸사겸사 단검 쓰는 법도 좀 배웠다. 왕이 죽고 나면 슬그머니 왕궁을 벗어나 외국으로 내뺄 계획도 품고 있었다.

"어머, 저 끔찍한 계집애까지 왔어?"

유달리 포동포동한 엉덩이를 가진 메살리아 공주가 눈을 부릅떴다. 그녀는 왕궁에서 가장 아름다운 공주 중 한 명이었다. 왕의 총애와 귀족가의 구애를 한 몸에 받는 그녀는 자신의 풍만한 가슴과 엉덩이로 모든 남자를 녹일 거라 믿는 아가씨였다. 안데르와는 세 살 차이가 나지만 태생부터 풍족하게 살아온 오만한 공주다. 그녀의 옆에 있던 다른 공주들도 눈을 하얗게 뜨고 째려보았다.

"저런 추한 것과 나란히 설 수 없어! 넌 저리 가!"

"저리 가! 이것아!"

"저주받은 네년 때문에 우리가 이런 처지잖아!"

공주들의 주먹질과 발길질에 이리저리 채인 안데르는 여기저기 얻어맞고 구석으로 피했다.

"뭐야, 이런 게 있었어?"

"저리 가! 이 더러운 것!"

"꺄악! 끔찍해!"

가까이 있던 왕자 하나가 그녀의 얼굴에 침을 뱉었다.

베일에 가려져 다행히 얼굴에 직접 맞지는 않았지만 그렇다고 해서 굴욕감이 사라지는 것은 아니다. 그녀는 발길질을 해대는 그들에게 밀려 넘어졌다. 그 뒤를 이어 돌멩이가 날아왔다.

비명을 지르며 피하는 그녀를 공주들만이 아니라 왕자들이나 하인들까지도 밀쳐 내는 바람에 결국 그녀는 맨 뒤 구석진 바위틈에 주저앉았다.

코피가 줄줄 나오고 눈물도 찔끔 나왔다. 안 그래도 약한 피부에는 멍이 잘 들어 얼룩덜룩했다. 그녀는 눈물을 손등으로 닦으면서 무심한 얼굴로 시체가 쌓인 전면을 바라보았다. 왕국의 모든 이들이 다 그녀를 싫어하고 저주했다. 그러니 정이 생길 리 만무하다. 그럭저럭 잘 대해준 이들은 오히려 성문 밖에 사는 보통 평민들이었다. 그들은 솜씨 좋은 그녀가 수놓은 베일을 쓰고 혼인식을 치른다며 돈을 치렀다. 그녀는 동화책에 나오는 착한 소녀가 아니었다. 괴로워도 억울해도 천치같이 웃는 백치 같은 착한 소녀가 아니었다.

그런 고통을 달고 살면서 어떻게 착하고 고운 심성을 유지할 수 있으랴. 그녀는 왕족들을 증오했다. 자신의 모친을 강간한 왕을 증오했다. 눈이 붉다고, 머리가 희다고 그녀를 멸시하고 죽이려 한 자들을 모두 증오했다. 신관, 하인, 시녀, 하녀, 왕과 왕비들, 공주들과 왕자들, 귀족들. 할 수만 있다면 모두 찢어 죽이고 싶었다. 하지만 현실은 시궁창. 그녀는 고작해야 열네 살밖에 안 된 힘없는 소녀에 불과했다.

그래도 그녀에겐 나름 현실적인 소원이 있었다. 남들과 다른 생김새를 가지고도 편하게 살 수 있는 나라에 가서 살고 싶다는 게 소원이었다. 그녀는 공주였지만 평민만도 못했다. 하인에게조차 얻어맞는 공주가 어디 있으랴.

"위대하신 황제시여! 하리아드는 황제의 자비를 바라옵니다!"

우렁찬 소리를 내며 왕이 무릎을 꿇는 광경이 그녀의 눈앞에 펼쳐졌다.

맨 뒤에 있어 몰랐던 그녀는 도열한 왕족들이 일제히 무릎을 꿇는 바람에 바로 앞까지 다가온 제국군을 볼 수 있었다.

'아!'

유모의 말은 거짓이 아니었다.

제국군 대부분은 창백할 정도로 흰 피부에 키가 컸다. 하리아드인보다 머리 하나는 컸고 더 큰 자들도 많았다. 피로 범벅이 된 거인 전사들이 문득 뒤를 돌아보며 갈라졌다. 그리고 그들 중 가장 큰 체구의 남자가 느릿하게 나타났다.

은빛으로 빛나는 창백한 머리칼을 치렁하게 늘어뜨린 장신의 사내는 피범벅이었다. 형형하게 빛나는 푸른 눈을 제외한 모두가 피로 얼룩져 있었다. 화려한 장신구 대신에 몸에 달라붙는 갑옷을 입은 것이 전부인 그의 손에는 그녀의 몸통만 한 거대한 검이 쥐어져 있었다.

"뭐야, 이거?"

거인처럼 커다란 사내가 은빛의 눈썹을 치켜 올렸다. 피로 얼룩진 붉은 입술이 비쭉 올라간다.

"하리아드의 왕입니다, 폐하."

거대한 체구의 전사가 종처럼 굽실대며 고했다. 피와 살점으로 얼룩진 무기를 주렁주렁 매단 전사들은 자신들의 왕을 경외와 공포로 바라보며 고개를 숙인다.

"왕?"

제국의 황제는 손등으로 피로 얼룩진 은발을 쓸어 올렸다. 그리고는 킬킬 웃기 시작했다. 다른 이들이 보면 기겁을 할 정도로 채신머리없는 태도였건만 주변에 서 있던 제국 전사들은 시퍼렇게 얼굴이 질린 채 굳었다. 삽시간에 주변이 차갑게 식었다.

"에, 그… 그러니까……."

무릎을 꿇고 있던 하리아드의 왕이 새파랗게 어린 황제를 올려다보며 달달 떨었다.

"이게 왕이야?"

웃고 있던 황제가 왕의 턱을 걷어찼다.

퍽 소리와 함께 동그란 왕의 몸이 데굴데굴 굴렀다. 비명 소리가 절로 사람들 사이에서 터져 나왔다.

"꺄악!"

"아바마마!"

"전하!"

몇몇은 무례하다고 외치며 항의하기도 했지만 큰 소리를 내기도 전에 황제의 옆에 서 있던 전사들에게 가차없이 얻어맞고 나뒹굴었다. 얻어맞은 왕은 엉금엉금 기어 겨우 일어나려 했지만 뒤이어서 날아온 발길질에 엉덩이를 얻어맞고 다시 쓰러졌다.

"이게 무슨 왕이야, 비곗덩어리지? 왕인 주제에 이 꼬라지가 뭐야?"

발끝으로 황제는 왕의 몽실한 배를 꾹꾹 눌렀다. 그는 더럽다는 듯이 바닥에 발끝을 비비며 침을 뱉었다.

"뭐 이런 게 다 있어? 이 나라는 돼지를 왕으로 섬기냐? 이걸 어디로 봐서 왕이라 부를 수 있어? 세상의 모든 왕들에 대한 모독 아냐?"

도저히 귀인답지 않은 소리로 떠들어댄 황제는 손을 털었다.

"아, 더러워서 차마 손도 못 대겠다. 메리, 니가 잘라."

그 순간 얼굴 하얀 전사가 앞으로 나서서 검을 휘둘렀다. 시뻘건 피가 솟아 바닥으로 떨어졌다.

"으아아아악!"

비명을 지르며 왕이 버둥거렸다. 왕의 다리 하나가 펄떡펄떡 뛴다. 그 끔찍한 광경에 그 자리에 있던 자들이 일제히 비명을 지르며 뒤로 쓰러졌다. 몇몇은 토악질을 하고 오줌까지 지리는 추태를 보이기 시작했다.

문득 다리 하나를 잘라낸 전사가 비명을 질러대는 왕의 입을 밟으며 황제에게 물었다.

"그런데 폐하, 어떻게 자를까요? 세로로 자를깝쇼, 가로로 자를깝쇼?"

케이크라도 자르는 것 같은 여상한 말투에 황제는 한 걸음 뒤로 물러서더니 무릎을 꿇고 눈물콧물 흘리고 있는 왕족들을 돌아보았다.

"뭐야? 이것들이 다 왕족이라고? 맙소사! 이 나라는 돼지를 숭상하는 거냐? 어떻게 된 게 다 이 모양이야?"

혀를 찬 황제는 더럽다는 듯이 퉤퉤 침을 뱉더니 아무렇게나 손을 휘저었다.

"내 앞에서 돼지들을 치워라. 가로든 세로든 적당한 크기로 잘라 개들 먹이로나 줘."

황제의 말이 떨어지기가 무섭게 비명이 터져 나왔다.

"이럴 수는! 항복한 왕족을 이리 대하는 법은 없소!"

"안 돼!"

"꺄아악!"

요란한 소리를 무시한 채 황제의 명령을 받은 전사는 가차없이 검을 휘두르기 시작했다. 끔직한 비명을 질러대며 왕의 몸이 갈라지고 마침내 목이 베어지자 공포로 졸도한 자들이 속출했다. 문득 왕궁제일미녀라는 메살리아가 몸을 가늘게 떨며 팔짱을 끼고 있는 황제의 앞으로 기어나왔다. 그리고는 가련한 모습으로 눈물을 흘리며 고개를 숙였다.

"위대하신 분이시여, 저의 가족들을 살려주시옵소서."

비단처럼 매끄러운 어깨가 살포시 드러났다. 풍만한 가슴은 고개를 숙이자 깊은 계곡까지 드러난다. 풍만한 엉덩이가 고스란히 황제의 시야 앞에 드러나자 몇몇 전사들의 시선이 은밀하게 바뀌었다.

그러자, 기다렸다는 듯이 공주들이 달려나와 황제의 앞에 요염한 자태로 무릎을 꿇었다. 눈물에 젖은 가련한 공주들의 미모에 남자들의 시선이 일제히 쏠렸다.

안데르는 끔찍한 광경에도 불구하고 덤덤한 마음으로 지켜보고 있었다.

왕이 끔찍하게 죽어가는 것도, 왕족들의 추태도 이상할 정도로 아무렇지도 않았다. 가족이라 여긴 적이 한 번도 없어서 그런 것인가, 아니면 원한이 쌓여서 그런 것인가. 모두 다 자신과는 관계없는 일인 것만 같았다. 저 황제도 아름다운 메살리아의 치마폭에 감싸여 다른 남자들처럼 그녀를 사랑하게 되겠지. 얼굴만 예쁜 저 멍청한 계집애는 또 다른 남자의 품에 안겨서 잘난 척 앵앵대겠지. 냉소적인 소녀는 작게 코웃음 쳤다.

그러나,

"뭐야, 이 커다란 엉덩이는?"

황제가 다시 침을 퉤 하고 뱉었다. 그의 발이 엎드린 메살리아의 엉덩이를 걷어찼다. 비명을 올리며 나자빠진 그녀는 입을 쩍 벌렸다. 단 한 번도 남자에게 거절당한 적이 없는 그녀는 이 초유의 사태에 멍청하게 입만 벌린 채 움직이지 못했다. 그 뒤에 있던 공주들도 소리없는 비명을 지르며 굳었다.

"쓸 만한 계집애들은 모아 노예로 끌고 간다. 야! 너는 돼지 아닌 놈 좀 찾아봐라. 이건 뭐 다 두루뭉술한 게 건질 게 없잖아."

키 큰 전사들이 킬킬대고 웃었다.

하리아드 최고의 미녀라 불렸던 메살리아는 모욕감에 부들부들 떨었다. 외모에 자신이 있던 공주들은 자신들이 정말로 노예로 팔려 나갈 거라는 상상을 해본 적이 없어 그저 넋만 잃었다. 그래 봐야 야만스러운 외국인들의 마음을 녹여 아내가 될 거란 상상을 해왔던 그녀들은 새삼 피로 물든 바닥을 보며 공포에 질렸다.

그렇게 얼어붙은 공주들을 거인 전사들이 개나 돼지 몰듯 툭툭 발로 쳐가며 한곳으로 끌어모았다. 눈앞에서 남자 형제들이 죽어가는 광경에 겁에 질린 그녀들은 화를 내지도 못한 채 한구석에 몰려서서 벌벌 떨었다.

"사, 살려!"

"아악!"

학살, 혹은 도살.

눈앞에서 그녀에게 침을 뱉었던 왕자가 잘려져 나갔다. 팔다리가 잘리고 목도 잘려 대굴대굴 굴렀다. 그녀에게 발길질을 해댔던 자들이 끔찍한 죽음을 맞이하는 광경을 안데르는 웅크린 채 멍하니 바라보고 있었다.

거인들 사이에서도 머리 하나는 더 큰 백금발의 황제는 거만하고 오만한 태도로 피로 물든 진창길을 턱턱 밟으며 한 바퀴 돌고 있었다. 광기로 번들거리는 푸른 눈에는 사람들이 찬양하는 공주들의 미모도 들어오지 않는 모양이었다. 그는 죽어가는 왕자들의 사지를 꾹꾹 밟으며 반라의 공주들을 걷어찼다. 그는 거대하고 잔악한 도살자들을 거느린 채 피바다 위에 서 있었다. 토막난 시체들이 사방에 굴러다녔으나 그는 태연자약하다 못해 지루하다는 듯 하품을 했다.

"아."

안데르는 멍하니 생각했다.

유모의 말이 맞을지도 모른다. 북부의 신성한 제국의 황제는 백금발에 하얀 피부의 거인이었다. 그리고 어쩌면 그는 하얗기만 한 자신을 예쁘다고 말해줄지도 모른다. 풍만하고 요염한 공주들의 엉덩이를 걷어찰 수 있는 남자. 무섭고 잔혹했던 왕자들을 단칼에 죽여 버리는 남자. 무섭다기보다 그녀는 통쾌함을 느꼈다.

세상에 한 명쯤은 모두 다 추하다 말하는 자신을 예쁘다고 말해주기를 얼마나 소원했던가. 같은 피를 가진 피붙이들이 참혹하게 죽어가는 동안 그녀는 마른 눈으로 그 광경을 지켜보며 맹세했다.

만약 자신을 향해 아름답다고, 예쁘다고 귀히 여겨주는 남자라면 세상에 다시없을 악인이라 할지라도, 인간이 아닌 악귀라 할지라도 사랑하겠노라고.

그녀는 세상에서 가장 잔혹한 인간과 사랑에 빠졌던 것이다.

자, 각설하고.

이면(裏面)을 모르는 황제는 현재 자신을 파멸시킨 원흉이자 원인인 과거의 후궁을 보며 잠시 굳어 있었다.

연회장 안은 적막했다.

베일을 둘러쓰고 엎드려 있는 안데르와 왕좌에 앉아 있다가 일어선 황제에게로 모든 시선이 쏠려 있었다. 황제가 화를 낼까 봐 하리아드의 모든 이들이 심장을 움켜쥐었고, 황제의 기사들은 방탕한 자세를 멈추고 황제의 행동에 주목했다. 여차하면 이 자리에 있는 모두를 홀라당 죽여 버리라는 명령이 떨어질 수도 있었다.

살벌한 긴장감과 살기가 연회장 안을 가득 메울 즈음, 상석에 있던 황제는 고개를 숙이고 있는 안데르의 앞에 서더니 그녀의 얼굴을 가린 베일을 홱 잡아당겼다.

"헉!"

여기저기서 기묘한 소리가 터졌다.

하얀 백발, 눈처럼 흰 피부, 빨간 눈.

가녀린 소녀는 이 자리에 있는 하리아드인이라고는 믿어지지 않을 정도로 희어 이상하다 못해 이질적이었다.

"세상에! 저 추한 것이 기어코!"

"저주받은 존재잖아? 왜 여기에 있는 거지?"

"끔찍해라. 저 눈 좀 봐!"

여기저기서 쑥덕거리는 소리가 들려왔다. 황제는 잠시 그 소리에 귀를 기울였다. 전에는 한 번도 남의 말에 신경을 써 본 적이 없는 그다.

황제는 고개를 숙인 그녀의 턱을 잡아 천천히 들어 올렸다.

하얀 속눈썹 안에 빨간 눈동자가 있었다. 동그란 코와 그의 손바닥보다도 작은 얼굴.

그녀는 열네 살이었다. 아직 여물지도 않은 소녀였다.

황제는 그답지 않게 멍하니 그 작은 소녀를 바라보았다. 그가 기억하고 있는 안데르의 얼굴은 여위고 무심한 표정을 한 성숙한 여자였다. 이렇게 앳되고 고운 선을 가진 소녀가 아니었다.

속눈썹을 바르르 떨면서 그녀가 그를 슬그머니 올려다보았다. 시선이 마주쳤다.

"아."

붉은 눈동자. 주홍색 눈동자도 낯설었다. 그 맑고 고운 눈동자는 몽롱했다. 백마를 탄 왕자를 보는 듯한 기대에 찬 시선이 거기 있었다. 꿈꾸는 것 같은 소녀의 시선. 세상에서 제일 잘난 사내를 보는 것 같은 눈동자였다. 그가 아는 안데르의 눈은 항상 잔뜩 지쳐 있었다. 아무것도 흥미가 없는 양 귀찮다는 듯 초점 없던 그 눈동자.

황제는 가슴 한구석이 저렸다.

희미한 기억이 떠올랐다.

"저를 한 번만이라도 예쁘다 해주세요. 저를 한 번만이라도 좋아한다고 해주세요."

안데르를 끌고 제국까지 갔던 이유, 기억이 났다. 그녀를 사랑하게 된 이유도 기억이 났다.

그녀는 그를 사랑했다. 이유는 몰랐지만 분명히 그녀는 그를 사랑하고 있었다. 세상에서 가장 귀한 것을 보듯이 그를 바라보며 눈을 반짝였다. 그래서 좋았다. 그녀가 곁에 있다는 게 그지없이 좋았다. 계산하지 않고, 매달리지 않고 자신만을 바라보는 그녀가 좋았던 것이다. 황제는 그때도 알아차렸다. 의미는 몰랐지만 알고 있었다. 이 작은 소녀는 진심으로 자신을 원한다는 것을.

그런데 그가 30년 전 그녀를 처음 보았을 때 뭐라 했던가.

"기이하게 생겼군."

순간 그는 〈예전처럼〉 그렇게 말했다.

꿈꾸는 듯 몽롱하던 눈동자가 크게 확장되었다. 붉은 눈동자가 순식간에 흐려지기 시작했다. 막 피어오르던 소녀의 기대는 꺾였다. 무너졌다. 기이하다며 쳐다보는 황제에게 상처받은 그녀는 고개를 떨어뜨리고 눈물을 삼켰다.

안데르가 참혹한 표정으로 고개를 숙이자마자 황제는 억지로 그녀의 턱을 들어 올려 자신의 앞으로 당겼다.

그리고는 〈예전과 달리〉 속삭였다.

"너, 예쁘구나."

그녀의 눈이 커졌다. 눈물이 글썽이던 커다란 눈동자에 눈물이 고여 있었다. 믿을 수 없다는 듯이 넋을 잃고 있는 그녀를 보며 황제는 결심했다. 30년 어치를 쏟아부어 칭찬해 주마. 아낌없이, 분명히, 확고하게, 질릴 만큼.

"아주 예쁘다."

그는 피식 웃으며 달달 떨고 있는 그녀의 몸을 끌어당겨 안았다. 그녀의 흰 손이 달달 떨렸다.

"무지하게 예쁘다."

치렁한 베일을 획 내던져 버린 그는 작은 그녀의 몸을 머리끝부터 발끝까지 훑어보며 끌어안았다.

"이렇게 예쁜 건 처음 본다."

안데르는 그의 품 안에 안긴 채 가만히 몸을 떨었다. 하얀 속눈썹 사이로 눈물이 똑똑 떨어진다. 그 광경에 마음이 아프다. 이제 그도 마음이 아프다는 말이 어떤 의미인지 안다.

"세상에서 제일 예쁘다."

기쁜 듯 훌쩍이다가 그의 가슴에 이마를 대는 안데르는 그에게도 정말 낯설었다. 스스로 자신의 가슴에 얼굴을 기대며 매달리는 안데르라니. 그의 기억 속에 그녀의 마지막 모습은 증오로 그를 쏘아보면서 스스로 비수로 목을 긋는 끔찍한 장면이었다.

"정말 예쁘다. 이렇게 예쁜 걸 추하다고 하다니 다들 눈이 삐었다."

게다가 그녀는 정말 작았다. 덩치가 유달리 큰 그에게 14세의 안데르는 어린애나 다름없이 작았다. 게다가 하리아드인치고는 앙상한 체격에 몸매 또한 밋밋하다. 안아보니 새삼 그녀가 얼마나 어리고 여린지 깨닫게 된다.

황제는 30년 전의 자신에게 재차 놀랐다. 나 설마 이렇게 작은 애를 확 엎어놓고 박았단 말이야? 이렇게 앙상하고 어린 〈애〉를? 으와, 애가 안 죽은 건 인체의 신비였을지도 몰라. 체격 차이가 이렇게 큰데 안 죽고 살았다니!

따져 보면 황제도 당시 18세의 소년이었으나 체격 조건만은 거인. 깔아뭉개기만 해도 터지고 부러질 것 같은 애를 끌고 다니며 전쟁터를 전전했다니 안데르가 복상사로 안 죽은 게 용했다. 새삼 인체의 신비를 절감한 그는 자신의 엄지손가락만 한 그녀의 손목을 잡아당겨 보며 혀를 찼다. 그의 손이 닿을 때마다 안데르는 꼼지락대며 그의 가슴에 이마를 묻었다. 꼭 어린애처럼.

자신의 가슴에 살포시 이마를 댄 작은 소녀를 내려다보며 황제는 잠시 감상에 빠졌다. 30년 전의 나는 진짜 무모했구나. 지나친 용자였도다.

"흐음."

저주받은 존재라 소문이 자자한 백발의 공주를 손수 안고 상석으로 올라가 앉은 황제는 예쁘단 말이 또 뭐가 있나 고심했다.

놀라서 굳어버린 이들이 입을 쩍 벌리고 보든 말든 그는 안데르를 무릎에 앉힌 채 긴 백발을 큼직한 손바닥으로 연신 쓰다듬었다. 다른 이들에게 스킨십을 받아본 경험이 없는 안데르는 황홀한 눈빛으로 기꺼이 그 거친 손길을 받아들였다. 남이 보면 사자 한 마리가 고양이 머리통을 짓누르는 것으로 보였으리라.

"폐하?"

메리테인이 멍하니 그 위화감이 넘치는 광경을 보며 불렀다.

그가 아는 한 황제는 단 한 번도 여자를 자신의 무릎에 앉힌 적이 없었다. 또 머리를 쓰다듬는다니. 그건 불가능한 행위였다. 친자식이 주렁주렁 있어도 황제는 한 번도 아이들을 보듬거나 머리를 쓰다듬어 준 적이 없었다. 특히나 여자를 예쁘다고 안아주다니. 그가 아는 황제는 어릴 때부터 모친과 유모 이외의 여자는 발깔개나 베개, 혹은 이불로 여기는 작자였다. 물론 남자는 아예 주변에 배치조차 하지 않는다.

그런 그가 이국의 작은 공주를 무릎에 앉히다니. 그것도 예쁘다면서.

"어디 편찮으신 데라도?"

메리테인이 멍하니 묻자 황제의 손에서 술잔이 날아가 메리테인의 이마를 때렸다. 탱 하고 요란한 소리를 내며 떨어진 술잔을 2번이 재빨리 달려가 챙겼다.

"흠."

황제는 자신을 똑바로 올려다보는 붉은 눈동자를 내려다보며 부드럽게 웃었다.

"흐음. 희고 빨갛고. 음, 예쁘네. 아주 예뻐. 이렇게 예쁜 것은 내 생전 처음 본다."

창백할 정도로 희던 그녀의 뺨이 새빨갛게 달아올랐다.

그녀는 예쁘다는 말을 타인에게서 처음 들었다. 그것도 예쁘다, 예쁘다 연속 공격이다. 그 단어의 연속적인 나열에 그녀는 그만 황홀해져서 몽롱해진 상태였다.

그녀가 좋아 죽을 지경임에도 불구하고 황제는 고심 중이었다.

"음, 그래. 음, 눈 속의 작은 눈토끼 같군. 그래, 음, 눈 속의 빨간 장미? 하여간에 귀하고 예쁘구나."

황제는 어휘력이 좀 모자랐다. 아니, 아주 모자랐다.

예쁘다는 말을 계속하다 보니 뭔가 비유할 단어를 찾아 고심했으나 그가 구사할 수 있는 단어에는 한계가 있었다. 즉, 황제의 단어장에는 전쟁, 싸움, 욕설, 살인, 위협, 협박, 뭐, 그런 종류의 단어로 가득 차 있었다. 그의 단어장에는 사랑하는 이에게 속삭일 단어가 지극히 희박했다. 솔직히 말하면 거의 없었다.

18세의 황제가 느끼한 중년 변태처럼 오묘한 단어를 연발하며 속삭이자 보고 있던 이들 전체가 기절 직전까지 몰렸다. 새파랗게 질린 가디언들을 비롯한 근위기사단은 자신들이 대체 무엇을 보고 있는지 실감이 나지 않았다.

살인마 황제가.

하루라도 피를 마시지 않으면 잠이 안 온다는 황제가.

여자 대여섯은 안아야 잠이 온다는 황제가.

문학이나 시와는 아예 담을 쌓은 황제가.

싸움과 전쟁 이외엔 관심없는 황제가.

까막눈인 황제가.

눈토끼래! 붉은 장미래! 으아아아아!

소리없는 비명이 널리널리 퍼져 나가기 시작했다. 황제를 아는 모든 이들이 심장에 거센 충격을 받고 가슴을 부여잡았다. 술에 취해 있던 근위기사 전원이 가련하게도 홀라당 술에서 깨어났다. 여기저기서 쨍그랑 소리를 내면서 술잔 떨어뜨리는 소리가 요란하게 울려 퍼졌다. 몇몇은 벌떡벌떡 일어나기까지 했다.

"내 귀가 고장이 났지 말입니다."

"폐하께서 여자애보고 눈토끼라 했지 말입니다."

"붉은 장미라는 말도 했지 말입니다."

"눈과 귀가 썩는 거 같지 말입니다."

3번과 4번이 조용히 2번에게 말했다. 술잔을 쥔 채 넋을 잃고 있던 2번이 굳어 있는 메리테인의 얼굴을 보며 4번의 엉덩이를 찼다. 감정이 제어된 가디언들의 반응이 이러했으니 보고 있던 측근 근위기사들의 충격은 말할 필요조차 없다.

"이름이 뭔지 말해봐라, 나의 눈토끼."

겨울이 긴 북부 산맥에는 눈토끼가 많았다. 하얗고 복슬복슬한 털에 붉거나 푸른 눈을 가진 눈토끼는 유달리 덩치가 큰 황제의 주먹만 했다. 게다가 쫑긋한 귀와 앙증맞은 궁둥이는 여자라면 모두 비명을 지를 만큼 귀엽다고들 했다. 스스로 좋은 단어를 생각해 냈다고 자부하는 황제가 흐뭇하게 웃으며 속삭였다.

"동그란 눈이 정말로 눈토끼처럼 귀엽고 예쁘구나."

유일한 비(非) 전쟁적 취미가 사냥이었던 황제는 눈토끼를 한 번도 죽인 적이 없었다. 눈토끼가 귀여워서 그랬던가. 물론 아니다. 주먹만 한 것을 잡아봐야 간에 기별도 안 되는 피와 고기를 내뿜는다는 이유에서다. 그는 적어도 자신이 잡는 짐승은 큰뿔사슴이나 대형 야수 정도는 되어야 한다는 대인배적 사고방식을 지니고 있었다. 그렇기에 안데르를 눈토끼라 묘사하면서 떳떳할 수 있었다.

"저어, 안데르 라네 라이리라고 합니다, 폐하."

작은 소리로 대답한 그녀의 작은 머리통을 터질 듯 잡은 채 그는 애써 상냥하게 웃었다. 그를 아는 이들이 보면 당장 그녀의 머리통을 터뜨릴 것 같은 포즈였지만 안데르는 그것을 몰랐다. 좀 아프긴 했지만 워낙에 힘이 좋은 남자라 그렇거니 생각하니 참을 만했다. 즉, 콩깍지가 씌어 통각조차 마비된 상태였던 것이다.

"종알대는 소리도 귀엽구나."

황제가 웃으며 그녀의 머리칼을 쓰다듬자, 안데르는 눈을 반짝이며 물었다.

"저어, 폐하, 그런데 눈토끼가 무엇인가요?"

눈을 한 번도 본 적이 없는 초원의 왕국 공주님의 질문에 황제는 잠시 고심했다. 어휘력이 달린 관계로 뭐라 설명하기가 어려웠던 탓이다.

"흠, 아주 희고 작은 동물이다."

"아, 그럼 짐승인가요?"

실망의 빛이 역력한 소녀를 보며 황제는 은근슬쩍 당황했다.

"먹을 것은 별로 없지만 어쨌거나 털이 희고 예쁘다. 즉, 예쁜 동물인 것이다."

욕설과 상소리로 일상회화를 구축해 왔던 황제는 지극히

당혹했다. 작은 소녀를 기쁘게 하려면 상당히 많은 문학적 어휘력이 요구된다. 부하들에게 하듯 상소리를 지를 순 없는 것이다.

"머, 먹는 짐승이에요?"

실망한 안데르가 시무룩한 눈빛으로 중얼거리자 황제는 다급해졌다. 무표정한 주제에 눈빛만은 표현력이 넘쳐흐르는 공주님이다.

"네가 먹고 싶을 정도로 귀엽다는 뜻이다. 응? 알겠냐?"

그는 앙 소리를 내며 안데르의 작은 손등을 꽉 물었다. 자, 너도 물어봐, 물어.

그 순간 쨍그랑 소리를 내며 황제의 술잔이 바닥에 떨어졌다.

시선이 일제히 2번에게로 쏠렸다.

파리해진 2번은 뻣뻣하게 굳은 채 자신이 떨어뜨린 술잔을 바라보고 있었다. 가디언들을 비롯한 모든 이들의 시선을 한 몸에 받으며 2번은 주섬주섬 황제의 술잔을 집어 들어 조심스레 품 안에 넣었다. 그의 손가락이 부들부들 떨렸다. 여기저기서 안타까운 포효가 소리없이 터졌다. 나 좀 꼬집어봐! 나 지금 환청과 환상에 시달리는 중이야! 소리없는 아우성에 그 뒤에 있던 3번이 그의 옆구리를 꽉 꼬집었다. 생시인지 꿈인지 확인해 보고 싶은 2번의 안타까운 심정을 눈치챘는지 메리테인이 깊은 탄식을 내뿜었다. 사실 확인하고 싶어지는 이들은 한둘이 아니었다. 메리테인은 작게 외쳤다. 속으로.

맙소사! 엄마, 황제가 미쳤어요!

따지고 보면 황제의 경호는 가디언이 전담하는 것이 아니라 가디언과 근위기사단이 긴밀한 공조를 이루며 행해진다. 밀착경호를 가디언이 한다면 문밖의 호위는 근위기사들이 하는 셈이다.

특히나 가디언의 수장인 메리테인은 가디언이 된 이래 한 번도 황제의 곁을 떠난 일이 없었다. 황제가 황후와 정사를 나눌 때도, 화장실에 갈 때도, 목욕이나 식사를 할 때도 시중을 드는 것은 항상 그였다. 물론 간혹 2번이나 3번이 대신하는 경우도 있긴 했지만 대부분의 경우는 그가 맡았다.

그런데,

황제가 메리테인을 방문 앞에 놔두고 안데르라는 난생처음 보는 여자애 하나만 달랑 안고 침실로 들어가 버렸다. 밤이나 낮이나 항상 보이지 않게 밀착경호하는 가디언 세 명은 물론 천장과 그늘에 잠복해 있었으나 황제가 자신을 버렸다는 이 충격적인 상황에 가디언의 수장은 절망하고 있었다.

"메리테인 경."

근위대장 루네릭 백작은 황제의 방문 앞에 이마를 박고 있는 가디언의 우두머리를 조용히 불렀다. 웃는지 우는지 알 수 없는 표정으로 굳어 있던 가디언의 우두머리는 끼익

소리가 나는 것처럼 뻣뻣한 자세로 근위대장을 돌아보았다.

"독(毒)일까?"

고지식한 근위대장의 진지한 질문에 고독한 가디언의 수장은 고개를 저었다.

"그럼 저주?"

또 다른 질문에 메리테인은 과묵하게 다시 고개를 저었다.

"그럼, 혹여 발병하신 건?"

그 말을 들은 메리테인은 심각한 표정을 지었다.

실제로 황실의 혈통에는 광인의 피가 흐른다. 역대 황족 중에서는 살인광을 기본 바탕으로 듣기에도 끔찍한 엽색행각을 펼치는 색정광을 비롯해 자폐증이나 실어증, 정신분열, 자학, 피학, 히스테리, 여장 변태, 남장 변태 등 다양한 미친 짓을 하는 황족들이 많았다. 너무 그런 자들이 많기 때문에 몸뚱이 튼튼하고 주인에 대한 충성심으로 세뇌를 받은 가디언들이 생긴 것이다. 인간의 한계를 넘어서는 강한 힘을 가졌다는 것은 그만큼 위험한 일. 신의 피를 받긴 했지만 바탕은 인간이다. 그런 그들이 남의 마음을 읽거나 손도 대지 않고 사물을 움직이거나 저주를 퍼붓는 초인적인 능력을 가지게 되면 정신적으로 황폐해지기 마련이다. 따라서 황족들은 불안정한 능력만큼이나 불안정한 정신력의 소유자였다.

다행히 황제 유그 펠리오르의 능력은 육체적인 능력에 특화되어 있었다. 유달리 빠른 성장기와 보통 인간보다 열 배는 될 근력, 지구력, 정력, 동체시력, 청력을 비롯한 오감(五感), 거기에 덧붙여 육감마저도 인간 이상인 짐승 수준이다. 가히 인간이라 부르기엔 민망한 육체의 소유자였다. 지능에 대해서는 약간 의심스럽긴 하지만 지능 대신 뛰어난 본능이 있기에 별로 큰 문제는 없었다.

"폐하께서는 세 살 무렵 광증을 다스리기 위한 세례를 받으셨소."

메리테인의 말에 루네릭은 미간을 다시 찌푸렸다.

"그렇다고 해도 너무 유별나지 않은가?"

루네릭의 말에 메리테인도 동의했다.

그가 아는 한 황제는 여자에게 절대로 관대한 남자가 아니었다. 이미 세상을 뜬 태후(황제의 모친)와 유모를 제외하고 황제에게 애정을 받은 여자는 없다. 애정은 아니더라도 우정 비슷한 것을 누린 여자는 오로지 황제 못지않게 성질 더러운 황후뿐이다.

"의외로 저 작은 공주님이 폐하의 이상형인 것은 아닌지?"

3번이 슬그머니 의견을 던졌다. 말이 좀 많은 3번이다. 메리테인의 눈초리가 살기를 띠자 3번은 재빨리 입을 다물었다.

"세상의 모든 미녀를 다 끌어모아도 폐하의 눈에는 안 차."

2번이 무뚝뚝하게 한마디 보태자 뒤에 있던 4번도 끼어들었다.

"그럼 혹시 사랑의 묘약 같은 것을 저 계집애가 폐하께 슬쩍 뿌린 거 아닐까?"

여기저기서 그래, 그래 하는 말이 터져 나오자 가만히 있던 메리테인이 눈을 부라렸다.

"이것들이 빠졌군. 신족이신 위대하신 폐하가 사랑의 묘약 같은 허벌렁한 약에 빠지실 거 같아? 내장이 죽죽 녹아드는 독액도 술에 타 드시는 양반이야!"

메리테인이 버럭 하자 신중한 7번이 고개를 끄덕였다.

"하긴 그렇지. 한 4년 전에 난 폐하께서 출출하다고 독개구리 씹어 드시는 것도 봤어. 볼타 강 원주민들이 들소 잡을 때 쓴다는 독개구리 말이야."

"그뿐인 줄 알아? 난 폐하가 열 살 때 자즈족 주술사가 건 저주술에 걸렸을 때 가래침 두 번 뱉고 떨치는 것도 봤어. 그 주술사, 역주술에 걸려 피 토하고 죽었다더라."

수다를 떠는 가디언들을 놔두고 메리테인은 허공을 향해 손짓했다.

어두운 공간에서 갑자기 불쑥 그림자 하나가 솟아올랐다. 가디언 12번이다.

"알아봤나?"

"옙."

12번은 공손하게 고했다. 사실 두 자리 숫자가 되는 가디언은 말을 좀 잘 듣는다. 그만큼 서열이 아래이기 때문이다.

"저 하얀 공주는 올해 14세. 미친 모친의 태에서 태어난 뒤 별궁에 유폐되어 평민 유모의 손에 자라났습니다. 전(前) 하리아드의 왕이 신전의 무녀를 강간해 낳았기에 다른 이들은 저 색다른 외모를 저주라 칭하며 멸시하고 학대했다고 합니다."

"이상한 마법이나 주술을 익힌 흔적이 있나?"

"없습니다. 교육 수준도 미미합니다. 왕실에서 버림받아 끼니를 때우는 것도 힘들었다고 합니다. 유모와 함께 수를 놓거나 옷을 지어 연명했다고 합니다."

"그 유모란 년은 어떤 년인가?"

"제국 남부 에기란 공국에서 태어난 계집으로, 떠돌이인 남편을 따라 이곳까지 흘러들어 와 정착했다고 하는데 억척스럽다는 것 이외엔 별것 없는 계집입니다."

메리테인은 다시 미간을 찌푸렸다.

아무리 봐도 좀 허옇다는 것 이외엔 특별할 게 없는 계집아이가 아니던가. 풍만한 것도, 절세미녀인 것도 아니다. 그렇다고 해서 방중술이 뛰어난 것 같지도 않다. 비쩍 마른 게 볼품도 없다.

가디언을 비롯한 근위기사들이 고민하는 동안 황제는 안데르를 침대 위에 올려놓고 있었다.

낯설고 화려한 침상 위에 앉은 안데르는 멍하니 황제를

올려다보았다. 정확히 말하자면 멍하니가 아니라 몽롱하게다. 그녀로서는 젊은 남자의 품에 안긴 것도, 예쁘다는 소리를 들어본 것도, 유모가 아닌 다른 이에게 이렇게 맨 얼굴을 보인 것도 처음이다.

"피곤하지 않느냐?"

그녀는 살짝 고개를 저었다. 황제의 백금발은 후광처럼 빛을 내며 반짝반짝 빛난다. 사방이 번쩍거리니 눈이 부실 지경인지라 사치에 익숙지 않은 가련한 공주는 살포시 눈을 감았다가 다시 떴다.

원래가 왕의 침실인지라 조명은 잔잔하고 기분이 좋아지는 향을 넣은 향로까지 준비되어 있다. 사방을 둘러봐도 오로지 보석과 황금으로 범벅을 하다시피 한 화려한 방. 황금빛 비단과 청금석으로 장식된 넓고도 넓은 침상 위에는 호사스러운 금실 수를 놓은 쿠션이 풍성하게 놓여 있었다. 그 쿠션 중 하나를 깔고 뭉갠 채로 황제는 옆으로 누워 자신의 반도 채 되지 않는 작은 소녀를 지켜보고 있었다.

"그래, 나의 눈토끼. 뭘 좀 먹겠느냐?"

그가 손짓하자 어두운 구석에 숨어 있던 가디언 하나가 슬그머니 나와 황금 쟁반에 담긴 색색의 과자와 과일을 공주 앞으로 밀어놓는다. 새벽부터 내내 굶고 있던 안데르는 과자에 손을 대려다 말고 슬쩍 웃고 있는 황제를 훔쳐보았다.

그녀는 잔혹한 학살을 저질렀던 그 무시무시한 남자와 지금 눈앞에서 웃고 있는 남자가 동일인물인지 의심스러웠다. 사람은 갑자기 상상치도 못한 좋은 일이 벌어지면 이게 꿈인지 생시인지 헷갈리기 마련이다.

오랫동안 학대에 시달려 왔던 그녀도 그랬다. 평생의 소원이었던 백마 탄 왕자―실제로는 유혈낭자한 살인마 황제―가 나타나 예쁘다, 귀엽다며 끌어안는 상황이다. 그녀는 실로 이 상황이 믿기지 않았다. 그러면서도 한편으로는 이 괴물 같은 남자가 자신을 어떻게 할 것인지 기대 반 공포 반으로 온몸이 달달 떨렸다. 어제 목욕 시중을 들러 갔던 다섯 명의 공주 중 무사히 돌아온 것은 한 명뿐이었다. 그 한 명도 겁에 질려 제정신이 아니었다. 죽은 두 명은 실수를 해서 목이 베어졌고 살아 있는 두 명은 침대에서 너무 혹사당한 나머지 몸살이 나서 뻗었다고 했다. 그 보고를 받은 시종장은 부랴부랴 새벽에 세 명의 공주를 더 보냈다. 황제는 늘어져 있는 두 명의 공주들을 옆에 낀 채 무려 세 명의 공주를 더 안았다. 나름 자신만만했던 공주 셋은 모두 축축 늘어져 운신을 못할 지경에 이르렀다. 게다가 교태를 좀 부리려던 두 명의 공주는 걷어 채여 발목이 부러졌고, 한 명은 갈비뼈가 부러졌다고 한다. 방금 전까지 살을 부대낀 여자를 주저하지 않고 걷어차 버리다니. 인간이 아니라 색마나 종마, 그도 아니면 괴물. 도저히 인간이라고는 볼 수 없을 정도로 냉혹한 남자라고 모든 공주들이 달달 떨며 외쳤다.

"먹어라, 눈토끼. 너는 너무 말랐구나."

손놀림은 거칠지만 눈빛과 목소리만은 부드러웠다. 정말로 다정한 눈빛이라서 안데르는 고개만 숙인 채 달달 떨었다. 다정하게 대해주는 사람에게 어떻게 응해야 할지 그저 막막하기만 한 그녀였다. 다시 말해 그녀는 애정 결핍 환자였고, 황제는 지성 결핍 환자였다.

"작은 눈토끼, 과자를 좋아하느냐?"

황제는 과자를 입에 문 채 삼켜야 할지 말아야 할지 고민하고 있는 그녀를 보며 물었다.

안데르는 그 눈토끼라는 것을 정말로 보고 싶었다. 그게 대체 어떻게 생긴 동물이기에 황제는 그녀를 그리 부르며 다정하게 구는 것일까. 황제의 말처럼 깜찍하고 어여쁜 생물인 걸까. 항상 추하다, 끔찍하다는 소리만 들어왔던 그녀는 도무지 실감이 나지 않았다.

"어서 먹으렴."

과자를 직접 입에 대주는 황제의 손은 무지하게 컸다. 그녀는 과자 대신 대담하게도 황제의 손을 잡았다. 두 손으로 잡아도 큰 황제의 손은 못이 잔뜩 박이고 우아한 얼굴과는 달리 굉장히 거칠었다. 전사의 손이라는 걸까.

그녀가 감상에 빠져 있는 동안 황제는 고심하고 있었다.

이상한 일이었다. 그가 기억하는 안데르와는 너무나 다르다. 그녀는 겁이 많아 그를 똑바로 본 적도 별로 없었고, 스스로 다가와 유혹을 하거나 자신을 만지려고 손을 내민 적도 없었다.

'이게 진짜 안데르일까?'

그는 잠시 고민했다. 하지만 자신의 손을 잡고 있던 안데르가 다짜고짜 혀를 내밀어 자신의 손가락을 핥자 고민은 날아가고 절로 그녀의 목덜미를 확 낚아채고 말았다.

"아!"

갑자기 당겨진 손에 놀라 그녀가 비명을 지르자 그제야 정신을 차린 황제는 품 안에 홀라당 안겨 있는 그녀의 머리통을 톡톡 치며 물었다.

"날 유혹하는 거냐?"

"에, 그게, 아니라… 손이 굉장히 커 보여서."

그냥 사람 손 같지 않아 맛 좀 봤던 거라 말하려던 안데르는 황제의 하얀 얼굴을 보며 얼굴을 붉혔다. 자신이 좀 기묘한 짓을 한 건 사실이지만 사실 나쁜 뜻은 없었다. 이렇게 큰 남자 손을 본 것이 난생처음이어서 진짜 손인지 실감이 나지 않았던 것뿐이다. 즉, 경험 부재에서 온 대담성이다.

"흠. 아직 못써. 넌 작고 난 크다."

황제는 어른답게 타일렀다. 황제의 생물학적 나이는 18세. 별로 어른답지도 못하고 별로 어른의 나이도 아닌 그의 커다란 손이 그녀의 머리통을 두들겼다. 황제는 쓰다듬는 것이지만 작은 안데르에게는 얻어맞는 것처럼 강한 충격에 별이 보일 지경이다. 눈앞이 어질어질했지만 기분은 나쁘지 않은 그녀는 슬그머니 미소 지었다.

"네가 더 커지면 널 안도록 하지. 그때까진 참도록 해라."

너 나한테 무지하게 안기고 싶구나. 원래 내가 좀 잘났지. 여자라면 누구든 나에게 안기고 싶어하긴 해. 하지만 넌 아직 어려. 그는 관대하게 설명했지만 사실상 14세 소녀가 참고 자시고 할 일이 무에 있으랴. 남이 들으면 비웃을 일이다. 하지만 황제조차 자신의 관대함에 스스로 놀라는 중이었다. 앗! 내가 참다니! 여자를 침대 위에 올려놓고 참다니! 이런 경험, 처음이야! 이런 걸 금욕이라고 하는구나.

스스로 새로운 단어의 습득에 놀라고 있는 동안 안데르가 조심스럽게 물었다. 성노나 다름없는 패전국의 공주가 지배자의 침대 위에서 대체 할 수 있는 게 무엇인가. 그녀는 나름대로 고심했다.

"저, 저어, 그럼 전 어떻게 되는 건데요?"

"물론 너는 나와 함께 본국으로 가는 거다. 네가 더 클 때까지 기다려 주마, 눈토끼."

"저, 정말요?"

놀라 그녀가 되묻자 황제는 그녀의 턱을 잡은 채 연신 쪽쪽 뽀뽀를 했다. 귀여운 것.

확 키스를 할까 생각도 했지만 영 체격 차가 마음에 걸린다. 안데르는 너무 작고 자신은 너무 컸다. 30년 전에는 대체 어떻게 했을까. 새삼 자신의 기억에 의문을 느끼며 그는 어린애처럼 뽀뽀로만 공격했다.

그 뽀뽀를 받으면서 소녀의 얼굴은 발갛게 달아올랐다.

당연한 일이지만 그 뽀뽀가 그녀의 첫 키스였다. 아직 키스와 뽀뽀의 차이도 알지 못하는 그녀는 뽀뽀세례를 받으며 황홀해서 헐떡이는 중이었다. 솥뚜껑을 능가하는 커다란 황제의 손바닥이 그녀의 뒤통수를 짓누르자, 그녀는 반은 힘에 밀려 그의 가슴에 얼굴을 묻었다.

안데르는 두근거리는 심장을 가라앉히려고 애를 썼다. 그가 말할 때마다 심장 한구석이 녹아버릴 것만 같았다. 커다란 손도, 묵직한 팔도, 엄청나게 넓은 가슴도 생소했지만 너무나 좋았다.

'아! 역시 사랑인가 봐.'

묘한 곳에서 성격이 비뚤어진 14세 소녀의 무모한 첫사랑이었다.

❦

눈을 뜨니 뿌연 안개가 사방에 끼어 있었다. 이상한 안개가 아닌가.

황제는 하품을 하며 몸을 천천히 일으켰다. 문득 옆구리가 욱신거리며 아팠다. 얼결에 손을 대보니 끈적끈적한 액체가 묻어 나온다. 피였다. 그뿐만 아니라 목덜미도 선뜩하다. 목에 손을 대보니 질척한 감각이 손끝에 묻어났다. 역시나 피. 그뿐만이 아니라 진득거리는 살점이 손바닥에 묻어난다. 고통은 희미했지만 자신이 다쳤다는 것만은 분명했다.

"뭐야? 언제 다쳤지?"

그가 고개를 갸웃하고 있는 순간, 갑자기 하얀 안개를 뚫고 무언가가 날아와 그의 머리를 가격했다. 쾅 하는 소리와 함께 황제는 그 자리에서 앞으로 고꾸라졌다. 머리통이 징징 울리는 끔찍한 아픔이다. 쟁반만 한 도끼가 은빛으로 번들거리며 히죽거렸다. 정말로 도끼가 히죽거릴 리는 없으나 황제 입장에서는 그랬다. 건방진 도끼가 감히 고귀한 머리통을 쳤다. 녹여서 변기로 쓸 가증스런 저 도끼! 화가 나니 피가 갑자기 줄줄 흐른다.

"누구냐! 어떤 XX가 감히 XX할 짓을!"

사지를 빠개서 곤봉으로 쓰겠다는 의지로 황제가 이를 뿌드득 가는 순간, 갑자기 큼지막한 망치가 날아오더니 그의 턱을 가격했다. 억 소리와 함께 이번엔 뒤로 넘어졌다. 코피가 강이 되어 흐르듯 줄줄 흘러내렸다. 눈앞에서 별이 보인다.

"크으."

그가 신음을 흘리는 순간, 안개가 반으로 갈라지더니 한 남자가 천천히 걸어오는 것이 보였다.

"야! 너! 네 짓이냐!"

욕설을 달고 달려가려는 순간, 그는 다시 한 번 얻어맞고 바닥에 나뒹굴었다. 이번엔 심했다. 날아온 것은 사각형의 거대한 방패였다. 두께가 적어도 손가락 두 마디는 될 묵직한 방패는 그의 몸통보다도 컸다. 그는 사지를 억눌린 채 짓눌렸다.

비명보다 욕설을 내지르며 악을 쓰는 그를 향해 나타난 남자는 한숨을 푸욱 내쉬었다.

―한심하구나.

귀에 익은 음성에 그는 잠시 흠칫했다.

"누구냐, 네놈은?"

―말이 험하도다.

다시 한 번 망치가 날아와 그의 턱을 후려쳤다. 철퍼덕 하고 바닥에 주저앉은 황제는 난생처음 얻어맞는 상황에 기가 막혔다. 게다가 대체 이 공격이 어디서 오는지조차 모르겠다. 아픔은 둘째 치고 그는 황당한 기분에 그저 입만 벌리고 있었다. 그는 다섯 살 이후 남에게 맞아본 적이 단 한 번도 없었다. 모후가 회초리 칠 때 빼고는.

황제가 로맨스에 강한 인물이었다면 이런 기분 처음이야 하며 자신을 후려친 사람에게 달려가 사랑을 고백할 수도 있는 상황이었겠지만 황제는 로맨스보다는 폭력에 강한 인물이다.

"죽여 버리겠다! 이 갈가리 찢어 죽일 놈아! 네놈의 배를 갈라 내장을 씹어주마!"

침까지 튀겨가며 악을 쓰며 달려드는 그를 피하는 대신 남자는 우아하게 발을 들었다. 그리고는 그의 이마를 가차 없이 걷어찼다.

"크억!"

대자로 뻗어버린 그는 질 수 없다는 심정으로 남자에게 달려들었지만 사지를 버둥거려도 잡히는 것은 아무것도 없었다. 황제는 눈을 부릅떴다. 아무래도 좀 이상했다. 그는 상대를 놓친 일이 없었다. 그런데 바로 앞에 적을 두었는데도 그 기척조차 잡을 수가 없다니. 게다가 그를 두들겨 대는 망치며 도끼, 방패는 대체 어디서 날아오는 것일까.

그가 상체를 구부린 채 경계하는 태도로 남자를 노려보자, 팔짱을 낀 남자는 다시 한 번 한숨을 내쉬었다. 하지만 여전히 남자에게서는 위화감이 느껴진다.

―내가 누군지 모르겠느냐?

"몰라."

―여전히 머리가 비었구나.

"내 기억력은 비상하다."

―설마.

남자의 비아냥거림에 황제는 다시 눈을 가늘게 떴다. 이 정도쯤 되면 화가 나서 돌아버릴 것 같은데 이상하게 별로 화가 안 난다. 이건 꼭 모후나 유모에게 야단맞을 때와 상황이 비슷하다. 그러고 보니 맞을 때도 느낌이 비슷했다.

야성이 살아 있는 짐승 같은 황제가 모처럼 진지하게 물었다.

"당신, 혹시 내 할아버지나 삼촌, 뭐 그런 거냐?"

나름 존중해 물었더니 돌아오는 것은 몽둥이질이었다. 어디선가 나타난 곤봉이 그의 엉덩이를 후려쳤다. 볼품없이

나자빠진 그를 보며 남자는 혀를 찼다.

―그냥 가진 건 본능뿐이냐? 네 어미가 욕심이 없다는 것은 알고 있지만 이건 좀 심한데.

"시끄러! 당신, 누구냐!"

얻어맞은 엉덩이의 고통을 억누르며 황제가 이를 갈자, 남자는 팔짱을 낀 채로 다시 말했다.

―유그 펠리오르. 내가 누구인지 정말 모르겠느냐?

그 말에 황제는 가슴이 뚝 떨어져 내렸다. 온몸으로 위압감이 느껴지는 남자. 그는 황제를 그저 보기만 하고 있을 뿐인데도 엄청난 무게감이 느껴졌다. 머리가 절로 수그러들고 손발이 오그라드는 것 같은 감각. 처음 느끼는 것이었지만 그는 그것이 공포라는 것을 깨달았다. 등줄기가 서늘하고 손발이 덜덜 떨리기 시작했다. 딱딱딱 이가 부딪친다.

그가 눈만 들어 남자를 자세히 살피자, 잘 몰랐던 사실이 보이기 시작했다.

남자는 그와 닮았다.

메리테인과 비슷한 체구였지만 느낌은 전혀 달랐다. 긴 백금발의 머리채가 허리까지 늘어져 있고 전신에는 푸른 튜닉 위에 황동색 갑옷을 걸치고 있었다. 커다란 기형 장검을 허리에 차고 있는 모습이 낯익다. 황제의 평상시 차림과도 거의 같았다. 그럼에도 불구하고 이상한 위화감.

"설마……."

―그렇다. 내가 카자르 엔다다, 빌어먹을 놈아.

황제는 입을 쩍 벌렸다.

전신, 전쟁의 신 카자르 엔더.

"설마?"

―설마가 아니야, 이 모자란 얼간이야.

위대하신 전쟁신께서는 다시 한 번 황제의 면상을 걷어찼다.

"진짜 있었네?"

얼빠진 얼굴로 황제가 중얼거리자 전쟁의 신은 그의 엉덩이를 다시 한 번 걷어차고는 한숨을 내쉬었다.

―다시 인생을 시작할 기회까지 주었는데 그따위 소리를 하다니, 역시 머리가 비었구나.

"아! 그림!"

황제는 멍하니 상대를 바라보았다. 이제껏 잊고 있었던 회귀의 기적. 그는 새삼스럽게 당신은 신의 자손이라며 입에 침을 튀기면서 설명하던 신관들이 떠올랐다.

"그렇구나."

―그렇구나가 아니다.

전신께서는 한숨을 내쉬며 그를 바라보았다. 그의 시선에 절로 움찔한 황제는 두 손을 모으며 절했다. 신에게 바치는 공경의 제례였다. 보통 신전에서는 오체투지를 하는 것이 보통이지만 신의 혈족인 황족들은 무릎을 꿇거나 고개를 숙이는 게 전부다.

"감사합니다."

난생처음 인사하는 그 말에 카자르 엔더는 다시 한숨을 내쉬었다. 호쾌한 전쟁신이 한숨을 내쉰다는 이 기상천외한 사태에도 불구하고 황제는 감흥이 없었다.

―이상하지도 않더냐?

그렇게 시간을 되돌렸는데 그 기적에도 불구하고 이 눈앞에 있는 황제는 태연자약했다.

"이상했지요."

―뭔가 달리 생각되지도 않더냐?

"그냥 기뻤습니다."

극도로 단순하고 순결한 뇌를 자랑하는 황제의 발언에 전신의 망치가 다시 한 번 움직였다. 쾅 소리가 나도록 얻어맞은 황제가 끙끙대자 전신은 우아한 자세로 허공에 나타난 의자에 걸터앉았다.

―한심한 새끼.

뿌연 공간 속에 난데없이 나타난 황금 의자에 앉은 전신은 굉장히 피로한 얼굴로 그를 내려다보며 물었다.

―네 죄를 네가 아느냐?

그 말에는 황제도 입을 다물었다. 어떻게 날 때릴 수가 있느냐 소리를 내지르려다가 참은 그는 잠시 동안 신의 무심한 얼굴을 올려다보았다. 무표정한 얼굴임에도 불구하고, 자신과 닮은 이목구비임에도 불구하고 신의 얼굴에는 지독한 피로감이 서려 있었다. 모르긴 몰라도 시간을 되돌리는 그 기적은 쉬운 일은 아니었으리라.

"감사드립니다."

그가 다시 무뚝뚝하게 고개를 숙이자 신은 다시 한숨을 내쉬었다.

―그래, 어휘력이 달려서 뭘 말하지도 못하겠지.

순간적으로 황제는 핵심을 찌른 신에게 살기를 느꼈지만 억눌렀다. 신을 상대로 해서 뭘 어쩌겠다는 생각은 별로 없었다. 게다가 자신을 위해 기적을 일으켜 준 신이 아니던가. 물론 때려주고 싶다는 마음이 없는 것은 아니었다.

―건방진 놈.

갑자기 눈앞이 번쩍했다. 황제는 다시 바닥에 고꾸라졌다. 눈앞에서 별 수십 개가 오락가락했다. 또 한 번 신벌이 가해진 것이다.

"젠장! 그만 때려!"

그가 와락 소리를 지르자 이번에는 퍽 소리와 함께 뒤로 고꾸라진다. 그가 막 욕설을 퍼부으려는 순간 말이 안 나왔다.

"웅?"

입술이 안 움직인다. 그는 손가락으로 입을 만져 보았다. 놀랍게도 입술이 위아래가 꽉 들러붙은 채가 아닌가. 그는 황당해서 입을 벌리려고 용을 썼지만 입술은 서로 맞닿은 채 떨어질 줄을 몰랐다.

"으, ㅇㅇㅇㅇㅇㅇ."

이상한 신음을 터뜨려 가며 그가 주먹을 허공에 대고 휘둘러 댔지만 반응은 여전히 싸늘했다.

―그놈의 입 좀 다물어, 이 멍청한 놈아. 너 같은 걸 황제랍시고 떠받드는 놈들이 불쌍하니까.

전신은 한숨을 내쉬며 말했다.

―욕이 아니면 할 말이 없느냐? 역대 황제 중에 네놈처럼 무식한 놈은 없었다. 황실을 말아먹을지도 모른다고 몇 번이나 누누이 네 어미에게 일렀거늘 결국은 이리되었군.

모후 이야기가 나오자 바닥에 개구리처럼 주저앉은 채 신을 노려보던 황제는 잠시 움찔했다.

―네가 황족을 다 죽이고 멸망시킨 탓에 나 역시 힘이 줄어들어 하급 신으로 격하되었다.

카자르 엔데르는 이를 뿌드득 갈다 말고 씨익 웃었다. 음산하고 살기에 넘치는 미소. 가히 전쟁신다운 압박감이 절절히 황제의 몸을 짓눌렀다.

―혈손들이 나를 지극히 떠받들었기에 내 기꺼이 너희들을 돌봐주었지. 그런데 그 보답이 고작 이것이었느냐? 지금 심정으로는 네놈을 갈가리 찢어 죽여 심연으로 던져 먼지가 되게 하여도 그 분노가 풀리지 않는다. 하지만 남아 있는 진정한 혈손이 너밖에 안 되니 그럴 수도 없구나.

그 말에 그는 잊고 있었던 사실을 떠올렸다.

재상인 로리랜드에게 살해당하기 직전, 그즈음의 일들은 광기에 사로잡혀 자세한 기억이 나지 않았다. 안데르에게 비수를 맞고 부상을 입은 그는 반쯤 미쳤었다. 죽어버린 그녀의 시체를 안고 썩어가는 시신의 악취를 맡으며 그는 자신을 말리려는 자들을 죽여 버렸다. 기억이 잘 나지 않지만 그를 말리던 황후와 황자들, 그리고 후궁과 자식들도 모두 죽였다. 정신을 차리라는 울부짖음도 들리지 않았다. 후회와 자책, 광기로 뭉개진 정신은 그저 멍할 뿐. 자식의 시체를 끌어안고 울던 후궁을 때려죽이고 자신이 죽인 친자식의 피를 마시면서 그는 얼마나 미친 짓을 했던가.

"전부… 다 죽었습니까?"

어느샌가 입술이 다시 움직였다. 멍하니 그가 묻자 신이 답했다.

―그렇다. 다 죽였지.

반역이 일어난 것도 당연한 일인지도 몰랐다. 황제는 멍하니 아무것도 없는 바닥을 내려다보았다.

―그 여자가 죽은 뒤 너는 신혈(神血)을 가진 자손들을 전부 다 죽였다. 말리는 황후까지도 죽이고 반항하는 후궁들도 다 죽였다. 심지어는 젖먹이 손자까지도 죽이고 말렸던 재상의 아내를 강간하고 피를 마셨지. 신혈을 가진 그녀도 임신 중이었다.

그는 머리를 한 대 얻어맞은 것 같았다. 죽마고우였던 로리랜드의 역모가 왜 일어났는지 그제야 기억이 났다.

황후의 사촌동생이었던 로리랜드의 아내는 황후와 황자들을 구하려 그를 말리다 죽었다. 눈에 보이는 게 없던 황제는 울면서 말리던 그녀를 강간하고 그녀의 뱃속에 있던 태아를 꺼내어 짓밟아 죽였다. 로리랜드와 결혼한 지 10년 만에 겨우 가진 아이였다. 신혈을 가진 여성은 보통 남성과 결합했을 때 애를 가지기가 어렵다.

―그때 나의 혈족은 너만 남기고 모두 다 멸족한 셈이다.

전신의 음성이 고저없이 흘러나왔다.

황제는 자신의 머리카락을 쥐어뜯었다. 아, 씨발! 진짜 내가 무슨 짓을 한 거냐? 반역이 일어나도 이상한 일이 아니다. 애지중지, 금지옥엽처럼 귀히 여기던 아내를 강간하고 뱃속에 있던 태아를 짓밟아 죽인 원수를 어떻게 섬길 수 있을까. 아무리 로리랜드라 해도 그 이상은 무리다. 어떻게 친구라 여길 수 있겠는가. 그 비리비리한 것이, 그래서 반역을 일으킨 거다. 그는 무릎을 꿇은 채 움직이지 못했다. 자신이 어떤 짓을 했는지 적나라하게 기억이 나자 숨이 막힐 지경이었다.

―네가 반항도 하지 않고 재상에게 죽어가는 순간, 나의 혈족은 인간계에서 완전히 사라질 예정이었다.

신은 고요한 음성으로 말했다. 지극히 비인간적인 음성은 그저 우울할 뿐이었다.

―그런데 그때 네가 날 불렀다. 처음으로 네가 날 불렀다.

황제는 무릎을 꿇은 채 신을 올려다보았다.

희미하게 기억이 났다. 다시 시작할 수 있게 해달라고 그렇게 기원했다. 난생처음 한 간절한 기도였다.

―너는 모르겠지만 너는 원래 쌍둥이였다, 유그 펠리오르.

전쟁의 신이자 엔더 일족의 신인 카자르 엔더가 조용히 말했다.

―네 어미는 쌍둥이를 밴 채로 독을 마셨다. 나의 무녀는 독에 당하지 않는다. 하지만 태아는 아니지. 쌍둥이는 죽어서 태어날 예정이었다.

그러나 그녀는 신에게 기원했다. 둘 중 하나라도 살려달라고. 100년을 살 자신의 수명 중에서 절반을 바치겠노라고 빌었다. 무사히 태어난 유그 펠리오르는 형이었다. 죽은 동생은 태어나기도 전에 영양분이 되어 그와 한 몸이 되었다. 무녀 출신의 황후는 출산과 동시에 수명이 반으로 줄었다. 어쨌거나 유그 펠리오르는 무사히 태어났지만 황제는 그 기이한 탄생에 진저리를 치며 무시하기 일쑤였다.

―너의 명명식에 너의 모친은 두 번째 소원을 빌었다.

대무녀관이 인정한 정식 황족들은 이름이 내려진 날 의식을 치른다. 대무녀관의 주재하에 새로 태어난 황족의 이름을 받아 기록하는 명명식이다. 이후, 모친이나 혈족이 혈족신인 카자르 엔더에게 아이를 위한 소원을 빈다. 대개는 신의 힘을 이어받은 아이를 달라고 기도하는 것이 보통이었다. 제위를 갖기 위해서, 부귀영화를 갖기 위해서 신의 힘을 내려달라고 기도했다.

욕심 많은 어미들은 자신의 자식이 뛰어나길 바라고 바랐다. 남들보다 아름답게, 남들보다 강한 무력, 남들보다 강한 정신력, 남들보다 더 영리한 머리, 남들보다 더한 욕심, 남

들보다 더한 초능력, 신의 이름에 걸맞은 초능력을 내려달라 기도했다. 그러나,

―네 어미는 이미 수명을 희생한 만큼 욕심이 없었다.

그 말에 황제는 고개를 갸우뚱했다. 그가 알기에 모후는 욕심이 많았다. 항상 그를 채찍질하면서 황자로 태어났으니 이래라저래라 하며 들들 볶지 않았던가.

―네 어미는 너의 〈건강〉을 빌었다. 분수에 넘치는 능력은 필요없으니 건강하고 튼튼하게 네가 자랐으면 좋겠다고 기원했다.

그 말에 황제는 입을 쩍 벌렸다.

신은 큭큭 웃었다.

―네 어미는 재미있는 여자였지. 자신의 수명을 걸고 너의 건강을 빌다니. 네 어미가 40세도 넘기지 못한 것은 그런 이유였다.

신은 멍하니 앉아 있는 황제를 바라보며 혀를 찼다.

―그게 치명적이었던 게야. 하필이면 튼튼한 것만 바라다니. 그 멍청한 머리통을 좀 명석하게 해달라거나 모자란 감수성을 키워달라고 말했다면 나았을 것을. 아무것도 바라지 않을 테니 튼튼하게만 키워달라니.

신은 발끝으로 황제의 머리통을 툭툭 찼다. 넌 돌이야, 돌.

"……."

새삼 모후를 원망하는 황제였다.

"그래서 모후 때문에 절 도와주신 겁니까?"

―아니다.

전신은 간단하게 부정했다.

―정확히 말하자면 네 쌍둥이 동생의 운명을 네가 대신 받은 게다.

"제 쌍둥이는 이미 뒈졌다면서요?"

―걸레 문 주둥이, 저리 치워라.

카자르 엔더는 혀를 끌끌 찼다. 머리가 빈 것이 주둥이도 모자라.

―나 역시 마지막 신력을 끌고 도박을 했다. 그날 제국은 멸망하고 나의 혈족은 멸망했으며 나는 하급 신으로 격하되었다. 허나 마지막 순간, 하나의 운명이 남아 있었지. 너와 한 몸이 되어버린 쌍둥이 동생의 운명. 태어나지 못한 마지막 혈손의 이름이 내게 있었다.

"그게 말이 됩니까?"

―편법이지. 네 어미는 남은 수명을 걸고 명명식도 치르지 못한 네 죽은 쌍둥이 동생을 위해 이름을 지었다. 그 애의 이름은 테이아. 네가 다시 살고 있는 그 운명은 테이아의 것이다.

전쟁신의 눈이 새파랗게 빛났다. 강철로 만든 조각상처럼 번득이는 신의 음성이 천둥이 되어 그의 뇌리에 박혔.

너의 의무는 네가 죽인 수보다도 더 많이 신의 자손을 늘리는 것이다. 혈손을 늘려 이 제국을 번성시키는 것. 그것이 너의 의무이자 목표다.

❧

"펠님."

퍽! 주먹이 절로 날아갔다. 황제는 손을 부들부들 떨었다. 허공으로 날아간 주먹은 그대로 목표를 잃은 채 떠 있었다.

"너무하시지 말입니다."

투덜거리는 소리를 들으며 그는 고개를 돌렸다. 얼굴에 벌건 자국이 고스란히 남은 메리테인이 그를 내려다보며 구시렁거리고 있었다.

"야."

"네?"

"내 이름이 뭐지?"

"에에? 펠님, 어디가 불편하십니까?"

놀란 메리테인이 두 눈을 부릅뜨며 그의 얼굴로 고개를 들이밀었다. 그 얼굴을 다시 한 번 후려치면서 황제는 벌떡 일어났다. 멍했던 성신이 한 번에 돌아왔다.

그의 바로 옆자리에 작은 소녀가 누워 있었다. 파리할 정도로 하얀 얼굴에 백발의 머리카락, 눈썹과 속눈썹은 흰데 입술만은 붉은 자그마한 소녀.

"안데르."

그는 안도했다.

"혹시 이 작은 공주님이 저주라도 걸었습니까?"

"쓸데없는 잡소리 치우고 말해. 내 이름이 뭐지?"

황제의 명령에 메리테인은 어수룩한 표정을 지우고 공손히 무릎을 꿇은 채 고했다.

"위대하신 신께서 명명하신 바대로 저의 주인이신 분의 고귀하신 이름은 유그 펠리오르 테이아 마그네우드. 대륙에서 가장 존귀하신 이름이십니다."

"유그 펠리오르 테이아 마그네우드."

그는 멍하니 중얼거렸다. 유그 펠리오르가 아니라 유그 펠리오르 테이아.

세상에 공짜는 없다. 이유없는 행운은 없다.

그는 쌍둥이 동생의 이름으로 두 번째의 운명을 맞이했던 것이다.

 고대 데이페론 제국에서는 당시 타국의 관습과 달리 쌍생아에 대해 상당히 관대했다. 아니, 관대하다 못해 신성시될 정도다. 데이페론의 고대 영웅 서사시에도 영웅은 훌륭한 전사인 쌍둥이 형제를 수하로 맞이하여 임무를 완성하거나, 나라를 세우는 시초를 쌓는다. 예를 들자면, 서사시 〈유사 에노리〉나 〈아바미스라〉, 〈마모야흐 크루〉 등이 그러하다. 당시 제국 이외의 고대국가에서 쌍생아는 불길한 것, 어미를 삼키는 괴물이나 형제의 운명을 잡아먹는 것이라 여겨져 불길하게 여겼다. 이는, 사실상 의술이 발달하지 않은 고대 사회에서 쌍생아 출산 시 산모에게 가해지는 직접적인 위험 탓이기도 하지만, 가문을 잇거나 재산의 분할 등 현실적인 문제 때문이기도 했다. 하지만 골육상쟁을 일상화하고 부모자식 간에도 유혈이 난무하는 살벌한 제국 황실 안에서 쌍둥이 형제는 결코 배신하지 않을 절대적 우군을 나타낸다는 것이 의미심장하다.

―고전문학의 상징적 의미와 고찰 中에서
오비온 리히드 헤스노리 著

CHAPTER 03

RELOAD

 안녕하십니까. 저는 4번 가디언 레이후스입니다. 네, 그렇습니다. 다들 절 보면 가디언답지 않게 성실하고 단정하다는 말들을 흔히 하지요. 네, 저도 제가 좀 생겼다는 것을 잘 알고 있습니다. 저의 미모는 저의 주인님을 시중들 정도는 되지요. 훗. 아, 제 일 말입니까? 제 일은 주로 소소한 일들입니다. 그러니까, 주인님의 욕조를 청소한다거나 주인님의 식기를 닦는다던가, 뭐, 소소한 시중이지요. 또 주인님의 의복을 손보는 일도 제가 합니다. 제가 손재주가 있다는 것을 예리하게 알아차리신 유모님께서 제게 바느질을 맡기셨지요. 아시다시피 재봉과 수놓기라는 것은 어지간한 섬세한 손놀림으로는 가능한 일이 아닙니다. 그! 어! 떤! 가디언도 못하는 일을 제가 좀! 합니다. 물론 좀 쉬운 갑옷 손질이나 무기 손질은 제 쌍둥이인 5번 쿨란이 합니다. 쿨란도 저보단 못하지만 좀 섬세한 편이기 때문이지요. 제가 좀! 섬세한 편이기 때문에 여러 가지 주인님의 서류 작업에도 손을 대기는 합니다만 그래도 대장만큼은 아니지요. 그저! 조금! 일찍 태어났다는 이유만으로 대장이 된 메리테인 형에 대해서는 아주! 약간! 좀! 불만이 있긴 합니다만 요즘은 그럭저럭 참을 만합니다. 얼마 전 저의 섬세함을 어여쁘게! 여기신 주인님께서 저에게 페자페지의 73류 암기 세트를 선물로 주셨기 때문이지요! 아아, 이렇게 감사할 수가! 주인님께서는 그동안 절 눈여겨보고 계셨던 것이 분명합니다. 그렇지요. 제가 의복을 담당하고 있다는 것을 드디어! 예리하게 알아차리시고는 저 전설의 페자페지 73류 암기 세트를 풀 세트로 주셨습니다. 눈물이 앞을 가렸답니다. 제 생일은 비록 두 달 후이긴 하지만 뭐 어떻습니까? 제 특기를 기억해 주시는 그 성은이야말로 신께 감사드리고 널리 그 성총을 기릴 일이 아니겠습니까?

사람들은 황후의 존재를 무엇이라 생각할까.

많은 이들은 제국의 안주인, 제국의 꽃 중의 꽃, 혹은 황제의 반려, 황궁 여인들의 우두머리, 제국의 어머니 등등이라는 말로 의미를 부여할 것이다. 하지만 사실상 그 모든 수식어는 제국, 신의 혈통을 자랑하는 데이페론 제국에서는 통용되지 않는다.

특히나 그녀 마노시아 렌제르 카자르 엔더에게는.

"뭐라고 말했지?"

타오르는 보랏빛 눈동자와 작열하는 백야의 하늘빛을 닮은 백금발의 소유자인 황후는 사실상 제국을 통치하는 통치자이자 바깥에서 쌈질로 세월을 보내고 있는 황제의 지어미이자 방패, 제국의 두뇌이자 눈, 그 외에 모든 지배자를 통칭하는 수식어의 주인이었다.

"회군하고 계시다 합니다."

"회군? 아직 석 달밖에 안 지났는데 벌써 회군? 설마 그 튼튼한 멍청이가 병이라도 났다고 하더냐?"

미심쩍다고 묻는 18세의 황후를 보며 재상 로리랜드는 식은땀을 주르륵 흘렸다.

"그럴 리가요. 그저 별로 돈도 안 되는 싸움을 해서 병력을 소모할 필요는 없다고 하시더군요."

"거짓말."

황후는 단호하게 자르며 우아하게 눈썹을 치켜 올렸다.

"그 멍청이에 얼간이가 소모전이니 돈도 안 되는 싸움이라는 단어를 알 리가 없도다. 그저 재미가 없어진 것 아닌가?"

"하하, 전언에 따르면 하리아드의 싸움이 너무 시시해서 귀찮아지셨다는 말도 있습니다. 근위대에 속한 자의 언급입니다만."

"흠. 첩자를 잘 두었구먼. 하리아드의 싸움이 얼마나 시시했기에 그 전쟁 미치광이가 회군씩이나 한단 말인가? 중부는 아직 제대로 도모하지도 않았을 텐데?"

지도를 살피며 황후가 묻자 재상 옆에 있던 중후한 얼굴의 군부대신이 대신 답했다.

"중부의 황원에서 대기한 상태로 회군했습니다. 중군은 이미 하리아드를 지났고 위대하신 폐하의 근위병단은 좌군과 함께 귀국 중이십니다."

"흠, 성질도. 중군은 놔두고 좌군하고 회군한다니. 다른 것은?"

"이미 우군의 사령관 레솔트 후작이 전리품을 챙겨놓았으니 걱정 마시라고 전해왔습니다."

"훗, 과연 내 돼지다. 진흙탕에 쓰러져도 뼈다귀는 쥐어드는 것이 그다워."

황후가 흐뭇하게 미소 짓자 재상 및 대신들은 어색한 미소를 머금었다.

진흙탕은 황제, 뼈다귀는 전리품. 차마 상상하기 어려운 도식의 성립에 힘없는 부하들은 그저 웃을 뿐이다.

황후나 황제가 레솔트 후작을 돼지라 부르는 것과는 별도로 마흐마르 레솔트 후작은 사실 돼지라고 그냥 부르기엔 어색한 용장이었다. 허벌레한 비계를 혐오하는 제국의 황족들은 '몸이 나쁘면 머리다!' 라고 외치는 종자들로, 자신들은 만날 미쳐서 날뛰는 주제에 신하와 부하들만은 유능의 극을 달리길 원했다. 따라서 돼지 레솔트 후작은 두루뭉술한 돼지가 결코 아니었다. 굳이 돼지라 부르고 싶다면 저 깊은 삼림의 멧돼지에나 비견될 수 있을까. 그는 뇌전의 레솔트라 불리는 장창의 명인이었다. 늘씬한 근육질 체형이 많은 제국에서 목이 좀 짧고 어깨가 넓고 다리가 아주 조금 짧다는 이유만으로 돼지라 불리는 가련한 후작이기도 했다. 특히나 전설의 드워프를 연상케 하는 우직하게 생긴 네모진 얼굴과 달리 이해득실을 예리하게 따져서 전쟁에만 미쳐 있는 황제를 교묘하게 이끄는 수단으로도 이름이 높았다. 황후가 그를 총애한다는 것은 소문이 널리 나 있었다. 소문만이 아니고 레솔트 후작은 황후의 찬미자이기도 했다.

황후는 그를 내 돼지라 부르며 총애했다. 항상 그를 옆에 두고 무도회에서도 황제를 빼고 그와 춤을 추거나 내실에 부르는 것은 물론, 심지어 그와 여행을 가기도 했다. 제국에서도 손꼽히는 맹장이자 후작을 돼지라 부르는 것은 민망한 일이었지만 황제와 황후는 제국에서 인간이 아닌 신의 화신이다. 특히나 마노시아 황후는 황제와 비슷할 정도로 신혈을 타고나 황제와 결혼하지 않았다면 아마도 숙청되었을 정도의 순혈의 소유자였다.

"그래, 내 돼지는 언제쯤 도착한다더냐?"

황후의 고혹적인 미소에 가슴을 부여잡은 군부대신이 부

풀어 오르는 망상을 접으며 대답했다.

"사흘 안에 도착할 것으로 생각됩니다. 뇌전의 레솔트 후작이 아니겠습니까?"

은근슬쩍 아부성 발언을 섞어 넣는 그를 보고 황후가 웃었다.

"그렇지. 느려 터진 주제에 투덜거리기만 하는 얼간이와는 전혀 다르지. 예정 시간이 사흘이라면 내 돼지는 이틀이면 오겠구나."

기특한 것. 흐뭇한 미소를 짓는 황후를 보고 대신들은 벌렁거리는 가슴을 부여잡았다.

황후는 아직 스물도 안 된 소녀였지만 신족을 보고 어리다고 말하는 이는 없다. 레솔트 후작은 올해 마흔이 넘은 중년이었지만 열심히 노력한 덕분에 중년으로는 보이지 않는다. 그럼에도 불구하고 최소 20년 가까운 연차가 있다는 것만은 분명했다.

그러나 요염하고 풍만한 자태와 꿀이 흐르는 듯 매혹적인 색기가 넘치는 황후는 남자라면 모두 다 혹할 정도로 아름다웠다. 신의 후예다운 완벽한 팔등신에 상아처럼 희고 단단해 보이는 사지와 지극히 여성스러운 풍만한 곡선은 그녀가 얼마나 무서운 존재인지를 잠시 동안이나마 잊게 만드는 효과가 있었다. 더불어 총애를 받고 있는 레솔트 후작에 대한 열렬한 질투심도 함께 생성시켰다.

'빌어먹을 돼지! 그냥 콱 뒈질 것이지!'

'황제 폐하께선 그놈의 돼지를 왜 살려두시는 거야? 살인광이면 살인광답게 돼지도 콱 죽여 버리실 것이지!'

'아, 내게도 나의 돼지라 불러주셨으면!'

'제기랄! 이번에야말로 그 돼지 꼴 안 볼 줄 알았건만!'

대전 안에 모여 있는 대신들의 눈빛이 몽롱해지는 동안 제일 빨리 제정신을 차린 젊은 재상 로리랜드가 박수를 쳤다.

"아, 그럼 제도에서 발생하고 있는 소요에 대해서 의견을 나누어봅시다. 전에 말했다시피 제도의 지하 하수도에서 연쇄적인 살인행각이 벌어지고 있는데……."

황후는 제위에 앉은 채 길게 뻗은 다리를 고쳐 꼬았다. 길게 허벅지까지 찢어진 치맛자락 사이로 속살까지 보였지만 그녀는 신경도 쓰지 않았다. 오늘 그녀가 입은 의상은 가히 파격적인 것으로, 황후가 아니었다면 궁내부 시녀장 이하 모든 시녀들이 씨몰살을 당해도 할 말 없을 정도로 엄청난 것이었다. 전신의 굴곡을 완전히 드러내는 드레스는 종아리를 살짝 덮었을 뿐이고, 당연한 말이지만 속치마도 입지 않았다. 속치마 대신에 그녀는 드러난 허벅지에 단검을 차고 허리에는 두 개의 장검, 목에는 목걸이 대신 은빛으로 빛나는 채찍을 감았으며, 보석이 가득 박힌 건틀렛을 팔찌 대신 끼고 있었다. 드레스에 어울릴 보석 박힌 높은 구두 대신 그녀는 납작한 샌들을 신었는데 키가 워낙 큰지라 샌들을 신어도 어지간한 여자들보다 머리 하나는 더 컸다. 보통 왕국에서라면 황후가 도저히 할 수 없는 복장이었지만 제국에선 가능했다. 왜냐? 황제 부부는 신이니까.

"모후!"

악을 쓰면서 누군가가 대전 문을 와락 젖혔다.

들어선 것은 백금발이 빛나는 두 명의 소년이었다. 상의는 벗어젖힌 채로 들어선 두 명의 소년은 피투성이었다. 피로 범벅이 된 검을 쥐고 들어선 두 소년을 보자마자 회의장 안에 있던 대신들은 헉 소리를 내며 벌떡 일어섰지만 제위에 앉아 있던 황후는 눈썹을 치켜 올렸다.

쫘아아아악!

와장창 소리를 내며 대전 안에 있던 집기들이 쏟아져 내렸다.

은빛으로 공간을 가르며 두 소년의 앞까지 다다른 채찍은 두 소년의 종아리를 가차없이 후려치고는 주인에게 되돌아왔다.

"악!"

"엑!"

피할 새도 없이 소년들이 종아리를 붙잡고 쓰러지자 놀란 가슴을 부여잡은 대신들은 한곳에 쏠린 채 헐떡였다.

"황자 저, 전하!"

"맙소사!"

황자들이 피투성이인 것도 놀라운데 황후가 그런 황자들에게 채찍질이다. 새가슴이 된 신하들이 헐떡이는 것도 무시하고 황후는 싸늘하게 말했다.

"대체 무슨 일이기에 감히 대전으로 난입인고? 내 이런 방자한 짓거리를 하면 그 아가리를 찢어주겠다고 하지 않았는가?"

피가 줄줄 흐르는 종아리를 붙잡고 황자들은 끙끙댔다. 보통 모친이라면 기함을 할 상처에도 그녀는 태연했다.

"제흐나므가! 제흐나므가 제 칼을 잘랐다구요!"

"다흐마르가 먼저 제 활을 부러뜨렸어요!"

악을 쓰면서 울부짖는 황자들을 보던 황후의 눈썹이 다시 올라갔다. 그 표정에 헉 하고 두 명의 황자는 뒤로 물러섰다. 이미 피가 줄줄 흐르는 종아리의 상처는 잊어버린 것 같은 태도다.

"그딴 걸로 감히 국정을 방해하다니 너희들의 죄를 알겠는고?"

짜악 하고 다시 한 번 채찍이 날아드는 순간, 황자들은 재빨리 열린 문으로 몸을 날렸다. 가히 어린애라고는 말할 수 없을 정도로 빠른 몸놀림이었다. 아슬아슬하게 황자들의 몸은 눈 뒤로 사라졌다. 대신 짜아악 소름 끼치는 소리와 함께 울리는 쿠아앙.

화려하게 장식된 대전의 문짝에 심오한 흠집이 생겨났다. 뱀이 기어가는 형상을 음각해 놓은 것 같은 선명한 흠집이다. 단단한 오강목 위에 청강석을 덧대어 만든 이 두꺼운 문에 채찍으로 그런 흠집을 낸다는 것 자체가 경악스러운 일이건만 그것을 자기 자식들에게 휘둘렀다는 게 더더욱 경악스러운 일.

'저건 돌인데!'

'저건 청강석인데 어떻게 채찍으로 저런 자국을!'

무술 좀 한다 하는 대신들은 입을 벌린 채 굳었다. 더욱이 제위에 앉아서 손목 한 번 휘두른 것으로 보여준 신위다. 참고로 말하자면 회의장으로 쓰는 대전은 직사각형으로 한 번에 120명이 줄지어 앉을 수 있을 정도로 넓고 길었으며, 대전의 문은 그 길고 긴 테이블보다도 훨씬 더 먼 곳에 위치했다.

"허억! 허억!"

"하악! 하악!"

어마어마한 기세의 파도에 노출되었던 대신들 중 나이가 많고 심약한 이들은 심장 발작을 일으킬 지경이었다. 젊은 대신들의 혈색이 허옇다면 노대신들은 시퍼렇다.

"내 부족한 교육으로 이런 추태를 보이게 되었소이다. 여러 대신들에게 내 사과하리다."

황후가 은빛으로 빛나는 가느다란 채찍을 한 번에 휘감아 목에 걸며 말하자, 대신들은 테이블 위에 놓인 독주를 주욱 들이켜면서 애써 태연히 웃었다.

"허허, 여전히 대단하신 솜씨이십니다."

"그렇습니다. 황후 폐하의 강건하신 모습을 볼 때마다 가슴이 뜁니다."

"그렇습니다. 과연 제국 제일의 꽃이자 자랑이십니다."

아리따운 미녀가 무섭다고 차마 토로할 수 없는 가련한 남자들의 작태였다.

"오호호호! 아무리 황자라 해도 국정회의를 방해할 수는 없는 일. 내, 차분히 가르쳐 놓을 테니 대신들은 안심하길 바라오."

그 차분히라는 게 어떤 것일까. 대신들 모두가 깊이 고개를 숙이며 가슴을 부여잡았다. 설마하니 정말로 찢어놓는다는 표현대로 채찍형 열 대, 뭐 그런 것일까. 아무리 신족이라도 저런 채찍으로 열 대를 맞으면 죽는다. 아니, 안 죽더라도 내장은 튀어나오지 않을까. 아니, 뼈가 으스러질 것이 분명하다.

"하하, 아직 어리시니 폐하께서도 관대히······."

재상이라는 죄로 로리랜드가 퍼런 얼굴로 애써 말하자, 황후의 눈썹이 파르르 떨었다.

"무슨 말을 하는 게요, 재상? 어릴 때부터 확실히 가르쳐 두지 않으면!"

그녀의 눈이 가늘어졌다. 대체 누구를 생각하는 것인지 어릴 적 친구라는 미명하에 폭력사태를 무수히 겪은 로리랜드는 금방 알아차렸다.

"그 얼간이처럼 되는 법입니다!"

재상은 말없이 고개를 숙였다.

황제. 지켜주지 못해서 미안. 너의 마누라는 너무 강해.

재상이 황후의 아래에서 신음(?)하고 있는 동안 황제는 새로 태어난 자신의 운명에 순응하리라 여기며 열심히 애를 쓰고 있었다.

"아앙! 아항!"

"더는 안 돼요! 안, 아아아아!"

야릇한 교성이 넘쳐흐르는 가운데 황제는 세 번째로 바쳐진 공주를 실신시키며 침대 머리맡에 대기하고 있는 가디언에게 말을 걸었다.

"야."

"넵, 폐하."

평소와 달리 메리테인이 아닌 자신에게 말을 걸었다는 데에 놀란 3번 가디언이 눈을 동그랗게 뜨며 무릎을 꿇었다.

"너, 3번이지?"

"그렇습니다! 3번 르나스입니다!"

과도하게 눈을 반짝이는 3번의 작태에 메리테인은 물론이고 2번과 4번 가디언의 눈초리가 싸늘해졌다. 특히 2번의 눈초리는 더더욱 살벌했다. 대장이 아니라면 2번인 자신이어야 하거늘 어찌하여 3번인가! 이것은 서열 파괴가 아니던가!

서열에 대한 집착으로 인한 살기가 노도처럼 밀려오는 가운데 3번 르나스는 눈을 빛내며 허리짓을 하느라 바쁜 황제의 옥음을 듣기 위해 자세를 바로 했다.

"흠."

"아아아아! 안 돼요!"

헐떡이는 소리를 내던 네 번째 공주가 마침내 실신하자, 황제는 결국 그녀를 옆으로 치우고 침대 위에 정좌했다.

"폐하, 마실 것을 올릴깝쇼?"

서열 파괴에 위기감을 느낀 2번이 재빨리 마실 것을 대령했다. 살짝 우그러졌던 황제의 술잔은 이미 깨끗이 손봐서 말끔해진 상태.

목이 말랐던 황제는 사양하지 않았다. 그리고는 생각에 잠긴 듯 흠 하고 미간을 찌푸렸다.

"예전에 문학을 담당했던 작자가 누구였지?"

"문학이요? 주인님께서는 문학을 아예 시작도 안 하셨는데요?"

메리테인의 대답에 황제의 미간이 더 구겨졌다. 틀린 말은 아니다. 글자도 모르는데 문학이라니.

"아, 왜 그런 거 있잖아. 간지러운 말을 주저리주저리 늘어놓는 거."

"수식어나 미사여구(美辭麗句) 말씀이십니까?"

3번이 아는 척 끼어들자 2번의 눈초리가 더더욱 사나워졌다. 저것이! 너는 3번이란 말이야!

"그, 미사가 어쩌구 하는 거, 그러니까 여자들을 칭찬할 때 쓰는 말, 그거 말이다."

"여자들을 칭찬할 때 쓰는 말이라면 아름다움을 찬미하

거나 그 마음씨를 칭찬하는 거 말씀이시겠지요?"

3번이 얍삽하게 아는 척 말하자 2번만이 아니라 메리테인의 눈초리도 사나워지기 시작했다.

"물론 문학적인 수식어를 쓰셔도 좋지만 위대하신 폐하께서는 간단히 어여쁘다 정도만 해도 놀라운 효과를 거둘 수 있지 말입니다. 미욱한 제가 생각하기에 폐하께서 한마디만 하셔도 모든 여자들은 다 쓰러지지 말입니다. 대륙의 주인이신 폐하께서 예쁘다 하시면 세상의 모두가 예쁘다 한 것과 같은 뜻이 되지 말입니다."

세 마디 이상 나오면 기괴한 말투로 돌변하면서 건방진 말투가 슬슬 기어나오는 것이 3번의 특징이었다. 그 때문에 메리테인은 3번에게 길게 말할 기회를 주지 않으려 했다.

'아, 너는 곧 맞아터질 게다.'

메리테인은 화를 내는 2번과 달리 초연한 마음으로 나불거리는 3번을 바라보며 5번에게 목욕물이나 데우라고 손짓했다.

"그럼에도 불구하고 폐하께서 여인의 아름다움에 대해서 묘사하고자 하신다면 〈저 들판에 핀 가녀린 들꽃과도 같은 몸매〉라든가, 〈가련한 파랑새의 깃털보다도 가볍고 보드라운 너의 피부〉라든가, 〈숨결조차 꿀처럼 감미로운 너의 입술〉이라든가 하는 것들이 있지 말입니다. 물론 목소리도 칭찬하셔야 하지 말입니다. 목소리를 빼면 아쉽지 말입니다. 여인을 묘사하려면 다양하고 우아하게 해야 하지 말입니다.

제가 잘난 척하는 거 아니지 말입니다. 그러니까 목소리는 칭찬하지 않으면 안 되는 것이지 말입니다. 〈은방울처럼 울리는 너의 목소리〉라든가, 〈아지랑이 피어오르는 듯 너의 웃음소리는 나의 가슴을 울리는구나〉라든가, 〈너의 목소리를 듣는 것만으로도 백 편의 시를 듣는 것과 같다〉라든가, 뭐, 여러 가지 있지 말입니다. 골라잡아 써보면 알 수 있지 말입니다."

원래 2번과 3번은 전(前) 45대 군단장의 자손으로 배다른 형제였다. 정확히 말하면 서로 형제인 줄 모르는 배다른 형제다. 다시 말하자면 전 군단장의 우람한 육체에 감탄한 무녀 두 명이 서로 씨를 받아내어 생긴 아이들이다. 가디언들은 대개 나이 찬 신전의 무녀들의 자식들 중에서 뽑힌다. 무녀들에게 있어 결혼은 선택에 불과한지라 성생활은 자유롭다. 그래서인지 거의 평생을 황궁에서 사는 무녀들의 특성상 간혹 같은 아버지에게서 난 자식들이 생기기도 한다. 어찌 되었거나 어릴 때부터 병영에서 자란 탓인지 두 이복형제는 말투가 아주 기묘했다. 유아 시기에 말을 군대에서 배운 폐해다. 나름 과묵한 2번과 달리 3번은 한 번 입을 열면 절로 패고 싶은 말버릇의 소유자였다.

"그러니까, 얼굴과 자태, 목소리를 칭찬하셨으면 당연히 침대에서의 방중술도 칭찬하셔야 하지 말입니다. 방중술에 대한 칭찬은 여러 가지가 있지 말입니다. 그게……"

퍽!

"아직 방중술은 아냐."

말을 더 이으려는 3번의 주둥이를 후려갈긴 황제는 점잖게 주먹을 쥔 채 미간을 찌푸렸다. 3번 녀석이 책을 많이 읽고 있다는 것은 익히 들어 알고는 있는데 아주 교묘하게 짜증나게 만드는 놈이다. 성질 죽이고 듣고 있으려니 아예 가관이다.

"밟아."

그의 명령이 내려지기가 무섭게 메리테인과 2번, 4번의 매타작이 이어졌다. 3번은 얻어맞으면서도 가디언답게 비명은 지르지 않았다. 그저 헐떡일 뿐.

"여자들이 마음에 차지 않으시는지?"

한바탕 매타작이 끝난 뒤에 메리테인이 조심스레 물어왔다.

호사스러운 마차 안.

보통 사람 열 명은 누워서 굴러도 될 만큼 넓은 마차 안에는 민망할 정도로 넓은 침대와 테이블이 놓여 있었다. 의자는 없지만 가디언이 설 만한 공간은 있었다. 시중을 들 하인들이 설 공간이다.

그들은 맹렬하게 달려 제국으로 귀환 중이었다. 일단 결심하면 행동은 빠른 황제 덕에 원정군은 무시무시한 속도로 회군하는 중이었다. 우군은 먼저 출발했고 황제친위군은 두 번째, 세 번째는 친위대를 따르기 위해 결사적으로 달리는 중군이다. 물론 가련한 좌군은 뒤처리를 하느라 늦어졌다.

"그저 그래."

달리는 마차 안인데도 테이블 위에 놓인 물 잔은 흔들리지 않았다. 식사를 하면서 황제는 침대 위에 널브러져 있는 공주들을 바라보았다. 하리아드의 공주 중 다섯을 데리고 왔는데 그중에 별로 기억나는 여자가 없었다. 그는 관대하게 독수공방을 오래오래 한 루네릭 백작에게 모두 내려주기로 마음먹었다. 루네릭 가의 자손을 많이 늘리기로 마음먹지 않았던가.

"아, 저 공주들은 전부 루네릭 백작가에 내려줘. 백작의 성노로."

"알겠습니다."

메리테인은 황제의 말에 토를 달지 않았다. 무도한 명령이라든가 무정한 명령이라는 생각조차 들지 않았다. 그는 공주들을 바깥에 내보내기 전에 황제의 씨를 배지 않았는지 확인하라는 명령을 조용히 내렸다. 자칫 황제의 아이를 배었다면 결코 아무 데나 굴릴 수는 없는 일이다.

"내 눈토끼는?"

"피곤하신지 열이 아직 안 가라앉으신 것 같습니다."

메리테인의 말에 황제는 혀를 찼다.

겨우 만난 눈토끼는 그의 기억대로 병약한 것 같았다. 그가 무려 금욕! 씩이나 하면서 얌전히 대해주고 있는데도 하리아드를 출발한 이래 내내 골골 아팠다. 열을 내는 모습이 꽤나 안쓰러워서 잘 대해주라고 명령을 내려놨지만 유달리 튼튼한 제국인의 약은 그녀에겐 잘 안 듣는 듯 결국은 하리아드의 궁의를 데리고 올 수밖에 없었다.

"아, 저 여자들을 내 눈토끼의 시녀로 줄까?"

문득 생각난 황제가 침대 위에서 골골 졸고 있는 공주들을 가리키자 메리테인은 고개를 저었다.

"그건 별로. 솔직히 말해 저 여자들은 시중드는 데 너무 서툴지 않습니까? 뭘 할 줄 아는 게 있어야지요."

"그건 그래. 시중도 서툴러, 방중술도 서툴러. 할 줄 아는 게 아무것도 없긴 해."

"그래도 하리아드 여자들이 애는 잘 낳는다고 합니다."

"그러니 루네릭 백작에게 주라고. 그 나이에 애 하나가 뭔가, 애 하나가."

그래 봤자 내 아이는 아무도 안 뱄다. 그것만은 철저한 황제가 중얼거리자 메리테인은 놀란 눈으로 그를 올려다보았다.

"저 여자들 모두 아이를 가질 날짜에 맞추어 시중을 들었을 텐데 그걸 어찌……?"

"신혈을 잉태하면 느낌이 온다. 그걸 몰랐느냐?"

황제의 천연덕스러운 말에 메리테인은 감격했다. 아, 그렇구나. 그런 놀라운 일이! 역시나 신이 내려주신 혈통!

애써봐야 신이 말한 대로 혈손을 늘릴 수도 없으니 이 여자들을 안는 건 그만두련다 하고 손을 턴 황제는 정말로 여자들을 밖으로 내쳤다. 벌거벗은 채로 모포만 하나 둘둘 감은 채 루네릭 백작의 짐차로 내던져진 공주들의 운명은 가련하지만 신경 쓰는 이는 아무도 없었다.

"하아."
"내 가녀린 눈토끼, 많이 아프냐?"

솥뚜껑, 아니, 큼직한 사각 플레이트 실드를 연상케 하는 손으로 조막만 한 소녀의 이마를 꾹꾹 누르며 황제는 혀를 찼다.

열은 내렸지만 아직 미열이 남은 안데르의 안색은 발그레했다. 남이 보면 혈색 좋아 보인다 할 정도였지만 몽롱한 시선은 상태를 고스란히 보여주었다.

황제의 마차보다는 조금 작지만 여전히 화려한 마차 안에는 안데르의 유모와 시녀 한 명이 남아 그녀의 시중을 들고 있었다. 하리아드를 출발하자마자 찬바람을 쐰 것인지 긴장이 풀려서 그런 것인지 열을 내고 내내 앓기만 하는 그녀를 보는 그의 심정은 착잡했다. 앞으로 보나 뒤로 보나 옆으로 보나 안데르는 그에 비해 너무도 왜소했다. 그런 그녀를 배려없이 전쟁터로 끌고 다니며 범한 것이 그 자신이었으니 새삼 자신이 얼마나 못된 놈이었는지 절절히 느껴지는 것이다.

"왜 이렇게 아파? 원래 지병이 있는 거냐?"
"아, 아니옵니다. 그저 지치신 것이라 생각됩니다."

머리를 조아린 유모가 발발 떨면서 고했다. 북방 출신인 유모의 눈에 황제는 거의 신이나 다름없었다. 특히 안데르를 품고 앉아 있는 황제의 자태에서 유모는 후광을 발견할 지경이었다.

"쳇, 안 되겠다. 내 마차로 옮겨야겠다."

그는 안데르의 작은 몸을 답삭 안아 모포로 둘둘 감고는 옆구리에 끼었다. 그리고는 바로 옆에서 달리고 있는 자신의 마차를 향해 뛰었다.

"으악!"

"에구머니!"

유모와 시녀가 기겁을 했지만 황제의 휘하 누구도 놀라는 이는 없다. 달리는 말에서 말로 뛰기도 하는데 달리는 마차에서 마차로 뛰는 정도야 놀랄 일이 아닌 것이다.

결국 안데르는 난폭하게도 마구 흔들어대는 황제의 손아귀에서 눈을 떴다.

"어?"

"깼느냐, 나의 눈토끼."

그녀는 멍하니 자신을 보고 자상하게(?) 웃고 있는 황제를 올려다보며 생각했다.

아, 이것은 꿈인가. 이 잘생긴 남자는 내 꿈속에 나타난 환상일까. 어느 나라 왕자님일까.

"환상 아니다. 왕자도 아니다. 난 황제다, 황제."

왕자와 황제 사이에는 건널 수 없는 넓고도 넓은 간격이 있단다. 티꺼운 음성으로 그녀의 헛소리에 대답해 준 황제는 자신의 무릎 위에 그녀를 앉혀놓고 손수 벌꿀을 탄 과즙 주스를 먹여주었다. 다디단 음료에 놀란 그녀가 눈을 뜨자 황제는 씨익 웃으며 그 젖은 입술에 거듭 뽀뽀를 했다.

"아아."

안데르는 그제야 제정신을 차리고 얼굴을 붉혔다.

"여긴 어디인가요?"

"마차 안이란다. 열을 하도 내고 아파서 내가 내 마차 안으로 데려왔단다."

"유모는 어디에 있나요?"

당황하지도 않고 자신의 품 안으로 파고드는 그녀가 귀여워서 황제는 히죽 웃었다.

"옆 마차에 있느니. 먹고 싶은 것은 없느냐?"

"아니오. 그냥."

이대로 있고 싶어요 하고 수줍은 태도로 말하는 그녀를 보고 황제는 연신 웃었다. 아주 귀여워서 온몸이 간지러울 지경이다. 수많은 여자를 대했지만 이런 기분은 처음인지라 그저 흐뭇할 뿐이다. 아, 씨. 애가 이렇게 귀여웠었나!

"귀엽구나."

개안한 황제의 그 말에 얼굴을 새빨갛게 붉힌 안데르가 살짝 그를 올려다보며 눈으로 묻는다. 정말요? 초롱초롱한 그 눈에 감동한 그는 3번이 읊었던 미사여구를 떠올렸다. 가녀린 여자의 자태를 보며 칭찬해 주는 말이 뭐가 있다고 하더라? 저 들판에 가녀린, 가녀린……. 들판에 가녀린? 들판에 가녀린 것이 뭐가 있었던가? 황제는 고심했다. 팔랑팔랑 뛰는 영양 떼? 아니면 코뿔소? 아니면 붉은 황소 떼? 그것들은 전혀 안 가녀린데? 그럼 산중에서 찾아야 하나? 산중에 가녀린 게 뭐가 있어? 큰뿔사슴? 재규어? 아, 그거 빼고 또 뭐가 있었지? 파랑새의 깃털? 깃털이 어떻다고 했더라? 또 아지랑이가 피어오르는 거가 뭐 있다고 했었지? 아지랑이가 피어오르는 게 뭐가 있더라? 따끈한 소똥이나 말똥?

고심하는 황제는 머리를 쥐어짰다.

그러나 독자 제군이여, 원래 벼락치기 공부는 머리에 남지 않는 법. 꾸준히 정진하고 정진하는 것만이 머리에 길게 남는 법이다. 문학의 문 자도 모르고 글자의 그도 모르는 황제가 난데없이 문학적 수사력을 자랑할 수는 없는 일. 그는 그저 즉물적인 남자에 불과하였다.

"널 보니 온몸이 간질간질하구나."

"네?"

안데르가 눈을 동그랗게 뜨자 황제는 이글거리다 못해 녹아내릴 것 같은 뜨거운 시선으로 속삭였다.

"너무나 예뻐서 온몸이 간질간질하단 말이다."

그녀는 어쩔 줄 몰라 하면서 고개만 떨어뜨렸다. 예뻐, 예뻐의 쉼없는 물량 공세는 수식어 없이도 그녀의 휑한 마음을 가득가득 채웠다. 그녀는 자신이 혹시 꿈을 꾸고 있는 게 아닌가 불안했다. 황제에 대해서 나름 조사한 탓에 그녀는 황제가 황후와 수많은 후궁을 거느리고 있다는 것을 잘 알고 있었다. 미치광이에 전쟁광이라 불리는 것도 알고 있었다. 심지어 목격도 좀 했다. 그럼에도 불구하고 그녀는 이 순간이 너무나 좋았다. 자신을 향해 정말로 예쁘다고 말해 주고 귀엽다고 애정을 쏟아주는 황제가 너무나 황홀했다. 앞으로 더 끔찍한 지옥이 있다 해도 그녀는 견딜 수 있을 것만 같았다.

"저두요."

"응?"

"폐하가……."

그녀는 기어들어 갈 것 같은 목소리로 속삭였다.

"너무 좋아요."

그 말에 황제는 헤벌쭉 웃었다. 안데르에게서 들은 그 말이 그의 마음속 깊은 곳에서부터 점점 눈덩이처럼 커졌다. 기쁘고 기뻐서 가슴이 터질 것 같았다. 인형처럼 항상 굳어 있던 그녀, 싸늘하고 늘어져 있기만 하던 그녀, 자신을 돌아보지 않으려 하던 그녀가 지금 자신의 품 안에서 미소 짓고 있었다. 생생하게 살아서.

그는 작은 소녀의 몸을 꽉 끌어안은 채 신에게 감사했다. 자신을 마구 두들겨 팬 신의 주먹은 아팠지만 이 순간처럼 신의 가호에 감격한 적은 없었다.

스물다섯 살의 재상 로리랜드는 과묵한 남자였다. 아니, 과묵한 남자였었다. 한 10년 전쯤?

그는 휜칠한 키에 늠름한 몸매, 그리고 조각상처럼 반듯한 외모의 소유자가 결코 아니었다. 그는 제국 평균의 키에 조금 못 미치는 키, 제국 귀족보다 조금 못 미치는 부실한 몸매에 제국 귀족의 평균치에 조금 못 미치는 외모를 가진 남자였다. 하나, 그의 권력은 강대하고도 강력해서 그가 기침을 하면 제국의 절반이 몸살을 앓는다는 전설의 행정가였다. 남자는 얼굴과 몸매로 말하지 않는다는 격언을 온몸으로 보여주는 산증인, 로리랜드 에녹하든 이베어리. 완력이 없다면 남자가 아니고, 풍만하지 않다면 여자가 아니며, 쓸모없다면 신하가 될 수 없으니 일단 죽이고 본다는 미친 황제가 예외로 삼은 유일한 남자. 머리 좋은 놈은 몸매가 부실해도 참아주겠다는 예외를 세우게 만든 것도 그다. 그리하여 그는 전설의 행정가가 되었다!

"그래서?"

25세에 18세의 미치광이 황제의 힘을 등에 업고 전설이 된 남자는 입가를 비틀며 조소했다.

"세금 포탈이 이 정도 되었으면 그 축 처진 배, 발밑에 깔고 발발 기어야 하는 거 아닙니까?"

"헉! 그 무, 무슨 무례한 말을! 심하지 않소!"

"전혀 심하지 않습니다. 저의 입으로 그 더럽고 추한 몰골을 일일이 말하는 것도 괴로울 지경입니다. 제도 경비대가 추적한 귀하의 죄업은 넓고도 더러워서 차마 폐하께 올릴 수도 없습니다. 만약 이것을 폐하께 올리게 된다면 귀하가 받을 벌은 단 한 가지뿐입니다."

노란색에 가까운 갈색 눈, 눈매는 가늘고 길다. 슬그머니 끝이 구부러진 매부리코 확정의 얄팍한 콧날, 체모가 적다는 것을 극단적으로 보여주는 어설픈 수염. 행정부 전설에 따르면 재상의 수염은 일주일이 지나도 깎을 필요가 없다고 한다.

"증거를 대라! 이런 모욕으로 날 억누르려 해도 제국법이 있는 한 날 찍어 누를 수는 없을 게다, 애송이 재상!"

거품을 물며 항의하는 백작을 보며 재상의 눈매가 가늘어졌다.

"후, 잊고 계시는군요. 신께 축복받은 이 나라에는 제국법 이상의 법이 있답니다."

광대뼈가 툭 튀어나온 세모꼴의 면상, 얄팍한 입술에 나이보다 열 살은 들어 보이는 표정과 야비한 미소, 절로 주먹이 튀어나갈 것 같은 조소에 백작은 주먹을 다잡았지만 실제로 재상을 치지는 못했다.

화려한 금발을 자랑하는 장대한 제국인답지 않게 숱 적은 회색 머리갈에 앙상한 어깨, 앞에 서 있는 남자보다 머리 하나는 작았으나 풍기는 권력의 냄새는 거대하다. 그다지 호화로운 옷을 입고 있지도 않았지만 자줏빛 재상의 법복을 걸친 것만으로도 충분히 위엄이 넘친다.

"황후께 보고가 올라간다면 그 아름다운 은빛 채찍으로 당신의 살갗이 하나하나 찢겨 일곱 겹으로 갈라질 것이며,

사지의 뼈는 녹신녹신하게 부서져 만찬장의 젤리로 화할 것입니다. 뿐이랴, 당신의 눈과 혀는 황후 폐하의 애완야수의 간식거리도 되지 못한 채 짓이겨질 터이지요. 이것만이 아닙니다. 황제 폐하께서 오셨다면 당신의 배를 보자마자 격노하셔서 산 채로 배를 가르고 내장을 꺼내어 대로변에 흩뿌려 개 먹이로 주실 겁니다. 그분의 전마는 무척이나 난폭하여 인육을 즐기지만 기름진 것을 질색하는지라 귀하의 시체는 불행히도 서민의 등잔 기름이 될 것입니다. 아시겠지만 폐하께서는 시체 하나하나를 재활용하시는 취미가 있으시지요. 훗훗훗."

그는 웃었다. 흐릿한 갈색 눈동자에서는 광기가 번득였다. 뒤에 서 있던 재상부 관리들은 소름이 끼쳤다. 아아, 즐기고 있다! 재상님은 너무 즐거워하고 계셔! 재상 로리랜드는 위협과 협박을 취미이자 삶의 기쁨으로 알고 있는 야비함의 소유자였다.

"허억, 허억!"

방금 전까지 기세등등하던 상대는 떨고 있었다. 아니, 오줌까지 지리고 있었다.

로리랜드는 황후처럼 거만하게 눈썹을 치켜 올렸지만 불행히도 그다지 어울리진 않았다. 거만하다기보단 야비해 보였을 뿐이다.

상대는 전(前) 상무대신 오스랄 백작이었다. 제도 하수구에서 발견된 유아 연쇄살인범이기도 했으며 세금 포탈 역대

10위 안에 들 거대 범죄자인 동시에 로리랜드가 개인적으로 무척 싫어하는 인간이기도 했다. 즉, 사감(私感)이 무척! 많이! 들어가 있었다.

"유아 살해가 뭡니까? 쫀쫀하게! 자고로 위대하신 황제 폐하께서는 살인이라 함은 사지 멀쩡한 근육질 남자를 흥겹게 죽이는 걸 말한다고 정의하셨습니다. 가녀린 여자, 노약자 및 어린애 살인은 최저의 범죄 행위로, 이상성격성 변이추행범(變異醜行犯)이라 불러야 한다고 폐하께서는 말씀하셨습니다."

거짓말! 말도 안 돼! 황제를 아는 모든 이들이 동시에 속으로 외쳤다. 황제가 저런 어려운 단어를 알 리가 없어! 그러나 불행히도 입 밖에 그 말을 내뱉을 배짱을 가질 인간은 아무도 없었다. 재상은 황제의 유일무이한 친구라 불리는 남자로, 그 야비함이 전설의 수준에 이르는 권력자였다.

"즈, 증거를 대봐, 재상! 말도 안 되는 말로 날 모함하지 마!"

악을 쓰는 백작을 보며 권력의 상징인 법복을 흔들며 젊은 재상은 혀를 찼다.

"그 무슨 말씀을 하는 겁니까! 어리석기 짝이 없군요. 증거 따윈 필요없습니다. 어찌 감히 위대하신 황제 폐하 앞에서 증거를 대란 말을 할 수 있단 말입니까? 정녕 황실모독죄까지 범하실 예정이십니까? 이거야말로 반역."

헉 소리 나는 엄청난 죄명에 백작은 입을 딱 벌렸다. 재상하고 황실하고 무슨 상관이 있단 말인가. 증거를 대라는 말이 어떻게 반역으로 연결된다는 것인가! 논리적인 추론이 가능한 백작은 다시 항의했다.

"뭐, 뭐야! 증거도 없이 날 이렇게 추궁하는 겐가! 자네가 지금 황제 폐하의 총애를 믿고 이런 월권행위를 하는 걸 두 분 폐하께서는 아시는가!"

울화가 치민 백작이 이를 갈며 그를 향해 달려들자, 재상의 호위병이 배 내민 전직 대신을 가차없이 내리눌렀다.

"물론 아십니다."

알 뿐만 아니라 즐거워하기도 한다. 재상과 황제가 괜히 친구가 아닌 것이다.

"이럴 순 없어! 이럴 순! 이 건방진 애송이! 네가 감히 나에게 이런 짓을 할 수 있단 말이냐!"

악을 쓰며 발광하는 백작을 보며 재상부에 있는 몇몇 관리들이 다소 불안한 시선을 던졌다. 그래 봬도 오스랄 백작은 내로라하는 세도가에 속했다. 비록 전직이긴 했지만 그의 일족들은 아직도 제도 곳곳에 세력을 자랑하고 있었다. 하나, 재상은 태연했다. 그의 곁에 있는 끔찍한 존재들에 비한다면 이 악을 쓰는 치졸한 살인마는 그저 가소로울 뿐이다.

"자료는 다 준비되어 있습니다."

그는 책상 위에 쌓여 있는 서류들을 내려다보며 싸늘하게 말했다. 사실 그 서류들에 증거는 없었다. 그 서류들은 백작의 엄청난 자산이 국고에 귀속된다는 것을 알려주는 서류에 불과했다. 원래 권력은 휘둘러야 맛인 법. 왕년의 세도가를 밟고 있다는 뿌듯함에 재상의 얼굴은 미소로 가득 찼다. 그는 몰수된 액수에 흐뭇해하면서도 그동안 새어나갔던 세금을 상상하며 안타까워했다. 그는 국고를 자신의 사유재산처럼, 황제의 권력은 곧 자신의 권력이라 여기는 광대한 사고방식의 소유자였다.

"주군!"

악악거리는 백작의 소리를 들었는지 관저 밖에 서 있던 기사 세 명이 달려들어 왔다. 그들은 호위병에 의해 바닥에 쓰러져 있는 백작을 보더니 순식간에 검을 뽑아 들었다.

"이 무슨 짓이냐!"

"어찌 귀족에게 이런 짓을! 재판도 없이 고위 귀족을 이런 식으로 대하다니!"

살벌한 살기가 재상부 관리들을 덮쳤다. 기사들이 풍기는 싸늘한 기세에 눌린 가련한 관리들이 뒤로 주춤주춤 물러났다. 기사들은 기세등등하게 자신의 주인을 일으켜 세우며 호위병늘에게 검날을 들이댔다. 그리고 바로 그 순간, 재상의 조소를 발견했다.

"훗, 뽑았군요."

재상부에 속한 관리들이 일제히 중얼거렸다. 뽑았네. 뽑고 말았어. 세상에, 진짜 뽑았어.

백작의 기사들이 뭔가 불길한 예감을 느끼고 있는 그 순간, 명랑한 어린애의 음성이 터져 나왔다.

"로리이!"

"놀자아!"

재상부의 관리들이 헉 소리를 내며 일제히 고개를 처박았다.

탁 트인 3층 재상부의 큼직한 창문가에 두 명의 소년이 앉아 있었다. 태양을 휘감은 것 같은 백금발을 어깨까지 기른 하얀 얼굴의 미소년들이었다. 똑같이 파란 눈을 가진 두 소년은 열 살 남짓해 보였는데 화려하기 짝이 없는 비단옷에 보석과 금사로 수놓은 조끼를 걸치고 있었다. 커다란 두 눈은 사파이어를 박아놓은 듯 영롱하고 귀티가 줄줄 흐르는 이목구비는 상아를 조각해 놓은 것처럼 아름답다. 하지만 어울리지도 않게 두 발과 두 손은 시커먼 무언가로 얼룩져 있었다. 허리춤에 매달려 있는 검은 검집도 없이 달랑달랑 흔들린다.

"저, 전하를 뵈옵니다!"

관리들이 몽땅 고개를 처박는 순간, 백작의 기사들도 동시에 고개를 어정쩡하게 숙였다. 그들의 얼굴에 소름이 달렸다. 소문 자자한 황제와 황후의 쌍둥이 아들. 신혈이 짙어 광기도 깊은 무지막지한 두 황자.

"뭐야, 로리에게 검을 들이대는 놈들이 있어?"

"그럼 나쁜 놈 아냐?"

천진난만한 어투와는 반대로 사무실 안 전체가 시퍼런 살기에 휩싸였다. 검이나 무술을 모르는 이들도 벌벌 떨 무지막지한 기세가 삽시간에 백작의 기사들을 덮쳤다.

"허, 허억!"

몇몇은 심장을 부여잡았다. 황자들의 파란 눈동자는 지극히 비인간적이었다. 인간을 인간으로 본 적이 없는 포식자의 눈이다.

"전하! 성스러운 피를 타고나신 고귀하신 두 분!"

황자들을 보자마자 바닥에 재빨리 엎드린 오스랄 백작이 하소연을 했다.

"저, 전하! 두 분 전하! 저의 억울함을 알아주십시오. 저, 재, 재상은 저를 모, 모함하고 모독하고 있습니다."

눈물콧물 흘려가며 애원하는 그를 보고 두 황자는 똑같이 미간을 찌푸렸다. 코도 막았다.

"아, 냄새. 너, 쌌구나?"

"쌌어."

백작이 안절부절못하는 동안 로리랜드는 한숨을 내쉬었다.

"서어, 누 문 전하. 오스랄 백작은 제도 유아 연쇄살인범으로 조사를 받는 중입니다."

방금 전까지 백작을 몰아치던 것과는 다른 나긋나긋한 태도에 모든 이들이 〈이 이중인격자!〉라고 외치고 싶어했다. 그러나 여전히 말은 할 수 없다. 재상은 권력자니까.

"슬픈 일이지요. 유아 살해라니."

"유아라면 아기를 말하는 거지? 몇 살인데?"

"몇 살?"

두 황자가 묻자 로리랜드는 자상하게 설명했다.

"보통 인간들은 젖먹이부터 여섯 살까지를 유아라고 부른답니다. 일곱 살을 넘어가면 어린이라 부르지요."

사근사근한 목소리에 온화한 미소까지 짓는 그의 얼굴은 방금 전까지 온몸으로 권력의 향기를 풍기던 재상과는 거리가 먼 학자였다.

"헉! 여섯 살!"

"진짜?"

황자들은 충격을 받은 얼굴로 바닥에 배만 대고 엎드려 있는 백작을 바라보았다.

"어떻게 그렇게 어린 아기들을 죽일 수가 있어?"

"세상에! 보통 애들이라면 싸우지도 못하잖아! 싸우지도 못하는 아기를 죽였어?"

두 소년은 방방 뛰며 항의했다. 그리고는 두 눈을 부릅뜨고 백작을 노려보았다.

"우리도 네 살인데!"

"용서 못해!"

날카로운 고함과 함께 두 소년은 엎드려 있는 백작에게 달려들었다.

그리고 비명, 소름 끼치는 소음이 터져 나왔다. 아드득, 콰득. 뼈와 살점을 으깨는 살벌한 소음. 비명을 삼키는 관리들과 더불어 로리랜드는 뺨에 튀는 핏방울을 닦아내면서 뒤로 천천히 물러섰다. 재상부의 다른 관리들은 무릎걸음으로 뒤로 사사삭 물러났다. 요란한 비명과 더불어 튀는 피 때문에 재상부의 천장까지 검붉게 물들었다. 관리들은 아예 귀를 막고 고개를 바닥에 박은 채 죽은 듯이 움직일 줄을 몰랐다.

로리랜드는 하얗게 질린 얼굴로 굳어 있는 자신의 호위병에게 턱짓했다. 가장 가까운 곳에 있던 탓에 피를 뒤집어쓴 호위병은 부들부들 떨면서도 조심스레 재상의 뒤로 물러났다. 하지만 너무 놀라 움직이지도 못한 백작의 기사들은 운이 좋지 못했다. 그들은 광기에 휩싸인 황자들에게 정의의 응징을 당해야 했다. 시퍼렇게 안광을 번득이는 어린 황자들은 온전한 시체를 남기지 않았다. 그들은 앙증맞은 두 손으로 시체를 해체하고 또 헤집었다. 갈가리 찢어진 사지가 사무실 바닥이며 책상 위까지 날아가고 흩어져도 로리랜드는 까딱하지 않았다. 이 정도로 놀라서야 황제의 죽마고우라 할 수가 없는 것이다.

황제가 없는 사이 벌어진 21명 유아 연속살인범은 유아인 네 살의 황자들에 의해 처단되었다. 이래서 인과응보라는 말이 성립되는 거라고 재상은 생각했다. 겉모습은 열 살이 넘어 보이지만 사실상 두 황자는 네 살밖에는 안 되었다. 신혈을 가진 황족들은 유달리 성장이 빠르다. 하지만 황제와 황후 사이에서 난 황자들은 확실히 유별났다.

"아, 옷까지 젖었어. 유모가 싫어하겠네."

"쳇."

네 명의 건장한 남자가 죽었지만 그 시신은 곤죽이 된 채 형체를 알아볼 수도 없을 지경이다. 피와 살점으로 범벅이 된 집무실 안을 보다 말고 로리는 혀를 찼다. 아, 또 카펫을 바꿔야겠군. 그나마 붉은 카펫을 깔아놔서 다행이야.

"모후가 알면 사지가 부러질지도 몰라."

전신을 피로 물들인 두 황자가 피바다 속에서 고개를 들고 중얼거렸다. 남이 보면 귀엽다 할 말투였지만 상황을 봐서는 끔찍 그 자체다. 로리랜드는 준비했던 큼직한 물수건을 들고 와 피투성이인 두 황자의 얼굴을 북북 문질러 닦기 시작했다.

"너무 흥분하시면 안 됩니다. 황후 폐하께서 아시면 화를 내십니다."

"흥! 우릴 이용해 먹는다는 것쯤은 안다고!"

"그래. 알아!"

네 살짜리 황자들의 조소에 속으로 뜨끔하면서도 로리랜드는 빙긋 웃었다. 피를 닦아내면 낼수록 드러나는 잘생긴 황자들의 얼굴이 귀여웠던 탓이다. 이들은 결코 바보는 아니었다. 그저 본능이 좀 강할 뿐.

"얼굴은 좀 닦으십시오. 다음 시간은 문학 시간이라 하던데 파울러 남작이 찾겠습니다."

"파울러 남작은 싫어해. 우릴 무서워하거든."

"보통 인간은 다 무서워합니다."

"로리는 안 무서워하잖아?"

"그야 황제 폐하께서는 더 무서운 분이었으니까요."

그 무시무시한 분하고 15년을 같이 지냈는데 이 정도야 뭐. 로리랜드의 대꾸에 두 황자의 얼굴이 침울해졌다.

"아, 그래. 부황은 무서워."

"무섭지."

"곧 환궁하신다 들었으니 몸가짐에 주의하십시오. 폐하께선 시끄러운 것을 싫어하시니까 외출만 좀 삼가시면 별일은 없을 겁니다."

"알았어."

"알았어."

두 눈을 말똥거리며 대답하는 황자들의 얼굴을 다 닦아준 재상은 세 번째 수건으로 황자들의 목과 손을 닦아주었다. 아무리 그래도 피와 살점으로 범벅된 손을 하고 궁 안을 돌아다닐 수는 없는 법이다. 신혈이 흐린 황자들이 이 황자들을 보고 발작을 일으킬까 두렵다. 그나마 이성적이라는 이 쌍둥이들은 누가 부전자전 아니랄까 봐 수틀리면 그 신경질을 같은 황족들에게 풀었다. 함부로 살생하지 말라는 황후의 시퍼런 당부—라 부르고 사실은 협박이라 읽는다—를 온몸에 새기고 있는 이 황자들은 교육을 시킨다면서 심심하면 황족들의 거처를 돌았다. 그 와중에 좀 난폭하거나 건방지거나 살인광인 황족들은 많은 수난을 당했다. 쌍둥이 황자들은 태어나자마자 황궁을 휘어잡았다. 강보에 싸인 진짜 젖먹이였던 1년간을 제외한다면 걸음마와 동시에 황궁을 접수한 셈이다.

제흐나므와 다흐마르는 힘이 거의 같았다. 둘이 싸우면 둘 다 죽는다. 그것을 본능으로 깨달은 쌍둥이는 태어나자마자 타협했다. 염동력과 완력, 약한 투시력과 치유력을 가지고 있는 두 쌍둥이를 이길 수 있는 자들은 서로를 제외하고는 아무도 없었다.

신혈을 가진 자들은 본능적으로 강자를 알아본다. 이들 쌍둥이를 막을 황족들은 아무도 없으니 항의할 수도 없다. 뿐만 아니라 엄한 황후도 상대가 황족이라면 그래도 신혈의 소유자이니 맞아 죽어도 괜찮다 여겼다. 특히나 넘쳐 나는 모자란 황족은 적당히 죽어주면 예산 절감 효과가 있으니 더 좋다 여기고 있었다.

많은 이들이 기억하지 못하고 있으나 열여덟 살 청년 황제의 후궁에는 약 120명 가까운 여자들이 있었다. 그중 정식으로 후궁에 임명된 궁비는 서른하나. 나머지는 그냥 시중을 드는 여자들이라 불린다. 후궁의 여인들인 셈이다. 그녀들 중에는 정복지에서 뽑아온 미녀들이 대다수였지만 그중에는 황제를 암살하기 위해 들어선 어쌔신이나 저주를 뿌려대는 마녀나 주술사, 심지어는 학자나 가수도 있었다. 가녀린 귀족 영양들만 있는 게 아니란 말이다. 후궁 안은 그리하여 항상 살벌했다.

그 살벌한 후궁을 다스리는 것은 누구인가?

다른 나라에서라면 황후라 여길지도 모른다. 하지만 제국의 황후는 황제의 여자 일에 신경 쓰지 않는다. 황후도 남자 후궁을 거느리고 있을 때도 있기 때문이다. 황후가 남자 후궁을 거느릴 수 있는 이유는 단 하나, 대대로 황후는 제위 계승자이자 강력한 신혈의 소유자이기 때문이다.

어쨌거나 황제의 여인들을 다스리는 것은 시녀와 시종, 내관을 총괄하는 대무여관(大巫女官)이었다. 그녀의 밑으로 시녀장과 시종장이 있었다. 황제직속의 시녀장과 시종장도 그녀에게 교육을 받는다. 다시 말해 그녀는 황궁 내부 대신전의 무녀장인 동시에 황궁을 암중에 다스리는 막강한 권력의 소유자였다. 재상이나 대신들이 대외적인 행정을 꾸린다 치면 황궁 내부의 전반적인 일을 꾸려 나가는 막후의 실력자인 셈이다.

황제의 유모였던 메리테인의 모친 아그나는 카자르 엔더의 무녀이면서 대무여관 바로 아래의 위치였다. 또한 황후의 유모였던 라다메는 대무여관의 직제자이기도 했다. 대무여관은 황족의 유모를 선별하는 일도 맡고 있었다. 황족의 유모는 일반적인 귀족가의 유모가 아니라 보호자이자 그 광기를 잠재워 줄 수도 있는 막강한 신력의 소유자만이 할 수 있는 일이었다. 그리고 또 그만큼 비정하고 냉혹한 심성의 소유자이기도 했다.

"어찌 되었는가?"

"두 분 황자께서는 재상부에서 막 나와서 거처하시는 〈푸른 잔디의 궁〉으로 돌아가고 계십니다."

"또 일을 치르셨는가?"

대무여관 아그리파는 무심한 음성으로 물었다. 30대 초반으로 보이는 얼굴이었지만 사실상 그녀의 나이는 60세가 넘었다. 백발을 단발로 자르고 소매가 넓은 긴 가운에 남색 치마를 입은 그녀는 소박한 차림새에도 불구하고 위엄이 넘쳤다. 전신의 무녀는 여성스러운 자태를 자랑하지 않는다. 치마를 입든 바지를 입든 그것은 선택이지만 어쨌거나 아그리파는 나이가 있으니 바지를 입진 않았다.

"저어, 그것이… 재상부에서 유아 살해범의 혐의를 받고 있던 오스랄 백작과 호위 셋을 처단하셨다 합니다."

"재상이 전해왔는가?"

그 말에 담겨진 싸늘함에 머리를 조아리고 있는 젊은 무녀는 바르르 떨었다.

"재상의 태도는 문제가 있어. 허나 두 분 폐하께서 그 건방진 자를 총애하고 계시니 내가 뭐라 말할 바는 못 되지."

그녀는 덤덤하게 말하다 말고 미간을 찌푸렸다.

"두 분 전하의 유모는 무얼 하고 있는가?"

"두 분 전하의 가디언이 될 자들을 교육시키고 계시는 듯합니다."

달달 떨며 젊은 무녀가 고하자 아그리파는 혀를 찼다.

"아직 어린 두 분 전하를 그렇게 방치하지 말라 했거늘."

"그래도 두 분 전하는 굉장히 성숙하십니다."

"알고 있다. 허나, 아직 어리시지."

체구는 열두 살, 나이는 네 살이다. 겉으로 봐서는 도저히 아기라 부르기 민망한 모습이나 그래도 사실상 그들은 아기. 부성애나 모성애가 희박한 신혈들은 보통 아기들을 유모에게 맡겨 버리는데 황후는 드문 쌍둥이가 예뻐서 그러는 건지, 단순히 황제에 대한 반감 탓인지 자신이 낳은 황자들을 옆에서 떼어놓지 않았다. 덕분에 이 어린 쌍둥이 황자들은 묘하게도 국정에 대한 감각까지 익히고 있는 중이다. 아마 그것이 황후와 재상의 계산인 듯하다.

"그래도 황제께서는 아직 젊으시다. 그분이 후계자에 대해 뭐라 천명하지 않으신 이상……."

아그리파는 눈을 가늘게 뜨고 하늘을 올려다보았다.

아무리 황후와 재상이 두 황자를 감싸도 정작 황제가 마음에 들어하지 않으면 말짱 헛것이다. 무정한 신혈들이 항상 그러하듯 제위는 피로 젖고 후궁전은 음모가 판을 친다. 신혈들은 싸우는 것도 죽이는 것도 두려워하지 않는다. 타고난 포식자이자 인간다운 감정이 희박한 그들은 같은 혈육이라고 서로를 아끼지 않는다. 황후가 황제에게 죽지 않고 살아난 이유는 하나뿐이었다. 이복누이여서가 아니다. 신혈이 짙은 여자이며 그녀가 아름답고 영리했기 때문이다. 필요한 것은 자궁뿐이라며 황후의 머리를 으스러뜨려 바보로 만들려던 황제의 사나운 표정을 떠올리면서 대무여관은 한숨을 내쉬었다. 황제는 타고난 지배자라 누군가가 자신의 앞에 서 있는 것을 참지 못한다.

"여자를 얻으셨다지?"

"네."

"하리아드의 왕녀 중 하나라 하던데. 아직 어린데도 총애가 대단하다지?"

"네."

"그녀를 손수 안고 돌아오신다 하니 앞으로의 일이 걱정이로구나."

신혈이라곤 손톱만큼도 없는 여린 계집이 황궁에서 버틸 수 있을까. 아무것도 모르는 어리석은 이국의 계집애가 황제의 총애만 믿고 까불다가 후궁에서 죽어버리기라도 하면 골치 아프다.

"진정으로 총애하신다더냐?"

"네. 가디언조차 물릴 정도로."

"믿어지지 않는군."

황혼. 검붉은 황혼이 내리는 시간은 전신 카자르 엔더가 가장 선호하는 시간이다.

"두려워지는구나. 그 무정한 분이 여자를 총애하여 품에서 내려놓지 않으신다니. 파란이 일 것이야."

시녀장은 차분히 말하며 후궁에 새로운 비가 거처할 곳을 마련하라고 지시했다.

후궁에는 무시무시한 궁비들이 줄지어 포진하고 있었다.

그중 신혈을 조금이라도 가진 여자들이 열 명이 넘는다. 정식 궁비가 된 여자들은 대다수 신혈의 소유자였다. 강한 신혈을 가진 황자도 다섯 명. 황후의 아이들보단 못해도 신혈은 분명했다. 그들은 모두 강하고 잔인했다. 그리고 그것을 자랑으로 여겼다.

"새로 온 하리아드의 여인에게 항상 주의를 기울여라. 폐하께선 용서를 모르는 분이니."

"알겠사옵니다."

밤하늘은 어두우나 궁 안은 밝았다. 은은한 빛을 발하는 야광석이 곳곳에 박혀 황궁 안 전체를 비춘다. 낮과 달리 바삐 나다니는 궁인들은 없지만 그래도 보이지 않게 움직이는 자들은 많다. 무력을 자랑하는 이들이 가득 모인 제국에서도 가장 강한 이들이 모여 있는 경이로운 장소. 그것이 바로 데이페론 제국의 황궁이었다.

멀리서 비명이 들려온다.

황궁 안에서는 흔한 일이다. 무정한 신혈들에게는 소중한 것이 없다. 심한 경우 자신의 생모를 죽이거나 덤벼드는 일도 생겨난다. 유모가 아무리 막으려 해도 모두를 지킬 수는 없는 법.

"히히히히히!"

윤기가 없는 은발을 늘어뜨린 소녀가 맨발로 무언가를 밟고 있었다. 바닥에 쓰러진 채 신음도 흘리지 못하고 있는 것은 시녀로 보이는 중년 여인이었다. 그녀는 피거품을 문 채 간헐적으로 경련을 일으키고 있었다. 검붉은 피가 끈적끈적하게 묻어나자 은발소녀는 고개를 갸우뚱하다가 발바닥에 묻은 피를 쓰러진 시녀의 치맛자락에 비벼 닦았다. 하얗고 작은 발은 생채기 하나 없이 깨끗했으나 그 힘은 쓰러진 여자의 내장을 터뜨릴 정도였다.

"저, 전하! 제발……!"

뒤에서 부들부들 떨며 두 명의 시녀가 애원했지만 은발소녀에게는 들리지 않는 듯했다. 그녀는 이상하다는 듯 고개를 갸우뚱거리며 쓰러진 시녀의 머리채를 움켜쥐더니 한 움큼 잡아 뜯었다.

"악!"

쓰러진 여인 대신 보고 있는 시녀들이 비명을 질렀다.

핏덩이가 엉켜 있는 갈색 머리칼은 하얀 손 아래서 한 올 한 올 떨어져 내렸다. 소녀는 혀를 내밀어 머리칼을 맛보더니 퉤 하고 뱉고 다시 손가락에 묻은 피를 핥기 시작했다.

할짝할짝.

소름 끼치는 소리에 시녀들은 졸도 직전이었다.

이제 겨우 열 살인 세오라 황녀는 신혈을 타고난 황족이었지만 두 살 때 생모를 죽이고 나서 제대로 돌봐주는 이라고는 오로지 시녀장이 붙여준 유모뿐이었다. 시녀들은 겁이 나서 그녀의 몸에 손을 대지 못하기 때문이다. 그녀의 가디언들도 처음엔 있었지만 아예 정신을 놓았다는 것을 확인한 대무여관의 지시로 사라졌다. 그 때문에 제대로 돌봐주는 이는 유모가 유일했건만 그 유모도 잘 알아보지 못하는 그녀는 걸핏하면 자신의 유모를 반쯤 죽여놓았다. 그녀의 거처인 작은 별궁 안에서 그녀는 폭군이었다.

머리칼이나 손가락을 핥는 것도 귀찮아졌는지 그녀는 퉤퉤 침을 뱉고는 무심한 얼굴로 다시 발을 들어 쓰러져 신음하고 있는 유모의 다리를 밟았다. 벌레를 밟듯 툭툭 내딛는 모습이 천연덕스러웠다.

와득. 뼈 부러지는 소리가 났다. 정강이뼈가 부러진 유모는 경련을 일으키며 몸을 뒤틀었다. 비명도 내지 못하는 것을 보아 부러진 갈비뼈가 폐를 찌른 듯했다. 공포로 시퍼렇게 질려서 울기만 하던 시녀들은 슬금슬금 뒤로 물러섰다. 이 미친 황녀를 막아줄 이는 이제 없다. 유모가 죽고 나면 이제는 그녀들 차례임이 분명했다. 하지만 그렇다고 진짜로 도망갈 수는 없었다. 이 시녀들은 세오라 황녀의 궁에 소속된 궁인이었기 때문이다. 절망한 그녀들이 눈물만 뚝뚝 흘리고 있을 때였다.

"이거 뭐야?"

난데없는 음성에 시녀들이 놀라 꺄악 비명을 질렀다.

갑자기 나타난 두 명의 금발소년. 시녀들은 그 얼굴을 제대로 확인조차 하지 않고 넙죽 바닥에 머리를 조아리며 인사를 올렸다. 녹을 듯 빛나는 금발의 쌍둥이라면 황후의 적자인 황자들뿐이다. 시녀들이 숨을 죽이는 순간, 유모의 다리뼈 부수기에 열중하고 있던 세오라도 흠칫했다. 쌍둥이들을 알아봐서 그런 게 아니라 천적의 기척을 느낀 초식동물의 몸짓에 가까웠다.

"아."

고개를 돌린 세오라의 시선이 황자들에게 닿는 순간, 그녀는 화들짝 놀라며 뒤로 물러섰다.

"뭐야? 이 미친 것, 또 이 짓이야?"

"제정신이 아니구만. 이번에는 유모냐?"

두 명의 황자가 혀를 차며 한 걸음 내딛자 세오라는 새파랗게 질린 얼굴로 다시 물러섰다. 다리가 후들거렸다. 소름이 끼치고 오한이 난다. 방금 전까지 사람 하나를 벌레처럼 죽이던 사람답지 않게 겁에 질린 그녀를 보고 시녀들이 입을 벌렸다.

"가르쳐 주었으면 따라야 할 거 아냐? 이거, 멍청하다고 말은 들었지만 새대가리만도 못한 계집애네."

"얼마나 맞아야 정신을 차리는 거야? 유모에게 손을 대지 말라고 말했어, 안 했어?"

"아, 잘못, 잘못……."

세오라는 원래 말을 잘 못한다. 아니, 머릿속에 있는 단어가 몇 개 되지 않는다. 그런 그녀가 필사적으로 두 손을 싹싹 비벼가며 애원하는 모습에 시녀들은 그저 놀랄 뿐이다.

"이리 와. 오늘 좀 맞아야겠다."

제흐나므와 다흐마르 두 황자는 겁에 질려 도리질을 하고 있는 세오라의 팔목을 끌어 바닥에 내팽개쳤다. 악 소리를 내면서 쓰러진 황녀는 이제야 비로소 연약해 보였다. 두 황자는 자신들보다 나이도 많은 누이에게 발길질을 하면서 훈계를 시작했다.

"너 때문에 얼마나 궁이 시끄러운 줄 알아? 아무리 멍청하다고 해도 할 짓 못할 짓도 구별 못해? 니가 미쳤지? 응?"

"무녀 하나 키우는 데 얼마나 드는 줄 아니? 응?"

짜악짜악 연속해서 뺨을 후려갈기는 손에는 조금의 주저도 없었다. 파리하던 세오라의 뺨이 퉁퉁 부어올랐지만 황자들은 연민이란 단어 자체를 몰랐다.

신혈의 황족은 그 위엄을 보여야 할 의무가 있다고 황후는 가르쳤다. 즉, 미친 짓을 하더라도 정도를 지켜야 한다는 것이다. 어리긴 하지만 두 황자는 나름 이성적이었다. 강도를 조절해 가면서 패는 일 따위는 그들에겐 어려운 일도 아니다.

"아, 아, 미, 미안."

울면서 사과하는 가녀린 소녀의 모습은 외견상 가엾기 그지없다.

"경고했었지? 한 번만 더 이러면 네 손모가지를 뎅강 잘라주겠다고."

"아, 아, 안 돼! 아, 안 돼!"

"아무렇게나 손질하는 그 못된 손모가지를 콱 자르자. 그 시끄러운 혓바닥도 좀 자르고."

"아, 아으, 아으!"

울면서 세오라는 두 손 모아 빌었다.

하나 제흐나므 황자―쌍둥이 중 첫째―는 가차없이 팔을 움켜쥔 손아귀에 힘을 주었다. 세오라의 가느다란 팔은 보기와 달리 대단한 강도를 자랑하고 있었으나 초인적인 힘을 가진 제흐나므에게는 어림도 없었다.

"꺄아아아아악!"

그녀가 반항을 하기도 전에 우둑 소리를 내면서 잡힌 팔뚝이 바깥으로 구부러졌다. 참혹하게도 살갗을 뚫고 부러진 뼈가 드러났다.

"아아아아악! 아파! 아파!"

처절한 비명을 연속해서 쏟아내는 그녀를 발로 걷어찬 제흐나므는 발버둥을 치며 땅바닥에 쓰러진 그녀의 다른 쪽 팔을 잡아당겨 수수깡 부러뜨리듯 다시 똑 하고 부러뜨렸다. 비명을 지르다 못해 거품을 물고 경련을 일으키고 있는 황녀를 놔두고 황자는 고개를 돌렸다.

"어때? 살 거 같아?"

"아슬아슬."

피거품을 게워내고 있는 세오라의 유모를 들여다보던 다흐마르 황자는 혀를 찼다. 네 살짜리 어린애라고는 도저히 보이지 않는 태도였다.

"이거, 살아날 가망성이 안 보이는데. 그럼 또 다른 무녀가 와서 저 계집애의 뒤를 봐줘야 하잖아?"

"그렇군. 안 그래도 무녀가 모자라는 상황에 저 미친 계집애 때문에 큰일 났네."

"죽여 버릴까? 그럼 새 무녀가 필요없잖아."

"그렇군."

의견이 일치되자 쌍둥이는 주저하지 않고 고개를 돌려 난생처음 느끼는 고통에 몸부림치고 있는 세오라를 돌아보았다. 바닥을 기면서 울고 있는 그녀의 앞까지 다가간 제흐나므는 발을 들어 세오라의 가느다란 목에 들이댔다.

"아, 안 됩니다!"

"안 돼요!"

그래도 주인이라고 뒤에서 시녀들이 애타게 외쳤지만 황자는 주저하지 않고 발끝에 힘을 주었다. 보통 인간보다 훨씬 단단해도 불사신은 아니다. 세오라의 목이 툭 하니 꺾이자 버둥거리던 그녀의 몸짓이 멈췄다. 실이 끊어진 인형처럼 늘어진 시체를 놔두고 제흐나므는 손을 털며 명령했다.

"이거나 치워."

"아, 아아……."

보고 있던 시녀들은 일제히 고개를 숙인 채 무릎을 꿇었다. 미쳤다 해도, 백치라 해도 황족이다. 그녀들은 겁에 질려서 부들부들 떨었다. 주인을 모시던 시녀들은 황족이 비명횡사하면 순장을 당하기 일쑤였다. 모시던 주인을 잃고 시녀들이 살아나가기란 쉬운 일이 아닌 것이다.

"시녀장에게 가서 보고하고 다른 곳으로 가라."

그녀들을 위해서 하는 말은 아니었다. 제흐나므는 인력 낭비는 죄악이라 외치는 황후의 자식이었을 뿐이다.

"이제야 조용하네."

숨이 멎은 세오라의 유모를 들여다보고 있던 다흐마르가 중얼거렸다. 황자는 나란히 죽어 넘어진 세오라와 유모를 보면서 손을 털었다.

"예산이 줄겠네."

"아아, 이 미친년이 부순 게 많다고 내관들이 그러더군."

"그래, 그래. 궁 하나가 줄었으니 좋겠네."

"그 내관부 새끼들, 내탕금 긁어먹는 거 아냐?"

"로리가 벼르고 있는 거 같던데."

"이번 기회에 족치겠지."

두 황자는 킬킬 웃었다. 아름다운 외모에도 불구하고 기묘하게 번들거리는 눈빛은 섬뜩하기 짝이 없다. 아직은 유아인 두 황자는 겁에 질린 시녀들을 내버려 두고 팔랑팔랑 걷기 시작했다. 수업에 늦으면 모후에게 맞아 죽을지도 모른다. 그들의 모후는 부황 다음으로 무서웠다. 물론 두 황자는 그들 두 사람 이외엔 아무도 두려워하지 않았다.

그리고 남겨진 별궁의 시녀들은 슬그머니 일어나 시녀장이 있는 곳을 향해 달리기 시작했다. 황자들이 언급한 이상 순장당할 염려는 없다. 그녀들은 저 쌍둥이 황자의 시녀들이 부러웠다. 저 황자들은 무섭긴 하지만 최소한 이유없이 죽이지는 않을 테니까.

❖

―네가 할 일은 혈족의 수를 늘리는 것이다.

신이 말했다. 머나먼 조상이기도 한 전신의 말이다.

"얼마나?"

평소대로 묻다가 황제는 다시 한 번 얻어맞았다.

"아우!"

남들보다 튼튼한 뼈대를 가진 그라 해도 무지하게 아팠다. 더 아픈 것은 자존심이다. 아무리 신이라 해도 누군가에게 얻어맞았다는 그것 하나만으로 억수로 억울하다. 뿔난 망아지처럼 씩씩대며 속으로 투덜거리는 동안 조상신이자 전쟁의 신인 카자르 엔더가 말을 이었다.

―너의 후궁에 있는 여자들을 전부 임신시키고도 모자랄지 모른다.

"에?"

솔직히 말해 황제는 후궁에 여자들이 몇 있는지 기억도 안 난다. 낳은 애가 몇인지도 기억이 안 나는데 후궁에서 오가다가 한 번 침대에 들른 여자들의 수를 어찌 기억하랴. 물론, 가디언들은 기억하고 있으리라.

―물론 네가 임신시키지 않고 다른 혈족들이 아이를 많이 낳도록 만들어도 괜찮긴 하다.

네 새끼들만은 못하겠지만. 덧붙인 조상신의 말에 황제는 심기가 불편했다. 누굴 종마로 보고 있는 건가.

―네놈은 종마다.

그 속을 꿰뚫고 전쟁의 신이 단언했다.

"난 말이 아닙니다!"

―그래, 말이 아니라 엉덩이에 뿔난 망아지지.

흥 하고 비꼬는 그 말투에 황제는 다시 울화가 도졌다. 상대가 신이라서 참고 있을 뿐 사실상 속은 부글부글 끓었다.

―아니, 나라 말아먹은 망종이지. 네놈을 작신작신 패줘도 정말 모자란다.

카자르 엔더는 한탄을 하더니 갑자기 허공에서 나타난 네모난 타워 실드를 꺼내 가차없이 황제의 뒤통수를 찍었다. 그것도 모서리로.

"헉!"

콰직 소리와 함께 눈앞에서 별이 보이고 속이 뒤집혔다. 피가 철철 나고 눈알이 반쯤 튀어나오려다 말았다. 이렇게 심각한 타격을 받아본 게 처음이라 황제는 앞으로 푹 고꾸라지며 신을 향해 욕설을 퍼부었다.

⚜

"크어어… 머리가 깨지는 것 같군."

"여자 없이 주무셔서 그래요."

옆에서 천연덕스레 메리테인이 대꾸했다.

마차 안 푹신한 침대에서 잠도 잘 잔 주제에 투덜거리는 주인을 향해 가디언은 꿀물을 내밀었다. 술도 안 먹고 피도 안 마시고 살인도 안 하고 여자도 없이 조신하게 자는 주인은 오랜만이었다. 술을 안 먹으면 피를 마시고, 피를 안 마시면 술을 마시고, 살인을 안 하면 여자를 서넛 갈아대는 게 황제의 밤생활이었다.

"저어, 주인님의 소중한 부위에 문제가 생긴 것은 아니지요?"

은밀하게 묻는 가디언의 머리통에 먹던 컵을 내던진 황제는 하품을 하면서 뒤통수를 만져 보았다. 꿈에서 맞았는데 혹이 툭 튀어나와 있다. 신이 그 정도로 가까이에 있다는 의미인지도 모른다.

"에이 씨! 신만 아니면……!"

이를 북북 갈다가 그는 욕설을 멈췄다. 만약에 신이 듣는다면 또 꿈에 나와서 두들겨 팰 것이 분명하다. 벌써 닷새째 신께서 친히 강림하셔서 그를 두들겨 패고 있지 않은가. 그래도 칼로 싹둑싹둑 썰지 않은 게 어딘가.

"그래도 그렇지, 모서리로 치다니. 너무하는 거 아냐?"

투덜투덜. 얼마 전까지만 해도 다시 귀환한 것을 신께 감사드렸던 그 마음을 깡그리 까먹고 신을 향해 불손한 마음을 품는 그였다.

"앞으로 한 시간 뒤면 제도에 도착합니다, 폐하."

마차 밖에서 루네릭 백작이 고해왔다.

"이제 도착했냐? 약해 빠지긴. 며칠 좀 달렸다고 골골거리다니."

자신은 호화로운 마차 안에서 길게 누워서 가는 주제에 열 시간씩 말을 달린 기사들을 타박하는 황제였다.

가련한 근위대 기사들은 피골이 상접해 있었다. 황제의 귀국 명령에 기뻐하는 것도 잠시, 빨리 가자고 들들 볶아댔기 때문이다. 자신의 주인에게 너 왜 이리 약하냐는 소리를 듣고 싶어하는 기사는 없다. 울며불며 근위대 기사들은 굳은살이 박인 엉덩이를 위로하며 그저 달릴 뿐.

루네릭 백작은 다른 의미로 피골이 상접해 있었다.

황제가 친히 여자들과 동침했느냐고 누누이 하문하셨기에 성실한 백작은 서둘러 달리는 그 와중에도 여자들을 품어야 했다. 평범한 인간 남성인 백작에게 능란한 다섯 명의 공주를 모두 상대하는 것은 어려운 일이었다. 게다가 그녀들은 나름 필사적이다. 보통 성노가 되느냐, 제국의 백작 애첩이 되느냐의 갈림길에 서 있는 것이다. 덕분에 지금 백작의 뇌리에는 제발 황제가 자신의 가정사에 참견하지 말아주었으면 하는 마음만이 가득했다. 단련된 무인이었지만 벌써 다리가 휘청거릴 지경이다. 그는 순박한 자신의 조강지처가 너무나 그리웠다.

"내 눈토끼는 어떠냐?"

"지금 막 아침식사를 마치신 모양입니다. 어젯밤엔 열이 내리셨다는군요."

"나의 눈토끼는 너무 연약해."

몇 번 반복했더니 이젠 그런 단어도 술술 나온다. 처음에는 온몸이 뒤틀리고 허벅지, 등허리가 간지러웠으나 익숙해지자 아예 눈토끼가 입에 붙었다. 3번 가디언이 〈눈 속에 핀 장미 향기〉라는 둥, 〈가녀린 나의 어린 양〉이라는 단어를 가르쳐 주긴 했지만 그건 차마 입 밖에 내기 어려웠다.

"그런데."

옆에서 메리테인이 황제의 세수를 도우며 은근히 물었다. 이마에 커다란 혹을 달고 눈가엔 퍼런 멍도 있어 나름 화려한 얼굴이다.

"폐하, 황후께서는 뭐라 하실 겁니까?"

"뭘?"

"거시기, 그러니까, 폐하의 작은 눈토끼님이오."

"뭐긴, 뭐. 걔는 돼지 한 마리 키우잖아."

황제는 발을 닦으라 명령하며 관대하게 대꾸해 주었다.

하나는 돼지고 하나는 토끼.

이복 남매이자 부부 사이인 황제와 황후의 피는 실로 짙었다.

　…많은 이들이 착각하고 있는 게 있습니다. 남성이 여성보다 우월하다는 그런 말도 안 되는 망상과 우리의 선조이신 고대인들이 남존여비의 사상을 설파했다는 이론이죠. 물론 고대 왕국에서는 여성이 수장이 되고 큰어머니라 불리는 기록이 많이 있지만 유독 제국에서는 전쟁신 카자르 엔더를 모신다는 미명하에 조직적으로 여성을 비하하는 움직임이 있습니다. 거기에 전쟁신은 일부다처제를 옹호한다는 말도 안 되는 말을 하고 있거든요! 웃기지 말라 하세요! 신학계보학자들이 들고일어날 소립니다. 전쟁신 카자르 엔더는 결코 결혼을 한 적이 없습니다. 그분은 독신이었고 카자르 엔더의 첩이라고 기록된 모든 여성과 여신은 그분의 연인이었지요. 흔히들 말하지 않습니까? 능력있고 매력적인 남자에게는 여자가 쏠리게 마련이라고요. 전쟁신께서 매력적인 남성이었다는 게 어떻게 일부다처제의 옹호로 이어집니

까? 어떻게 축첩(蓄妾)을 옹호할 수 있습니까? 고대제국사를 어떻게 보아도 남성 성노나 여성 성노의 비율은 그다지 큰 차이를 보이지 않습니다. 이혼이나 재혼 역시 자유로웠지요. 황실의 무녀들을 보세요! 그 자유로운 성생활과 결혼 생활요. 거기다가 그녀들의 자식은 부친을 따라가는 게 아니라 모친을 따랐습니다. 특히나 고대제국 황후의 경우엔 공식적인 자리에도 애인이나 남자 후궁을 대동할 수 있을 정도였고, 황제들 역시 그것을 기꺼이 받아들였어요. 가문을 잇는 혈통에 문제가 있지 않다면 여성 역시 동등한 지위를 가지고 있었다는 증거지요.

―⟨막 나가는 여성들의 투쟁사⟩ 中에서
세노아라 부인의 연두 클럽 연설
타나니엘 민치 著

RELOAD

 5번 가디언 쿨란입니다. 위대하신 폐하의 가디언으로 열심히 복무 중입니다. 취미는 딱히 없습니다. 특기도 별로 없습니다. 갖고 싶은 것이오? 이번에 새로 나왔다고 하는 페자페지의 신제품 대거 중에서 45번을 가지고 싶습니다. 그거 외에 또 뭐가 있느냐고요? 아, 가능하다면 대거 46번하고 48번도 가지고 싶습니다. 그것 이외에요? 으으으으음. 페자페지 방어구 중에서 팔꿈치까지 덮는 신제품 건틀렛이 있다고 들었는데, 그걸 좀 갖고 싶네요. 에에, 취미가 무기 수집이냐고요? 아닙니다. 가끔 폐하께서 제 대거를 가지고 가시는 바람에 항상 대거가 부족합니다. 그 대거 가지고 뭘 하시냐고요? 아, 그 대거로 적의 손톱발톱을 뽑으시더라고요. 뼈를 바르거나. 아시다시피 섬세한 대거는 그런 식으로 쓰면 날이 망가져서 손질하기 어렵습니다. 제 위치상 무기 손질을 할 여가가 별로 없어서 되도록이면 좋은 물건을 갖고 싶은 것뿐입니다. 폐하께서 눈토끼, 아니, 하얀 궁비 마마를 맞으신 이래로 피를 덜 보시는 것은 사실입니다만 어쨌거나 저에겐 좋은 대거가 필요합니다. 5번 위치가 사실상 반역자들이나 암살자들의 숨통을 끊는 위치거든요. 긴 무기는 불편합니다. 아, 조, 좋아하는 음식이오? 특별한 것은 없습니다만 국물이 줄줄 흐르는 것은 싫어합니다. 왜냐고요? 그야 직업상 국물이 흐르면 냄새도 나고 먹는 데 시간이 걸리기도 하니까 그렇지요. 전 마른 음식을 좋아하는 편입니다만 가끔 과일도 나쁘진 않습니다. 에, 사탕이오? 네, 사탕은 좋아합니다. 가끔 폐하께서 던져 주셔서 귀한 사탕도 먹어보긴 했습니다. 어릴 때 폐하께서는 사탕이 생기면 가디언들에게 던져 주시곤 했습니다. 에, 바라는 것이오? 아, 그게… 특별히 없습니다만? 폐하께 어찌 감히 소원을 빌겠습니까? 으으으으음. 굳이 바라는 게 있다면 3번 녀석의 혀를 좀 잘라주셨으면 하는 마음이 있긴 합니다. 너무 시끄러워서 말입니다. 한 번 입을 열면 끝도 한도 없어서요. 네, 네. 바로 그 녀석 말입니다.

쿨럭쿨럭 소리를 내며 뜨거운 액체가 목을 넘어갔다. 달콤하고 약간 비린 익숙한 맛. 몸 안에서 들끓는 무언가가 가라앉는 것이 느껴졌다.

그가 고개를 들자 옆에 있던 메리가 술병을 내밀었다. 입 안을 술로 헹구자 화끈한 독주의 향기가 미지근한 액체의 맛을 열기로 날려 버린다. 그는 입가에 흥건히 묻은 끈적한 액체를 핥으면서 고개를 돌렸다.

"메리."

"네."

"나는 변했다."

그의 발치에는 피범벅이 된 큰뿔사슴이 쓰러져 있었다. 사슴의 목을 잘라 피로 목을 축인 그의 눈은 섬뜩한 빛으로 번들거리고 있었다. 어둠 속 흐린 달빛 아래 드러난 모습은 참혹한 살육의 현장이었다. 사람의 피를 마시지 말라 잔소리를 하던 가디언들도 이번에는 말이 없다. 황제는 키득거리면서 피로 젖은 셔츠를 벗어 던졌다. 상의를 벗은 몰골이 되었지만 뒤에 서 있던 메리테인이 재빨리 수건과 망토를 걸쳐 주었다.

오랜만에 피를 마시니 정신이 맑아졌다. 그는 피에 젖은 머리칼을 쓸어 올리며 하늘 위에 매달린 달을 올려다보았다. 뿌연 빛을 내고 있는 창백한 달의 모양은 구름에 가려 일그러져 있다. 제도에 가까워질수록 차가워지는 공기가 새삼 기쁘다.

"나는 참으로 착해졌어."

황제는 중얼거렸다. 그의 과거를 생각하면 참으로 착했다.

왕년엔 내키면 내키는 대로 옆에 있는 놈들 중 눈에 거슬리는 자를 찢어 죽이고 피를 마셨다. 내장을 줄줄 끌어와 씹은 적도 있다. 가디언들은 말리느라 벌벌 떨었지만 실제로 그를 말릴 수 있는 이들은 없었다. 그런데 다시 살아난 지금을 보라.

목이 마르니까 착하게 사냥을 가서 사슴 피를 마시고 있지 않은가. 전쟁도 싸움도 별로 필요없다는 이유로 그만하지 않았던가.

"이런 걸 바로 개과천선이라 하는 거다."

자화자찬 둥기둥기를 홀로 하고 있던 황제는 멀뚱멀뚱 쳐다보고 있는 가디언들을 돌아보며 말했다.

"개과천선이요? 누가요?"

가디언들의 눈에 황제는 미친 짓을 연속기로 벌이고 있는 걸로 보인다. 난데없이 조그마한 계집애 옆에 끼고 눈토끼니 사랑스럽다느니 연속해서 헛소리를 하질 않나, 자다 말고 벌떡 일어나 어딜 간다 말도 없이 인적 없는 숲으로 뛰어들지를 않나, 좋은 무기 다 놔두고 주먹질로 사슴 잡아 모가지 뜯어 피를 쭉쭉 빨지를 않나, 그저 자다 말고 사라진 황제를 찾기 위해서 밤잠 설치며 날뛰고 있을 근위기사들이 가련할 뿐이다.

"쯧쯧."

황제는 혼자서 뿌듯한 마음으로 가슴을 폈다.

그래, 앞으로 잘해 나갈 수 있을 것이다. 화가 나면 사냥을 하거나 사형수를 찢어 죽이면 된다. 여자를 잘 안아 애를 많이 낳고 왕년에 좀 못해주었던 황후에게 잘하고. 빈약한 안데르를 토실하게 살찌워 마구마구 사랑해 준다. 후, 그 정도면 충분히 개과천선이 되고 카자르 엔더의 기대에 부응하는 행위가 될 것이 분명하다.

순진무구, 청정한 뇌를 가진 황제는 원대한 계획을 세웠다.

첫째, 애를 많이 만든다.

둘째, 황후, 재상, 근위기사단장, 시종장, 시녀장을 비롯해서 가디언들에게도 잘해주기로 한다.

셋째, 신혈을 줄줄이 늘려서 조상신 카자르 엔더의 신력을 강화시킨다. 즉, 나라를 번성하게 한다.

그것만 해도 충분할 것이다. 원래 난 잘났으니까. 으하하하하.

혼자서 자화자찬 둥기둥기를 하면서 하늘 보고 웃고 있는 것을 보며 가디언들의 시선이 일제히 메리테인에게로 꽂혔다. 우리 폐하, 역시 제정신 아니지? 그걸 말이라고 하냐? 그나저나, 우리 언제 돌아가지? 지금쯤 병영은 난리났을 텐데. 루네릭 백작이 혹시 발작을 일으킬지도 몰라. 요즘 몸이 부실해졌다던데. 우리 폐하는 역시 잔인해. 그 불쌍한 양반을 성고문하고 있다니까. 매일 밤마다 안쓰러워 죽겠다고 기사들이 수군대더라고.

가디언들의 눈빛과 손짓이 말없이 오갔다. 성질 더러운 주인 때문에 말없는 대화를 나눈 지 어언 10년이 넘는 가디언들이다.

"아, 참."

황제는 문득 발치를 내려다보았다. 사슴이야 그렇다 치고 그의 발밑에는 재규어 한 마리도 누워 있었다. 은회색 바탕에 검은 점이 박힌 눈재규어다. 어지간한 수소만 한 큼직한 재규어의 털빛은 꽤나 아름다웠다. 사슴을 찾다가 재규어도 같이 잡은 황제는 일단 갈증이 가라앉자 이 재규어를 안데르에게 선물하자는 기특한 생각을 떠올렸다. 그 앙상한 소녀에겐 먹을 것, 입을 것도 많이 필요할 듯싶었다.

재규어의 굵직한 이빨을 슬슬 어루만지면서 황제는 생각에 잠겼다.

'아, 나는 진짜 착해졌어. 카자르 엔더도 날 기특하게 여길 게 틀림없어.'

새까만 밤하늘 아래 은빛으로 빛나는 백금발을 휘날리며 산등성이에 서 있는 장신의 미남자. 피에 젖은 바지에 망토만 하나 걸친 웃기는 모습이었으나 그는 서 있는 것만으로도 주변을 압도하는 위압감을 뿌리고 있었다. 너무 뿌리다 보니 숲 속의 동물들이 모조리 달아나 버리는 상황이 되기는 했지만 혼자 서 있어도 번쩍번쩍 빛이 날 정도로 살벌한 황제였다.

"안데르에겐 이빨이 좋을까, 아니면 발톱?"

이빨을 뽑아 목걸이를 만들까 하고 묻는 황제를 보며 메리테인은 한숨을 내쉬었다. 어린 공주한테 재규어 이빨이나 발톱을 선물한다니. 그의 황제는 상식이 조금 부족했다.

"이거 제법 단단하고 가벼워서 쓸 만하잖아? 그지? 걔는 너무 조그마해서 이런 걸 무기로 써도 괜찮을 거라고."

아니, 상식은 많이 부족했다.

"그걸 받고 좋아할 분은 황후 폐하뿐입니다."

메리테인의 대답에 황제는 미간을 찌푸렸다.

"걔는 혼자서도 잘 잡아. 그 계집애랑 열 살 때 사냥대회에서 싸웠다가 갈비뼈가 두 대나 부러졌다고."

황제는 짜증을 냈다. 그가 내는 짜증은 불길한 것이기에 가디언들이 재빨리 나섰다.

"가죽은 손이 많이 가야 쓸 만할 것입니다. 시간이 걸립니다."

무두질에 일가견이 있는 4번이 신중하게 대답했다. 다양한 수공예의 달인인 4번은 무두질에도 일가견이 있었다. 어릴 때부터 사냥광인 황제를 따라다니다 보니 자연스럽게 생긴 기술이다. 그는 사실 무두질만이 아니라 바느질과 수놓기에도 일가견이 있었다.

숲의 포식자 중 하나인 눈재규어는 실로 운이 없었다. 사냥하다가 사냥당한 불행을 맞이했던 것이다. 그것도 하필이면 하나만 잡긴 심심하다는 황제의 주먹에 맞아 죽었다.

"이걸로 폐하의 새 조끼를 만들까요?"

허구한 날 옷을 더럽히는 황제를 생각하다가 새 디자인이 머리에 떠오른 4번이 물었다. 그의 질문에 황제는 고개를 저었다.

"아냐, 아냐. 내 사랑스런 눈토끼의 새 코트를 만들어주지. 눈토끼에겐 외투가 없잖아?"

사랑스런 눈토끼. 벌써 그 애칭이 자연스럽게 튀어나온다.

가디언들은 한기를 느끼며 부르르 떨었다.

"벌써 추위를 느끼고 있는 거 같더군. 봄이라 날씨가 따스한데도 춥다고 벌벌 떨고 있어."

흐뭇하게 웃으며 황제가 말하자 그 자상함에 달달 떨고 있던 4번이 신중하게 고개를 끄덕였다.

"그럼 눈토끼 마마의 망토, 그리고 폐하의 조끼를 만들도록 하겠습니다."

4번은 여전히 차분하게 대답했다. 가디언들도 눈토끼 마마라 부르는 것이 입에 붙었다.

"눈토끼 마마는 워낙에 작으시니 폐하의 조끼도 같이 만들 수 있습니다. 폐하의 총애를 누구라도 알아차릴 수 있을 겁니다."

 황제는 잠시 생각했다.

 안데르와 나란히 같은 가죽으로 만든 옷을 입고 있다는 것은, 즉 눈토끼가 바로 그의 여자라는 사실을 적나라하게 남들에게 보여주는 증거가 되는 셈이다. 황궁의 기가 센 계집들에게 안데르의 위치를 잘 알려줘야 했다.

 "똑똑하군. 너에게 페자페지의 바늘 세트를 내리도록 하겠다!"

 "성은이 망극하옵니다!"

 처절한 목소리로 고개를 숙이는 4번은 스스로 바늘 세트가 아니라 암기 세트라 중얼거렸다. 그는 가디언이지 침모가 아니다. 그렇다. 그의 폐하께서는 바늘 세트가 아니라 암기 세트를 내리신 것이다!

 "그나저나 오늘따라 진짜 눈토끼가 안 보이는군."

 황제는 팔짱을 끼고 숲 속을 훑었다.

 하루 종일 마차에서 뒹군 황제는 잠이 오지 않았다. 그리하여 안데르를 위해 진짜 살아 있는 눈토끼를 잡아오겠다 결심했던 것이다. 그로서는 진정 기특한 발상이었다. 그리고 겸사겸사 피도 좀 맛볼 생각이었다. 어디까지나 주목적은 눈토끼이고 피를 먹는 건 부수적인 일이었다. 가디언들만 데리고 일행의 야영지를 떠나 숲으로 들어온 그는 두 시간 동안 재규어와 사슴밖에는 잡지 못했다. 평소에는 가끔 보이던 눈토끼는 아예 찾아볼 수도 없다.

"빌어먹을. 콩알만 한 게 왜 안 나오는 거지?"

황제가 이를 갈자 메리테인은 뒤에서 머리를 북북 긁었다.

살기를 풀풀 날리고 있는데 어떤 간 큰 토끼가 굴에서 튀어나오겠는가. 작은 짐승일수록 살기에 민감한 법이다.

"폐하, 이런 곳보다는 황궁 근처의 사냥터에서 찾는 게 더 빠르실 겁니다. 게다가 이런 곳의 눈토끼는 별로 안 예쁩니다."

"안 예뻐?"

"요즘 눈토끼는 갈색이나 회색이잖습니까."

"뭐? 색이 달라?"

"네, 다릅니다. 겨울 눈토끼가 하얗다고요."

"호오."

황제는 잠시 안데르에게 해줄 말이 생겨났다고 기뻐했다. 겨울의 눈토끼가 하얗다니. 안데르는 겨울의 눈토끼가 아닌가.

나름 찾아낸 문학적 표현에 혼자 감격한 황제를 놔두고 가디언들은 눈짓을 주고받았다. 재수없으면 상식이 부족한 황제가 밤새도록 하얀 눈토끼 잡아오라고 시킬지도 모른다. 그 경우 그 심부름을 누가 해야 하는가? 물론, 당연히 서열이 가장 아래인 20번과 19번이 해야 할 일이다.

무두질과 바느질을 겸해야 하는 4번은 자연스럽게 자신은 빠져야 한다고 눈빛으로 주장했다. 그 압삽한 모습에 3번은 질투에 몸을 떨며 자신이 폐하의 문학 스승이라고 눈빛으로 주장했다. 2번은 꼴값 떨지 말라고 눈빛으로 위협했다. 5번은 짜증나게 왜들 이러냐며 혀를 찼다. 그리고 메리테인은 그들을 깨끗이 무시하고 마차로 돌아가는 황제의 뒤를 따랐다.

'잊기 전에 어서 가서 말해야지. 너는 〈겨울의 눈토끼〉야. 흐, 괜찮은 표현이로군.'

그리고 안데르는 자다 말고 황제의 품 안에서 새로운 칭찬을 들었다.

"안데르, 나의 눈토끼야. 너는 눈의 눈토끼야."

잠깐 사이에 겨울의 눈토끼란 말이 눈의 눈토끼란 말로 둔갑했다. 메리테인을 비롯한 가디언들은 가슴을 쥐어뜯었지만 속사정을 모르는 안데르는 일단 손뼉부터 쳤다. 눈의 눈토끼라는 게 대체 뭘까? 잠시 고심했지만 그녀는 그것이 칭찬이라고 받아들였다. 일단 눈토끼란 게 뭔지 모르지만 하얗고 예쁜 동물이라 했으니 칭찬임은 확실할 것이다.

"부끄러워요."

안데르는 습관처럼 황제의 널찍한 가슴에 고개를 묻으면서 속삭였다. 어쨌거나 이렇게 따뜻하게 안아주며 하는 소리니 뭐든 좋았다. 따뜻하다기보다는 넘치는 힘을 주체하지 못해서 으스러지게 끌어안고 있었지만 인간의 체온을 그다지 접해보지 못했던 그녀는 황제의 거친 태도에도 충분히 기뻐했다. 아마 그녀는 황제가 〈너는 따끈한 소똥 위에 오르는 아지랑이처럼 포근해〉라고 말했어도 만족했을지 모른다.

황제가 간지러운 연애를 시작하면서 가디언들과 근위기사단을 괴롭히고 있는 동안 제국의 수도는 바빴다. 원정군의 때 이른 회군과 개선으로 수도 전체가 축제 분위기였다. 특히나 황후가 공언한 대로 황궁에 가장 먼저 들어선 것은 황후의 귀애하는 돼지 후작 마흐마르 레솔트 후작이었다. 그는 자신의 기사단인 뇌전기사단을 이끌고 귀성했다. 그의 휘하에 있는 병력은 기사단과 경기병단, 궁기병단 위주로 이루어져 있어 유달리 빠르기로 유명하다. 그 유명한 경기병단 뒤로 줄줄이 늘어선 거대 짐마차의 행렬은 제도 시민들을 기쁘게 했다.

"오오! 첫 번째 정벌 전리품인가 봐!"

"과연 뇌전기사단이다!"

새까만 정복에 금빛으로 번뜩이는 번개 문양을 수놓은 문장이 돋보이는 뇌전기사단은 제국에서도 가장 유명한 기사단이었다. 늠름한 흑마에 검은 갑주, 장창과 쌍검, 메이스와 프레일을 매달고 질주하는 뇌전기사단을 막을 수 있는 이들은 없었다. 전원 최고가의 무구로 몸을 감싸고 무패의 전력을 자랑하는 기사단이다. 뿐만 아니라 가장 많은 전리품을 챙겨오는 기사단이기도 해서 이들은 대부분이 상당한 부자였다. 그들만이 아니라 레솔트 가의 경기병단, 궁기병단은 전부 부유했다. 평민인 그들이 가진 무구 역시 어지간한 기사단에서는 꿈도 못 꾸는 최고급 무구다. 페자페지의 공장에서 나온 활, 방어구로 무장한 궁기병단에 쌍창과 프레일, 쌍검으로 무장한 경기병단. 최고가 아니면 참지 못하는 레솔트 후작은 돈을 불리는 것만큼이나 자신의 가신과 가병을 먹이고 입히는 게 취미였다. 그는 자신이 부자인만큼 자신의 가신들이 가난하다는 것을 참지 못했다. 그 사실은 널리 널리 퍼져서 제국의 모든 병사들이 그의 부하가 되기를 매일 별을 바라보며 기도한다는 전설의 소유자였다. 물론 그 전설보다 더 유명한 전설은 그가 황후가 총애하는 돼지라는 것이지만.

어쨌거나 부유하지 않으면 강하지 않다는 철학을 가진 레솔트 후작의 조촐한 취미는 황후를 찬양하는 시를 짓거나, 황후를 찬미하는 노래를 부르거나, 황후를 생각하며 보석을 수집한다거나, 황후를 생각하며 무기를 제련한다거나 등등이다.

기사단의 가장 앞에서 달리던 레솔트 후작이 황궁 문턱을 넘고 궁 안으로 들어섰다. 종자 두 명이 재빨리 달려와 후작의 옷에 묻은 흙먼지를 치우며 시중을 들었다.

"오셨소이까!"

"하하, 진짜 빨리 오셨구려!"

여기저기서 반기는 소리와 비꼬는 소리가 들려왔지만 후작의 얼굴은 무표정했다.

황제와 황후에게서 돼지라 불리긴 하지만 실제 그의 얼굴은 돼지와는 거리가 멀었다. 꺾어진 눈썹과 갈색의 눈매는 서늘하니 길어 사나운 인상이고 콧대는 높진 않지만 그렇다고 낮지도 않다. 전체적으로 평범한 얼굴이었으나 두꺼운 목덜미와 각진 턱, 유달리 넓은 어깨가 무거운 느낌을 주는 남자였다. 갈색 머리에 갈색 눈. 금발 미남들이 널려 있는 제국에서 도저히 미남이라고 하긴 어려운 얼굴이었으니 황후의 추종자들이 그를 질시하는 것도 어쩌면 당연한 일인지도 모른다.

"폐하께서는?"

후작이 낮은 음성으로 묻자, 시종장이 고개를 가볍게 숙이며 인도했다.

"폐하께서도 내일 오전이면 도착하신다고 하셨으니 그렇게 오래 걸리진 않을 듯합니다."

"흠?"

후작은 조금 놀랐다. 산만하기 짝이 없는 황제가 벌써 도착했다니. 평상시의 황제답지 않았다. 역시나 소문이 진짜인 걸까. 하리아드라는 코딱지만 한 나라에서 굉장히 귀애하는 여자를 얻었다는 소문은 그도 들었다. 그 소문은 삽시간에 전 병영을 뒤덮고 있었다. 기사들끼리는 참이냐 거짓이냐를 두고 내기판까지 벌일 지경이다.

"황후 폐하께서는 내전에 계십니다. 그리로 후작 각하를 데려오라 명하셨습니다."

"아."

시종장의 말에 무표정했던 후작의 얼굴에 홍조가 돌았다.

"오오, 나의 사랑스런 돼지."

황후는 가슴이 반쯤 드러난 새빨간 드레스에 요염하게도 하얀 다리를 허벅지까지 드러낸 차림새였다. 허리까지 늘어뜨린 화려한 백금발이 눈부시게 빛났다.

두 팔을 벌린 채 환영하는 황후를 보고 후작의 얼굴이 몽롱하게 풀어졌다. 붉어진 뺨을 한 후작은 주저 않고 달려가 황후의 발치에 입을 맞추었다.

"폐하!"

"그래, 빨리도 왔구나."

황후는 그의 얼굴을 잡아 이마에 키스를 하면서 다정하게 말했다. 40도 넘은 후작은 붉어진 얼굴로 수줍은 표정을 지으며 고개를 숙였다.

"늦었습니다."

"늦긴, 내 나의 돼지가 제일 빨리 올 거라 예상했느니라."

황후는 그의 손을 잡아 자신의 허리로 이끌며 요염하게 미소 지었다. 그녀의 빨간 입술이 가볍게 그의 입술을 스쳤다. 무릎을 꿇은 채 황후의 허리에 두 팔을 감은 후작은 얌전하게 눈을 감고 그녀가 주는 키스를 받았다.

"저런 무도한!"

"저런! 나쁜!"

사실 황후의 내전에는 그들만이 있는 것은 아니었다. 소식을 듣고 온 대신들 몇과 재상도 그 자리에 있었다. 물론 시녀와 시종장도 있었다. 몇몇 대신들은 타오르는 질투에 몸을 비틀었고, 이미 익숙해진 재상과 시종장은 허공을 보면서 백까지 세었다.

"폐하께 바치기 위해서 준비된 것들이 있습니다."

18세 황후의 키스세례에 사춘기 소년처럼 얼굴을 붉힌 후작이 손짓하자, 문이 열리고 묵직한 상자를 든 병사들이 줄지어 들어섰다. 일곱 개의 큼직한 상자가 황후의 앞에 도착하자 황후는 미소를 머금고 후작의 목덜미를 손수 매만졌다.

"나의 돼지는 욕심도 많지. 또 뭘 가져왔느냐?"

"소소한 것들입니다."

후작은 부끄러운 듯 작은 목소리로 대답하고는 가병들을 향해 손짓했다. 충실한 가병들이 닫혀 있는 상자를 열어젖혔다. 그러자 그 안에서 눈부신 광채가 쏟아져 나왔다.

"오오!"

"아니! 세상에!"

일곱 개의 상자 안에 빼곡히 든 황금과 보석의 향연에 모두 입을 모아 탄성을 내질렀다. 대체 후작은 어디에서 저런 걸 저렇게 많이 가져올 수 있는 건가! 모든 이들이 의문을 품는 동안 후작은 품에서 작은 상자를 하나 더 꺼냈다.

"이것은 라티오네아라는 작은 나라에서 여신의 눈물이라 불린다는 것입니다. 비록 비루한 물건이지만 황후 폐하께 바치고자 합니다."

진중한 목소리로 말하는 레솔트 후작의 눈은 사춘기 소년처럼 열정에 차 있었다. 그 눈을 흐뭇하게 바라보며 황후는 그가 내민 상자를 열었다. 상자 안에는 어린애 주먹만 한 크기의 사파이어로 장식된 목걸이가 들어 있었다. 백금으로 조각한 아름다운 목걸이다.

다른 대신들은 눈이 튀어나올 만한 표정으로 그 목걸이를 바라보았다. 성스럽기까지 한 광채가 황후의 하얀 피부 위에서 빛났다.

"예쁘구나. 네 손으로 해주련?"

황후의 말에 더더욱 붉어진 얼굴이 된 레솔트는 공손하게 목걸이를 황후에게 걸어주었다. 후후 하고 웃는 황후는 그의 곰발 같은 손을 잡아 촉촉 키스까지 했다.

"귀엽기도 하지. 네 손은 너무나 귀엽구나."

후작의 얼굴이 더더욱 붉어진다.

참고로 말하자면 레솔트 후작은 무인으로 태어나 무인으로 자라난 터라 굵은 손가락에 곰발처럼 묵직한 손의 소유자였다. 시력을 의심할 만한 황후의 표현에 모든 이들의 얼굴이 일그러졌다.

"마음에 드는구나. 얼마나 애를 썼을꼬. 하지만 내겐 네가 무사히 돌아왔다는 게 가장 큰 선물이로다. 이리 온. 그리고 얼굴을 자세히 보여주어야지. 나의 돼지, 어쩌면 이리도 수줍음이 많은가."

황후가 요염한 음성으로 중년 후작의 턱을 잡고 뺨을 비비자 여기저기서 헉 소리가 들려왔다. 레솔트 후작이 몽롱한 얼굴로 얌전히 앉아 있는 동안 황후는 그의 얼굴을 잡아당기고 키스하기 시작했다. 중년의 후작을 희롱하는 황후의 모습에 가슴을 부여잡고 있던 대신들은 이제 증오로 뒤범벅된 살기를 뿌리기 시작했다. 모두 중년을 넘어선 대신들이다. 그들은 한가닥 희망을 품고 있었다. 생긴 걸로 봐서 별거 아닌 레솔트 후작이 황후의 총애를 받는다는 것은 황후의 취향이 나이 지긋한 중년이라는 것 아닌가! 그렇다면 자신들도 모자랄 것 없다고 외치는 중년의 추한 질투가 불길처럼 일어나기 시작했다.

'수줍어? 저 돼지가?'

'빌어먹을! 내 손이 더 예쁘단 말이다!'

분위기가 점점 살벌해지자 눈치 빠른 재상이 턱짓했다. 부러움에 눈물을 흘리고 있던 대신들은 이를 갈며 물러섰다. 시종장은 휘장을 치고 보물 상자를 메고 왔던 가병들은 아무것도 보지 않았다는 듯 얌전히 상자를 메고 밖으로 나갔다.

"그 상자는 황후궁 금고에 가져다 놓도록 하게."

시종장의 말이 끝나기가 무섭게 로리랜드 재상이 슬그머

니 끼어들었다.

"한 상자만 국고에 넣으면 안 될까?"

탐욕으로 불타는 시선을 접한 황후의 시종장은 냉소를 머금었다.

"황후궁의 금고에 가야 할 물건입니다만."

"황후 폐하께서는 국고를 채우는 것을 무척 좋아하신다네."

"물론 그러하지요. 하지만 이건 황후 폐하의 개인 금고에 가야 할 물건입니다."

"그러지 말고 하나만. 이렇게 많은데 하나 정도는 국고에 넣어도 되지 않겠는가?"

국고는 곧 자신의 금고라 믿고 있는 재상의 애교 아닌 애교에 시종장은 냉소했다.

"폐하께선 후작이 바친 물건은 절대로 남에게 내주지 않으십니다."

"그러지 말고 하나만. 금괴 상자 하나만 내주면 안 되겠는가? 금년 내탕금 규모를 좀 올려줄 테니."

"불가합니다."

시종장은 혀를 내밀며 몸을 홱 돌렸다.

재상은 시종장과 함께 사라지는 보물 상자를 바라보며 눈물을 흘렸다. 아아, 황제 폐하께서도 후작처럼 돈 많이 벌어오는 애인을 좀 사귀어주시지.

"오늘은 술이나 마십시다."

"그럽시다."

재상은 우울한 중년 대신들과 함께 침울한 오라를 풍기며 사라졌다. 아아, 세상은 불공평해!

"이리 와라, 내 눈토끼. 그리 부끄러워할 필요는 없느니라."

황후가 〈내 돼지의 귀여운 앞발〉을 외치고 있을 때 황제는 〈내 귀여운 눈토끼〉를 외치고 있었다. 그는 안데르를 자신의 무릎 위에 앉히고 제도로 들어섰다.

파란이 예고되는 귀환이었다. 그리고 신과 황제만이 아는 진정한 의미에서의 귀환이기도 했다.

아름다운 나날들이다. 믿어지지 않는 현실이다.

딱 황제의 손바닥만 한 크기의 멍으로 얼룩덜룩해진 몸을 욕조에 담근 채 안데르는 눈을 감고 있었다. 그 얼룩무늬는 황제의 격한 포옹이 남긴 것이다. 자신이 얼마나 힘이 센지 잊고 있던 청순한 뇌의 소유자는 그저 끌어안는 것이 애정의 척도라 믿고 있었다. 물론 세게 안든 살살 안든 안아주는 것만으로도 기쁜 안데르도 나름 무구한 소녀였다.

어찌 되었든 그녀는 생각에 잠겨 있었다.

그녀는 알지도 못했던, 상상도 못한 사치. 그녀가 지금 누워 있는 곳은 상아와 황금으로 장식된 도자기 욕조였다. 이

화려하기 짝이 없는 매끈한 욕조는 그녀가 수영을 할 만큼 거대해서 자칫 졸다가 빠지면 익사할 수도 있는 수준의 크기였다. 그리고 그 거대한 욕조 안에는 꿀을 섞은 양젖이 가득 담겨져 있었다. 먹기도 모자란 양젖과 꿀이, 그리고 바로 옆에 놓여 있는 욕조에는 향기로운 꽃잎이 가득 차 있었다. 커다란 욕실에는 욕조도 두 개다. 그 욕조 옆에는 얌전히 무릎을 굽히고 있는 세 명의 늘씬한 반라의 시녀들이 목욕 시중을 들었다.

"다음은 향유 마사지 차례이옵니다. 마실 것을 올려 드릴까요?"

"어떤 것을 드시고 싶으신지요? 과일즙이나 와인은 어떠하십니까?"

"목욕물의 온도를 조금 더 높일까요?"

욕실 안은 향기로 가득 차 있었다. 바닥은 향목이고 사방은 거울. 거울과 유리, 도자기로 장식된 욕실 안에는 각종 향유와 이름 모를 미용액들이 가득했다. 안데르는 그저 시녀들의 말대로 가만히 있기만 하면 되었다. 한 번도 받아보지 못한 사치스런 대접은 낯욱스럽기만 했다. 하지만 이것이 황제가 그녀에게 내리는 사랑의 증거라 한다면 얼마나 즐거운 일인가.

양젖 목욕이 끝나고 나서 향유 마사지, 그 이후에 다시 더운물 목욕이 이어졌다. 세 번 목욕하고 나자, 이름도 모를 미용액으로 전신을 덮은 뒤 안데르는 비로소 황제가 보냈다는 수십 벌의 옷과 마주했다. 거대 옷장 다섯 개를 꽉 채우고도 모자라 장신구를 채워놓은 보석함 일곱 개가 그녀에게 다가왔다.

"세상에!"

눈물을 줄줄 흘리며 유모가 말했다. 그녀는 안데르를 끌어안고 속삭였다.

"정말로 폐하께선 공주님을 총애하시는 거예요!"

안데르는 멍하니 펼쳐진 옷을 보면서 중얼거렸다.

"폐하는 어디 계셔?"

"지금 대전에 계십니다."

웃는 낯으로 새로 배정된 시녀장이 말했다. 온화하게 웃는 얼굴이긴 하지만 기본적으로 우두머리 시녀란 무녀다. 황제의 명을 받아 새로 지정된 시녀장은 고개를 숙이며 인사했다.

"앞으로 마마를 모시게 된 루키아라고 합니다, 마마."

"아, 응."

얼결에 안데르가 고개를 끄덕이자, 루키아는 무릎을 꿇은 채 차근히 말했다.

"마마께서 받으신 이 궁은 달의 궁이라 불리는 별궁으로 폐하께서 가장 총애하시는 후궁에게 내려지는 곳입니다. 따라서 마마께선 황후 폐하 이외의 사람에게는 고개를 숙이실 필요가 없으십니다."

"에?"

안데르는 고개를 갸우뚱했다.

"차차 아시게 되겠으나 제국의 황실은 그 법도가 엄한 편입니다. 마마의 정식 명칭은 아직 결정되지 않았으나 폐하께서 달의 궁을 하사하셨다는 것은 제1궁비 마마가 되었다는 의미이기도 합니다."

"아, 그런데, 폐하께서는 후궁이 많으신 거야?"

조금 주저하며 그녀가 묻자 루키아는 웃으며 대답했다.

"정식 후궁으로 첩지를 받으신 분은 서른한 분이십니다."

"서른한 명!"

안데르는 눈앞이 깜깜해졌다. 그녀는 비틀거리면서 의자에 털썩 주저앉고 말았다. 하리아드의 부왕도 여자가 많았지만 정식 후궁 자체가 많지는 않았다. 정식 후궁이 서른한 명이라 한다면 자신까지 포함해서 서른두 명이다. 그 외에 소소한 노예나 시녀를 굳이 따진다면 백 명이 넘어갈지도 모른다. 사실 백 명이 넘은 지는 한참도 더 되었지만 안데르는 상상하지 못하고 있었다.

그녀의 반응에 루키아는 냉소했다. 아직 어린 소녀이니 틀림없이 망상에 젖어 있을 가능성이 컸다. 하지만 소문에 따르면 황제는 이 작은 소녀에게 푹 빠져 있다 하니 주의하지 않으면 안 되었다. 만약 이 소녀가 다치기라도 하면 황궁은 피바다가 되고도 남았다.

"하지만!"

루키아는 새파랗게 질린 안데르와 유모를 보며 여전히 웃으며 말을 이었다.

"폐하께서 손수 궁을 내리신 분은 마마가 유일하십니다. 물론 제1궁비 마마라는 직첩은 후궁 중 가장 높은 분이라는 의미도 됩니다. 다른 분들은 다들 황후 폐하가 제비뽑기로 적당히 첩지를 내리신 것이니까요."

안데르는 잠시 자신이 뭔가 잘못 들었는가 하고 고심했다. 제비뽑기? 황후가?

"이곳에서는 황후께서 첩지를 내리시는가?"

안데르 대신 유모가 묻자 눈썹을 치켜 올린 루키아가 쌀쌀맞게 대답했다.

"그러합니다. 황제 폐하께서 직접 명하시면 모를까 모든 것은 황후 폐하의 뜻대로이지요."

"황후 마마께선 어떤 분이시지?"

뒤늦게 안데르의 질문에 루키아의 표정이 엄해졌다.

"마마, 황후 폐하라고 존칭하셔야 합니다. 제국에서 황후는 황제 폐하와 그 위치가 같습니다."

"아?"

"황후께선 황제 폐하의 남매가 되시며 가장 가까운 친혈족이십니다. 내궁 전체를 총괄하시는 것도 황후 폐하의 재량이시지요."

"그런가……."

안데르가 풀이 죽자, 루키아는 안절부절못하고 있는 유모를 흘긋 보았다.

"황후께선 후궁 일에 그다지 참견하지 않으시니 고심하지 않으셔도 됩니다. 하지만 황후를 뵙는 일이 생기면 극존칭을 쓰시고 몸을 낮추셔야 합니다."

"알겠어."

우울하게 안데르가 중얼거리자 루키아는 손뼉을 쳤다.

"자, 그럼 마마께 다른 아이들도 인사 올리도록 하겠습니다. 궁의 안쪽을 담당하는 시녀들은 모두 스물세 명이며 내외를 다스리는 시종은 칠십 명입니다. 마마를 직접 시중을 드는 아이들은 제가 골랐습니다. 모두 열두 명입니다. 마음에 드는 이가 있다면 명하시면 될 것입니다."

안데르는 자신의 시중을 드는 이만 백 명이 넘는다는 말에 그저 입만 벌렸다. 하지만 그게 중요한 것이 아니었다. 황제에겐 서른한 명의 후궁이 있고 황후까지 있다. 그렇다는 것은, 즉 자신은 서른두 번째 후궁에 불과한 존재라는 말. 아무리 호화스러운 옷과 보석이 있으면 뭘 하는가. 진짜 그녀가 원하는 것은 따로 있는데.

그녀는 다시 우울해졌다.

"어서 준비를 시작하지요."

"무슨 준비?"

루키아는 방긋 웃었다. 냉혹한 시녀장의 웃음에 가녀린 안데르는 절로 떨었다.

"물론, 개선 연회의 주인공이 되셔야 하니 어서 준비를 하셔야지요, 마마."

 전투 개시라고 생각하며 루키아는 미소 지었다. 다시 말해두지만 그녀는 전신의 무녀였다.

　…고대국가 형성에 있어서 가장 중요한 것은 무엇일까요? 그 옛날엔 민족이란 개념이 없었습니다. 있어봤자 가족의 개념이 전부지요. 같은 부모, 같은 모친, 같은 부친, 이렇게 혈족의 개념이 더 강했다고 봅니다. 그래서 내 혈족을 남에게 빼앗기지 않기 위해 근친혼이 늘어날 수밖에 없었을 겁니다. 뭐, 사회적 배경은 둘째 치고 가족 단위로 움직이는 폐쇄적인 촌락의 경우는 보이는 게 형제자매밖엔 없으니 별수 없었겠지만. 물론 오늘날 우리들은 근친혼이 가지고 오는 폐해에 대해 잘 알고 있습니다. 열성인자 발현으로 인한 정신병이라든가 기형아의 출산, 지능 저하 등등 말입니다. 고대인들도 나중에 알긴 알았을 겁니다. 그래서 이들도 특별한 경우가 아니면 이복남매 간의 혼인만 승인하게 되었습니다. 아마 일부다처제가 형성된 원인도 이 상황 때문이었을지도 모릅니다. 물론 남자의 경우 일부다처제이고 여자의 경우로 본다면 일처다부제였을지도 모르겠습니다만. 당시엔 불륜이란 단어는 별로 쓰이지 않았을 테니까요. 하하하.

　　　　　　　　　　　　—〈고대국가의 형성〉 강의록 中에서
　　　　　　　　　　　　　루그 알긴스 박사 著

CHAPTER 05

R<small>ELOAD</small>

　네, 전 6번 가디언 아돌입니다. 평범하게 생겼다고요? 네, 원래 가디언은 평범하게 생겨야 합니다. 바라는 것이오? 그냥 잘 먹고 잘살았으면 좋겠습니다. 네, 주인께서 편안하시면 저도 편안하지요. 여자 생각을 한 적 있느냐고요? 헉, 그, 그, 그 무슨 말씀을! 가디언들은 모든 인생을 주인께 걸고 있습니다. 그럼 취미는 뭐냐고요? 아, 저기… 제 취미는 그냥 소소하게 요리입니다. 무슨 요리냐고요? 아, 거시기… 폐하께선 가끔 이상한 걸 드시곤 하기 때문에 저희들도 이상한 걸 먹거든요. 독이라든가, 독이라든가, 독이라든가 하는 거요. 그래서 제가 급하게 요리를 하곤 합니다. 독으로 배를 채울 순 없잖아요. 저희들이 무슨 폐하도 아니고. 재료요? 뭐 그냥, 그때그

때 다릅니다. 뱀도 있고 개구리도 있고 과일도 있고. 궁에 있을 땐 재료는 무궁무진한데 문제는 폐하 홀로 나다니실 때지요. 그럴 때는 참 난감합니다. 가디언인 주제에 폐하를 굶길 수는 없으니까요. 참, 왕년에 메리 대장이 자기 허벅지살을 베어 폐하께 드린다고 날뛰다가 얻어맞은 적은 있습니다. 전 그때 14번이 캐온 버섯으로 요리를 해서 겨우 위기를 넘겼지요. 아, 저 말고 요리 담당은 14번하고 15번, 16번이 있습니다. 먹는 건 중요한 문제니까요. 뭐, 선물을 주신다고요? 주신다면 육포하고 향신료 몇 가지를 좀 주셨으면 좋겠습니다. 황금의 사프란과 육두구, 후추를 꼭 주세요. 비싸다고요? 저도 압니다. 그러니까 달라고 했죠.

⚜

눈토끼 안데르가 땅굴을 파고 있는 동안 황제는 황후와 눈싸움 중이었다. 나란히 앉아 있긴 하지만 알게 모르게 은근히 기 싸움을 펼치는 그들이다. 그들의 뒤에 서 있는 가디언들도 나름 기 싸움 중이었다. 대놓고 서 있는 메리테인과 황후의 가디언 그리엔은 무표정한 얼굴로 자신들의 주인 옆에 바짝 붙어 있다. 거의 황제의 비서나 다름없는 메리테인과 달리 황후의 가디언 그리엔은 말 그대로 가디언스러운 일만 했다. 암중에 도사리고 앉아서 황후의 신변 보호를 맡는 것이다. 만약 메리테인이 대놓고 황제의 옆을 지키고 있지 않았다면 그리엔도 대놓고 황후의 옆에 서 있지 않았을 것이다.

메리테인과 그리엔은 나이도 같았고 능력도 비슷했다. 공격력만 본다면 그리엔도 메리테인에게 뒤지진 않았다. 하지만 결정적으로 가디언의 숫자가 다르고 권력이 다르다. 그리고 주인이 달랐다. 그리엔이 우리 주인은 훌륭하고 완벽하셔 하고 외친다면 메리테인은 우리 주인은 강하고 아름다우셔 하고 외친다. 어쨌거나 접점이 없다.

'건방진 놈!'

'까불지 마.'

무언의 가디언 수장끼리의 대결이 오가고 있는 동안 암중에 숨어 있는 가디언끼리도 말없이 눈빛으로 말하는 욕설이 난무하고 있었다.

어쨌거나 황제의 거궁인 천둥의 궁에서 가장 큰 연회장 안에는 황제와 황후 아래로 제국을 지탱한다는 대신들이 그득하게 모여 있었다. 대륙에서 가장 무서운 피의 황제가 개선하는 상황이다. 내로라하는 귀족들도, 거만한 무장들도 잔뜩 긴장한 채 몸을 숙이고 황제의 귀환을 축하했다. 그들만이 아니다. 황제가 기억도 잘 못하는 후궁들 역시 자신의 아이들을 줄줄이 이끌고 나와 황제의 귀환을 축하하고 있었다.

황제는 잊고 있었던 기억을 새삼 되살리고 있었다.

18세로 갓 제위에 올랐던 그때, 대전 안을 피로 물들이며 스스로 황제가 되던 그때, 황제에겐 까마득한 예전이지만 여기 모인 이들에겐 일 년도 채 안 된 공포의 순간이었다.

제위 바로 아래 레솔트 후작이 긴장한 얼굴로 두 쌍둥이 황자와 함께 서 있었다. 황제는 한동안 잊고 있었던 황후의 애완 멧돼지를 물끄러미 내려다보았다. 그 시선을 받은 후작은 긴장하며 재빨리 무릎을 꿇었다.

"이렇게 무사하신 모습을 뵈오니 신의 가호가 위대하신 폐하께 있음을 절절히 느끼게 됩니다."

황제의 눈치를 보던 재상 로리랜드가 제일 먼저 무릎을 꿇고 그를 향해 인사했다. 생글 웃는 낯을 보니 황제는 갑자기 자신이 시간을 거슬러 왔다는 사실을 통감했다.

로리랜드. 재상 로리랜드.

자신의 유일한 친구라 부를 수 있는 빈약한 몸과 알찬 두뇌를 가진 사내, 그리고 황제를 파멸시키고 제국 전체를 멸망시킨 바로 그 역적.

불끈 치솟는 분노와 가슴을 찌르는 것과 같은 죄책감이 동시에 든다. 특히나 그가 마지막으로 기억하고 있던 로리랜드의 얼굴은 저처럼 팽팽하고 말끔한 얼굴이 아니었다.

세월에 좀먹고 고통으로 찌든 늙은 얼굴로 로리랜드는 그를 노려보았다. 피눈물이 흐르는 눈으로 노려보며 그는 통곡했다. 아내를 살려달라며 절규했다.

"오랜만에 보니 그 팽팽한 얼굴이 좀 거슬리는군."

황제의 말에 로리랜드는 고개를 갸웃했다.

팽팽하다니? 스물다섯의 나이에도 불구하고 다들 노안이라 부르는 재상이다. 그는 혹여나 자신이 기분이 좋아서 얼굴이 폈다는 소린가 싶어 수염도 모자란 뺨을 문질렀다.

"폐하를 뵈오니 기뻐서 그러한 게지요. 개선을 감축드리옵니다! 과연 전신의 후예다우신 용맹! 대륙의 정복자이자 살아 있는 무신(武神)이신 주군께 경배를!"

로리랜드가 술잔을 높이 치켜들고 무릎을 꿇자, 뒤이어 다른 이들도 일제히 무릎을 꿇고 건배했다. 마뜩찮은 표정의 황후와 황제가 잔을 들어 한 모금 마시자, 다른 이들도 일제히 술을 마시며 환호했다.

그래, 이 시점에서 로리는 충실한 친구이자 재상이었다. 황제를 모시는 게 나의 사명이라 외치며 쏟아지는 과중한 업무와 행정을 오히려 즐겁게 받아들이며 나대던 신하였다.

황제는 팽팽하고 미끈한(?) 젊은 로리랜드에게서 시선을 돌려 올망졸망한 두 황자를 빤히 내려다보았다. 아직 어린 주제에 훤칠한 것이 피는 못 속인다더니 자신과 똑같이 생긴 두 쌍둥이를 보니 어쩐지 간질간질하면서도 착잡해졌다. 특이하게도 다른 신혈들과 달리 쌍둥이 황자는 유달리 사이가 좋아 항상 같이 움직였다. 만약에 둘 중 하나가 황제가 된다면 하나는 황후가 되어도 될 정도다. 물론 나이가 아직 어려서 그럴 수도 있겠지만 둘이서 동시에 내뿜는 기운을 보면 아무리 봐도 둘이 죽이고 죽는 제위 다툼을 할 것으로는 보이지 않았다.

"야."

황제의 시선이 닿자, 덩치는 크지만 아직 어린 두 황자는 찔끔한 표정으로 그를 훔쳐본다. 그 표정이 마음에 안 들어 그는 혀를 찼다. 이리 오라고 턱짓을 하자 두 황자는 주춤대면서 그의 앞으로 다가왔다.

그 모습에 술잔을 쥐고 있던 이들의 시선이 일제히 황제의 앞으로 쏠렸다.

아직 열여덟 살밖에 안 되는 젊은 황제에게는 당연하지만 부성애는 조금도 없었다. 열두 살 무렵부터 여자들을 임신시킨 황제다. 안 그래도 잔혹한 성품인지라 황제는 수틀리면 자신의 아이들도 죽여 버리고도 남는 남자였다.

황후와 레솔트 후작, 재상 등이 일제히 긴장하는 가운데 황제는 쌍둥이를 아래위로 훑어보면서 수염도 없는 턱을 문질렀다.

따지고 보면 어린놈들. 아직 네 살밖에 안 된 애들이다.

그의 기억 속에 쌍둥이는 장성한 청년이었다. 그들은 황제를 위협할 수 있을 정도로 강한 힘을 지녔고 무엇보다 신하들에게도 지지를 받는 정통 황자였다. 그의 기억으로 쌍둥이 중 첫째인 제흐나므는 황태자였고, 그 당시 이미 제정신이 아닌 그를 대신해서 황제 노릇을 하고 있었다. 신혈치고는 냉정했던 제흐나므가 황제인 그에게 덤벼든 것은 동생 다흐마르가 황제에게 맞아 죽었기 때문이다.

황제는 눈을 가늘게 뜨고 그때 일을 다시 떠올렸다. 오락가락하는 기억들.

"그따위 여자 때문에 나라 전체가 뒤집혔습니다! 이제 그만 정신을 차리십시오! 그것도 싫다면 차라리 제위를 형님에게 넘기란 말입니다!"

악을 쓰는 다흐마르의 목을 졸랐다. 옆에서 말리는 황후를 후려치고 다흐마르의 숨을 끊는 그 순간 제흐나므가 달려들어 와 덤벼들었다. 한 번도 아비라 부르지 않았던 황태자는 이를 갈며 들끓는 살기로 황제에게 달려들었다. 황후가 먼저 죽었는지 황태자인 제흐나므가 먼저 죽었는지 확실치는 않았지만 이들 세 모자가 거의 동시에 죽었다는 것만은 확실했다.

황제는 눈을 감았다.

'빌어먹을, 착하게 살아야 해.'

애써 상냥한 표정을 유지하려 애쓰면서 황제는 아직 병아리 수준인 두 쌍둥이를 뚫어져라 바라보았다. 나름 상냥한 표정이라 스스로는 생각했지만 보는 이는 아니다.

'헉! 대체 왜? 또 광증이?'

"폐하?"

놀란 로리랜드가 그를 부르기가 무섭게 황후가 벌떡 일어났다. 아직 어린 자식들을 잃을 마음은 전혀 없는 괄괄한 황후다.

"뭡니까, 폐하?"

쩌렁한 음성으로 황후가 묻자 황제는 그런 그녀의 어깨를 톡톡 쳐주었다.

"워, 워."

나름 애정 표현이지만 황후에게는 시비를 거는 것으로 보였다.

"내가 말이냐!"

악을 바락 쓰는 황후를 모른 척하고 황제는 다시 두 소년에게로 시선을 돌렸다. 없던 부성애가 솟아오르진 않지만 이것들이 아직 어린아이다 생각하니 그다지 밉지는 않았다. 조금, 아주 쪼오오금 미안한 마음이 있기도 했다. 카자르 엔더의 살벌한 은총으로 되살아난 지금 혈통이 좋은 황후의 자식들이라면 신혈을 마구마구 늘려줄 아군이기도 했다.

"이리 와라."

그가 다시 손짓하자, 주춤거리면서도 반항적인 표정으로 두 쌍둥이가 저벅거리며 그의 앞까지 당도했다. 손을 뻗으면 닿을 정도까지 가까이 오자, 황제는 새삼 두 아들의 얼굴을 뚫어져라 바라보았다. 몇 년만 지나도 이 쌍둥이는 그와 비슷한 덩치가 될 터였다. 하지만 알맹이는 애다. 네 살 난 애.

그의 눈에 문득 안절부절못하고 있는 레솔트 후작의 모습이 보였다. 황후의 애인이긴 해도 황자들의 아비도 아닌 주제에 애정이 뚝뚝 떨어지는 시선으로 황자들을 바라보는 게 어쩐지 황제로서는 기분 나빴다.

'이것들이 니 새끼냐, 내 새끼지?'

두 황자가 다른 신혈들과 달리 머리도 좋고 자제력도 있었던 이유가 황후의 훈육과 레솔트의 애정 덕분이라는 건 나중에 재상에게 들어 알고는 있었다. 하지만 황자라는 건 그가 낳은 자식이다. 그의 피를 이은 자식이란 뜻. 그런데 레솔트가 아비 노릇을 한다는 것은 썩 기분 좋은 일이 아니었다.

경계하는 두 쌍둥이의 머리 위로 그는 손을 뻗었다. 살수라도 뻗는가 싶어 황후가 와락 기세를 발하는 순간, 황제의 큼직한 손이 쌍둥이의 머리를 쓰다듬었다. 정확히 말해 비비적거렸다.

"많이 컸군."

황후는 얼어붙었다. 재상도 얼어붙었다.

황제를 아는 모든 이들은 다들 얼어붙었다. 황제가 지금 애들 머리를 쓰다듬었다고? 목을 부러뜨린 게 아니라?

안 하던 짓을 하고 나니 기분이 묘해진 황제는 눈을 동그랗게 뜨고 쳐다보는 두 아들을 내려다보면서 미간을 찌푸렸다.

"뭐야? 두 놈 다 비슷한 힘이로군. 검을 익히느냐?"

"네."

"네."

똑같이 생긴 둘이 동시에 대답하자, 황제는 왠지 웃겨서 킬킬 웃었다.

"네가 제흐냐?"

황제가 한 놈을 짚어 묻자, 지목당한 제흐나므는 깜짝 놀랐다. 네 살인 그가 기억하는 한 황제를 이렇게나 가까이서 본 것은 처음이다. 항상 스쳐 지나가거나 멀리서 슬쩍 본 게 전부다. 그런데 어떻게 똑같이 생긴 다흐마르와 자신을 구별할 수 있는 것일까?

"멍청한 놈아, 넌 내 피를 타고난 내 새끼다. 그러니까 내가 구분하는 건 당연하지. 네놈이 제일 먼저 황후의 뱃속에서 나올 때의 기운을 난 알거든."

괴상하게도 '내 새끼'를 강조하는 그의 어투에 옆에 있던 황후의 표정이 요상해졌다.

"널 황태자로 지명한다."

황제가 느릿한 어조로 명하자, 옆에 있던 재상이 헉 소리를 내며 무릎을 꿇었다. 황후의 눈은 더 커졌다. 이 미치광이가 무슨 일로 황제다운 소리를 하는 것일까! 설마 이게 진짜 미쳤나!

제흐나므의 눈은 더 커졌다. 아직 18세밖에 안 된 황제다. 그런 황제가 네 살인 자신에게 황태자를 하라고 하다니. 수명이 억수로 긴 황제에게는 아직 아들을 주렁주렁 낳을 기회가 널려 있지 않은가.

"진짜요?"

놀라 반문한 것은 제흐나므가 아니라 다흐마르였다. 눈을 동그랗게 뜨고 묻는 다흐마르를 보고 피식 웃던 황제는 손을 뻗어 다흐마르의 목을 덥석 잡아끌었다. 누가 봐도 섬뜩한 그 장면에 놀라 제흐나므가 막 나서려는 순간, 다흐마르의 몸이 황제의 무릎에 털썩 앉혀졌다.

"이거, 이거."

킬킬 웃으며 황제가 다흐마르의 머리를 마구 손바닥으로 비볐다.

그전에는 몰랐는데 놀랍게도 다흐마르의 기운은 그와 가장 비슷했다. 전신에서 뿜어 나오는 그를 닮은 기운. 카자르엔더의 기운은 모친의 희망대로 이어지고 제멋대로 발현되는지라 정말로 친부와 자식이 같은 기운을 갖는 일은 거의 없다.

"이게 날 제일 많이 닮았네."

남들은 모르는 이유로 황제는 다흐마르를 끌어안고는 킬킬댔다. 어쩐지 제일 먼저 달려들어 죽더니만 성격도 닮아서 그랬나 보다.

황제의 생각이야 어쨌든 남들이 보기엔 〈오랜만에 보는 자식들을 귀여워하는 인자하신 모습〉으로 비쳐졌는지라 다들 턱이 빠졌다. 황제 자신이 애나 다름없는데 다른 애를 귀여워하다니. 황후나 재상의 시선이 슬그머니 부딪쳤다. 역시 저게 미쳤나 봐, 아니면 혹시 사춘기?

제흐나므가 넋을 잃고 있는 동안 황제 품에 안긴 다흐마르는 난폭한 황제의 손에 짜증을 냈다.

"아파! 그만 좀 해!"

안 아플 리가 없다. 솥뚜껑만 한 손으로 머리를 마구 비비고 자상하게 어깨나 등을 끌어안는 게 아니라 목을 한 손에 움켜쥐고 잡아당기니 숨도 막힌다. 아마 진짜 네 살짜리 아이였다면 목이 부러졌을 것이다.

패악스레 소리를 지르는 다흐마르를 보고 황후는 가슴이 덜컹 내려앉았다. 저놈이 미쳤나? 황제가 얼마나 미친놈인데 덤벼?

그러나 화를 내는 대신 황제는 비웃었다.

"얼마나 허약하기에 아비가 좀 만졌다고 아프다는 거냐? 네놈은 진짜 허약하구나."

딱 손바닥만 한 멍이 목에 남고 화려한 금발이 새집이 되었건만 자각도 배려도 없는 황제는 네 살짜리 아들을 놀렸다.

"이, 이! 난 허약하지 않아! 아빠가 너무 세게 누른 거야!"

덩치는 열두 살은 너끈히 넘어갈 네 살짜리 황자가 악을 쓰며 대들자 황제는 흥 하고 비웃었다.

"나는 그 나이에 바윗돌도 굴렸어. 칼도 맞았고. 그런데 넌 고작 그게 아파?"

빈약한 놈 하고 비웃는 그 소리에 화르륵 불타오른 어린 황자가 막 그에게 대들려는 그 순간, 재빨리 제흐나므가 동생을 얼싸안았다. 좀 다혈질인 동생은 아마 황제가 얼마나 무서운지 깜빡한 모양이다.

"아."

쌍둥이 형의 제지에 현 상황을 이해한 다흐마르가 흠칫하자 황제는 김이 샜다. 악을 쓰고 덤비는 놈은 하도 오랜만이라 나름 즐기고 있는 참인데 흥이 깨졌다.

"어쨌거나 저놈을 황태자로 봉한다. 그리 알아둬."

"네, 폐하! 영명하신 판단에 경의를."

재상이 재빨리 못을 박았다. 뒤를 이어 뒷북을 치듯이 대전에 모인 다른 대신들이 일제히 동의를 표했다. 이젠 황제가 밖에 나가서 깽판을 치고 있는 동안 후계자가 정해졌다. 그러니 안심이다. 적어도 제흐나므는 황제처럼 난폭하진 않은 듯했으니 만만세였다.

"이제 연회를 시작해라."

황제의 명이 떨어지자, 대전 안에 모였던 이들이 예를 취하고 뒤로 물러났다. 그리고 악사들이 음악을 연주하고 시종들이 재빨리 연회석을 준비하기 시작했다.

"너, 미쳤니?"

재상이 물러나고 둘만 남자, 시종들을 물린 황후가 조용히 물었다. 남들 앞에서는 가끔 존대를 해주기도 하지만 주로 막말을 주고받는 사이다.

"미치긴. 오랜만에 보니 귀여워서 그런다. 너, 생각 외로 애 잘 낳는구나? 교육도 잘 시켰네. 혹시 카자르 엔더는 여자애를 더 편애하는 거 아냐?"

황제는 황후의 아래위를 훑어보며 중얼거렸다.

"하나 더 낳을까?"

"미쳤니! 니 얼굴만 봐도 이가 박박 갈려!"

황후가 치를 떨었지만 황제는 피식 웃었다.

"오랜만에 보니까 예쁜데. 너랑 낳으면 괜찮은 애들이 생기니까 더 낳아도 되겠는데?"

그 말에 황후는 고개를 갸웃했다.

"애를 낳고 싶다고? 너, 진짜 이상하구나. 남방에 가다 말고 돌이라도 처먹었어? 너 애들 싫어하잖아?"

"징징대는 애새끼들 싫어하는 건 당연하지. 그런데 저 쌍둥이는 썩 괜찮네. 제흐는 널 닮았고 다흐는 날 닮았어."

그 말에 황후는 눈을 깜빡였다. 뜻밖에 아비다운 단어가 튀어나왔다.

"그걸 어떻게 알았어?"

"그놈들이 네 뱃속에 자리 잡는 순간부터 기운을 느꼈으니까. 난 내 새끼들은 다 구별할 수 있다."

황후의 눈이 가늘어졌다. 비슷한 신력의 소유자인 황후에겐 그게 신비롭긴커녕 황제의 짐승스러움을 강조하는 능력일 뿐이었다.

"호오, 그럼 후궁에 있는 년들이 다른 새끼 배고 있는 것도 알고 있겠네?"

"물론이지. 내 새끼 안 밴 애들은 다 알아. 귀찮아서 정리를 안 했을 뿐이지. 너도 내 새끼 아닌 애들은 구별할 수 있잖아?"

 황제와 황후는 묘한 눈초리로 서로를 노려보았다. 남들이 보기엔 화기애애한 광경이었다. 인세에 드문 미남미녀들이 이마를 맞대고 앉아 있는데 그것이 애정행각이 아닌 싸움 직전의 모습이라 상상할 이들은 얼마 없었다.

"어쨌든 난 니 애 다신 안 낳아."

"돼지 애는 어차피 못 낳잖아?"

 황후의 눈초리가 사나워졌다. 살기가 넘실대는 눈을 보고 황제는 조금, 아주 조오오금 후회했다. 유달리 신혈이 강한 황후의 태에는 보통 남자의 아이는 들어서지 않는다. 황제가 황후를 살려둔 이유도 그러했다. 황후가 아이를 가지려면 황제 정도 되는 강한 신혈의 소유자만이 가능했다.

"돼지가 그렇게 좋냐?"

 황제가 슬쩍 묻자 황후는 대답하지 않았다. 대신 눈썹만 치켜 올라간다. 앙칼진 고양이 같다는 생각을 하다 말고 황제는 중얼거렸다.

"야."

 황후는 대꾸하지 않았다. 그저 당장이라도 그를 죽이려는 듯 기운만 끌어올렸을 뿐이다.

"나, 너 안 싫어해."

 말하는 것이 네 살 난 황자들보다 못한 황제의 뜬금없는 말에 황후의 얼굴이 구겨졌다.

"같이 태어난 놈들 중에서 네가 가장 낫다고 생각했어. 다른 놈들은 다 쓰레기였으니까."

 황후의 얼굴은 점점 이상해졌다. 이게 진짜 미친 게 아닐까? 왜 안 하던 짓을 하는 것일까? 혹여 이상한 음모가 있나? 아니, 이 단순무식한 놈에게 음모 따위가 가능할 리 없지.

 황후가 삼단논법에 입각한 추리력을 발휘하고 있는 동안 황제는 빈약한 어휘력으로 나름 노력하고 있었다.

 "그러니까, 다른 놈들은 몰라도 난 널 나름 꽤 생각하고 있다 그거야."

 "그래서? 첫날밤에 모가지 졸라가면서 기절한 날 강간했니?"

 황후의 말에 황제가 찔끔했다.

 "야, 솔직히 말해. 강간이라기보단 그건 그냥 싸움의 결과 아니었어? 너에게 맞서서 나도 갈비뼈가 다섯 대나 부러지고 정강이뼈도 부러졌어! 턱도 으스러졌고!"

 이게 어디서 약한 척이야? 코웃음을 치며 황제가 비웃자 황후의 눈초리가 가늘어졌다.

 "강제로 결혼한 건 너잖아?"

 "그래서? 다른 놈들처럼 너도 죽고 싶었냐? 네 동생도 살려줬잖아! 또, 네 외가도 살려줬고!"

 강간이 아니라 그들의 결혼은 거래의 결과다. 항의하는 그를 보며 황후가 비웃었다.

 "놀고 있네. 로리가 중간에서 사기를 친 거, 내가 모를 줄 알고?"

"정치적 거래지."

"정치라곤 쥐뿔도 모르는 게."

"정치를 아는 놈을 부리는 게 황제인 법이야."

그의 대꾸에 황후는 코웃음을 쳤지만 살기는 거두었다. 따져 봤자 좋은 꼴은 못 본다.

"후궁 정리는 언제 할 거냐?"

귀찮아서 건드리지 않고 있던 황후가 생각난 듯 물었다. 그녀가 손을 뻗자 쥐 죽은 듯이 가만히 있던 가디언 하나가 어디선가 나타나 재빨리 담뱃대를 내밀었다. 상아와 청금석으로 장식된 은제 담뱃대는 하나의 예술품과도 같았다. 화려한 외모의 황후가 담뱃대를 나른하게 입에 물자, 그 모습은 곧 그림이 되었다.

"그거, 돼지가 선물한 거냐?"

황후의 눈썹이 다시 올라갔다. 그래서 어쩔래 하는 그 표정에 황제가 비웃었다.

"그놈이 그리 좋아?"

"좋다. 너, 나의 돼지를 돼지라고 부르지 마. 내 돼지를 돼지라 부를 수 있는 건 나뿐이야."

황후의 말에 황제는 감탄했다. 앗! 그 말 멋지다. 내 토끼를 토끼라 부를 수 있는 건 나뿐이다!

"너, 왕년에 공부 좀 했구나?"

"까막눈인 네놈보다 못한 건 이 궁 안에 없어. 하다못해

하녀들도 기본 글자는 다 알아."

한심하다는 듯 바라보는 황후의 시선에도 황제는 꿋꿋했다.

"공부 안 해도 황제는 될 수 있지."

"무식한 것."

황후는 그리 말하면서도 황제를 유심히 살폈다.

아닌 게 아니라 그는 좀 이상했다. 말하는 것도, 하는 행동도 지나치게 평범해졌다. 예전이라면 벌써 무기가 날아가고 주먹질이 오갈 상황인데도 히죽 웃기만 했다. 뿐이랴. 애들은 질색을 하던 그가 갑자기 애 잘 키웠다는 소름 끼치는 발언을 하지 않던가. 아까 어린 황자들이 앙탈을 부릴 때 황후는 황제가 다흐마르를 그 자리에서 찢어 죽일 줄 알았다. 실제로 예전에 후궁 중 하나가 낳은 아이가 악을 쓰며 울자, 그 아이를 황제가 찢어 죽인 일이 있었기 때문이다. 그 후궁은 충격으로 그 자리에서 미쳐 버렸고, 비명을 질러대며 우는 그녀를 황제는 목을 잘라 버렸다. 그 후궁을 모시던 시녀들도 모조리 죽은 것은 그 직후였다. 그 이래로 황제에게 자신의 아이를 내미는 후궁은 사라졌다. 어차피 황후는 쌍둥이를 내밀 생각도 없었지만 그가 얼마나 광폭한 작자인지 잘 알고 있었기 때문에 기대하지도 않았다.

"야, 미친놈."

"뭐냐?"

"전에 죽인 애들. 그 애들, 네 아이가 아닌 거야?"

황후가 문득 생각나 묻자 황제는 고개를 갸웃했다. 미소년에게나 어울릴 그 동작에 황후는 혀를 찼지만 그래도 꿋꿋하게 다시 물었다.

"서부에서 올라온 후궁 중에 너한테 맞아 죽은 계집애 있잖아. 네가 사지를 찢어 죽인 어린애도 있고."

"기억은 안 나지만 내 새끼를 죽인 적은 없어."

황제의 가벼운 대답에 황후는 깊이 신음했다. 무식하고 광폭한 주제에 본능만은 발달한 그녀의 형제는 그래 봬도 나름 철칙이 있는 모양이다. 허기야 그러니 황제 노릇을 하고 있겠지. 황후가 그런 생각을 하고 있는 동안 황제는 뭐라고 말을 꺼내야 하나 망설이고 있었다. 다짜고짜 미안해 하고 말하긴 영 심사가 꼬인다. 생각해 보면 황후에게 못할 짓 많이 했다. 하지만 그렇다고 사과하려니 배알이 꼴리는 일.

'까짓것, 앞으로 잘해주면 될 거 아냐?'

황제는 단호하게 미련을 끊었다.

"야, 마노."

황후는 소름이 좌악 끼쳤다. 언제부터 네가 내 애칭을 불렀더냐!

일곱 살 이래로 그런 애칭으로 불려본 일이 없는 황후가 그를 쏘아보자 황제는 나름 부드럽게 말했다.

"너도 이제부터 날 유그라 불러라. 펠이라 불러도 좋고."

"너, 어디 아프냐?"

슬슬 제국의 앞날이 걱정이 된 황후의 질문에 황제는 진지하게 말했다.

"난 이제 착해졌다."

"지랄."

"진짜다. 이제 광기도 좀 잦아들었고, 황제도 되었고, 죽일 놈도 많이 죽였고, 대륙도 반 이상 먹었고. 슬슬 착해지기로 마음먹었다. 이제부터 날 착한 황제라 생각해라."

거들먹거리며 말하는 황제를 보던 황후가 피식 웃었다.

"진짜 미쳤구나. 허긴 언젠가는 완전히 돌아버릴 거라 생각은 했지만."

"후, 네가 나의 깊은 생각을 알 리가 없지. 어쨌거나 나는 카자르 엔더의 뜻을 받아들여 이 제국을 풍성하고 강력하게 키워 나갈 생각이다."

황후의 얼굴이 이상야릇해졌다.

황제는 먼 곳을 바라보는 시선으로 말했다.

"너와 나, 가장 가까운 사이가 아니냐? 비록 좀 싸우긴 했어도 애도 낳았고."

"그래서?"

"그러니까 앞으로 잘 지내보자 그거다."

황후는 대답 대신 욕설을 내뱉었다. 황족인 주제에 욕설과 친근한 것은 그들이 전신의 후예라서가 아니라 그저 성격이 더러워서였다.

"앞으로 네 돼지를 돼지라 안 부르도록 하마. 어차피 그놈은 돼지라기보다는 멧돼지에 가까웠다."

"너! 내 돼지 건드리면 죽인다!"

황후가 바락 살기를 쏘아냈지만 황제는 너그럽게 미소했다.

"걱정 마라. 넌 네 돼지랑 놀아도 된다. 앞으로 너에게 잘해줄 테니 걱정 마라."

난데없는 발언에 그녀는 잠시 고민하다가 문득 떠오른 사실에 냉소했다.

"아, 네가 어디서 하얀 토끼 하나 데려왔다더니 그 때문에 그러는 거냐?"

"아아, 안데르. 나의 눈토끼."

그 말에 황후는 폭소했다. 황제와 작은 눈토끼. 어울리지 않는 그 조합에 그녀는 웃음을 참을 수가 없었다. 황후도 눈토끼는 사냥감으로는 치지 않는다. 너무 연약하고 작은 것은 그녀의 상식에 사냥감이 아니었다. 묘한 부분에서 일치하는 남매다.

"야, 너, 그 애를 생각해서 나에게 잘하려고 생각한 거야?"

"그건 아니지만 어쨌거나 너에겐 잘해주려고 오랫동안 생각했었다."

"왜?"

황후가 진지하게 묻자 그도 진지하게 대답했다.

"어찌 되었거나 너는 나를 가장 잘 알고 가장 가까운 사이니까."

황후는 대답하지 않았다. 그녀는 담배 연기를 내뿜으며 무표정한 얼굴로 침묵했다.

"이래 봬도 난 변했다."

황제는 진지하게 말했지만 황후는 비웃었다. 그래, 변했겠지. 너 미친 거 나도 알아.

"카자르 엔더의 가호가 있었어."

"넌 카자르 엔더 안 믿잖아."

"이젠 믿어."

"정말 미쳤구나. 뭐, 아그리파가 들으면 기뻐하긴 하겠다."

황제가 발끈했다. 잘해주려고 해도 까부니 어디 정이 드는가. 안 그래도 길쭉한 면상을 들고 바락바락 대드는 게 성질만 돋운다.

황제는 새삼스럽게 자신의 황후를 바라보았다.

풍성한 백금발에 늘씬하고 풍만한 몸매, 고양이라기보단 표범처럼 치켜 올라간 눈과 도톰한 입술. 확실히 절세적인 미녀이긴 했지만 황제는 그다지 감흥이 없었다. 그저 조금 친근한 정도다. 가장 가까운 핏줄이고 가장 가까운 존재였음에도 불구하고 황제인 그가 그녀에 대해 알고 있는 것이라고는 성질이 더럽다는 것과 힘이 세다는 것 정도였다. 신혈이 가져온 그녀의 힘에 대해서는 그다지 기억나지 않았다. 그저 자신보다 약하다는 정도였다. 그런데 이렇게 자세히 들여다보니 정말 예쁘기는 확실히 예뻤다. 애 둘 낳은 여자라고는 상상이 안 갈 정도로 예쁘다. 어릴 때는 동갑내기 인만큼 싸우기도 무지하게 싸웠는데.

"연회 준비가 끝났습니다, 두 분 폐하."

시종장이 정중하게 떨며 고했다.

두 사람이 뿜어내는 기운이 살벌하게 대전 안 여기저기를 억누르고 있는 타라 힘없는 일반인들은 얼굴들이 시퍼렇게 굳어 있었다.

"알았다."

황후가 먼저 요염한 미소를 머금으며 한 걸음 내딛자, 어느 순간 구석에 있던 레솔트 후작이 슬그머니 다가왔다. 그의 얼굴을 보자, 황후의 살벌했던 기세가 순식간에 사라지며 온화해졌다.

"나의 돼지."

만면에 미소를 머금은 황후의 얼굴에서는 살기 대신 요염한 색기가 줄줄 흘렀다. 보고 있던 남자들의 눈에서 총기가 사라질 정도다. 그 모습을 보자니 황제는 문득 씁쓸해졌다.

황후의 옆에 서 있는 레솔트. 어울리지 않게 수줍은 표정으로 서 있는 우락부락한 돼지 후작을 보니 갑자기 옛 기억이 소록소록 올라왔다.

그날, 안데르가 죽고 미쳐 있었던 그때, 두 황자를 모두 죽이고 황후의 목을 조르자 뜻밖에도 앙칼지기만 하던 황후가 눈을 감으며 속삭였다.

"그래, 나도 네 마음을 알아."

황후는 조용히 그의 손 아래서 목이 부러져 죽었다. 날뛰는 성미와는 전혀 다르게 그저 조용히 반항도 없이 죽었다. 까맣게 잊고 있었지만 황제는 그녀가 왜 그렇게 무력하게 죽어버렸는지 이제는 안다.

그가 돼지라 부르며 놀리는 레솔트 후작. 고지식하기로 유명한 저 레솔트 후작은 10년 뒤에 죽는다. 그가 일으킨 대륙 정복전쟁 중에 입은 부상이 악화되어 전선에서 죽었다. 후작의 시체는 냉각 처리되어 황후에게 보내졌다. 황후의 애인으로 결혼도 하지 않고 살던 50세 넘은 노총각은 황후의 품 안에서 장례식을 치렀다. 그의 모든 자산은 황후에게 돌아갔고, 그의 가병과 기사단 역시 황후의 소유가 되었다.

그 자리에 없었던 황제는 보지 못했지만 소식은 들어 알고 있었다. 황후는 레솔트의 시체를 부여잡고 거의 광란에 빠졌다. 그 자리에서 그의 사망 소식을 전했던 시종부터 시녀까지 모조리 다 찢어 죽이고 레솔트의 호위를 맡았던 기사들을 전부 다 죽여 버렸다. 그녀의 비통함이 얼마나 컸는지 황궁 전체가 공포에 떨었다. 황제의 후궁 중 몇은 황후의 광란에 달아나다가 죽었다. 레솔트의 사후 황후가 손수 죽인 자의 숫자는 100여 명이 넘었다.

한 달여에 걸친 광란이 끝나고 레솔트의 장례식이 치러졌을 때 황후는 레솔트의 머리뼈를 끌어안고 침실로 들어갔다. 그의 머리뼈를 침대 위에 두고 매일 밤마다 끌어안고 잤다고 했다. 그 소식을 들었을 때 황제는 미쳤다고 비웃었지만, 안데르가 죽었을 때 그는 그 심정을 이해할 수 있었다.

안데르를 잃고 미쳐 날뛴 그에 비하면 황후는 더 강했다. 아마 레솔트의 사후, 그녀가 살아 있었던 이유는 쌍둥이 때문이었으리라. 황제가 미쳐 날뛰던 그때 황후는 그의 마음을 누구보다도 이해하고 있었을 터다.

새삼 소록소록 옛 생각이 떠오르자 자신이 황후에게도 못할 짓을 했다는 생각이 밀물처럼 밀려들었다. 그가 심심하다고 정복전쟁을 일으키지 않았더라면 돼지 레솔트는 죽지 않고 황후의 옆에서 재롱을 떨며 길게 살았을 것이다. 황제는 한숨을 내쉬었다.

"그래, 그래. 착하게 살아야지."

황제와 황후가 착석하자, 드디어 개선식 연회가 막을 올렸다.

끝도 없이 늘어진 직사각형의 식탁 위에 은식기에 담겨진 산해진미가 쌓였다. 제국에서 내로라하는 신분을 가진 이들은 전부 황제의 개선과 무사귀환을 축하하며 모여들었다. 가장 안쪽에 서 있던 화려한 차림새의 여인들은 애처로운 눈빛으로 겉도 속도 18세가 아닌 황제를 바라보며 주파를 던졌다. 황후의 쌍둥이 황자가 황제의 인정을 받는 장면을 본 이상 후궁들에게 그다지 미래는 없었다. 하지만 황제는 아직 18세. 엄청나게 창창한 나이다. 앞으로 애를 낳아도 주렁주렁 낳을 수 있는 체력의 소유자인만큼 황태자의 자리가 뒤바뀔 수도 있는 일.

후궁들은 저마다의 상상으로 결의를 굳히며 황제의 앞으로 나아가 인사를 올리기 시작했다. 열 살 정도 되는 아이들을 앞세운 후궁 세 명이 제일 먼저 앞으로 나아갔다.

"개선을 축하드리옵니다."

각자 요염하게 인사를 하는 그녀들을 보는 황제는 시큰둥했다. 그는 솔직히 후궁들의 얼굴도 다 기억하지 못했다. 황후도 그건 마찬가지였다. 제비뽑기로 첩지를 내린 황후다. 그 많은 여자들 얼굴을 다 기억하는 것은 황후에게도 무리였다.

"마르세르두입니다."

"도르바인입니다."

"멜바인입니다."

열 살 남짓해 보이는 황자들을 앞세운 후궁들의 얼굴은 밝았다. 방금 황태자 임명식이 있었지만 어쨌거나 예전처럼 애들을 찢어 죽이진 않을 모양이다. 황후보다도 화려하게 꾸민 후궁들이 저마다 인사를 하고 물러나자, 뒤이어 조금 더 어린 아이들을 대동한 후궁들이 나섰다.

"추, 축하드립니다, 폐하. 네지프 인사드립니다."

"가, 감추, 감축드리옵니다. 로아노 인사드립니다."

아직 어려서 발음도 시원찮은 두 명의 황자가 고개를 숙이고 인사를 했다. 다리가 덜덜 떨리는 것이 아무리 봐도 무서워서 오줌을 지리기 일보 직전이다. 서너 살 정도 먹은 어린애로 보이는 두 명의 소년, 그리고 아직 서 있는 것만으로도 힘들어 보이는 두 명의 여자아이. 너무나 〈애들〉처럼 보이는 자식들을 보자니 신혈의 짙고 옅음이 선명하게 비교가 된다.

"몇 살이더라?"

황제의 질문에 반색한 후궁 아나리아는 재빨리 대답했다.

"네지프는 네 살이옵고, 로아노는 세 살이옵니다."

그러자 다른 후궁들도 질세라 딸아이를 내세우며 대답했다.

"이 아이는 두 살이옵니다."

"이 아이도 두 살이옵니다."

황제는 신기하게 생각했다. 진짜 서너 살짜리는 바로 저런 것이라는 표본이 눈앞에 있었다. 자세히는 기억나지 않지만 눈가에 점이 있는 아나리아라는 저 후궁은 기억이 났다. 애들은 기억나지 않지만 제법 앙칼지던 아나리아의 방중술은 뇌리에 남아 있었다. 얼굴이 아니라 방중술이 기억이 난다는 점에서 이미 전신(戰神)의 몽둥이를 맞을 만했다.

"다흐와 제흐는 어디 있지?"

무려 애칭까지 부르는 황제의 말에 후궁들의 얼굴이 새파랗게 변했다.

레솔트 후작의 뒤에 서 있던 두 쌍둥이는 황제의 부름에 재빨리 다가왔다. 아직 어린지라 얼마 전까지만 해도 자신들이 얼마나 그를 무서워하고 있었는지 반쯤은 잊었다.

"너는 황태자니까 옆에 있어야 할 거 아니냐?"

황제의 핀잔에 제흐나므의 얼굴이 굳었다. 무서워서가 아니라 짜증나서 그런 것이 분명한 표정에 황제는 나름 마음에 들었다. 옆에 있던 재상이 만면에 미소를 머금으며 새로 의자를 가지고 와 황후의 의자 바로 아래에 놔주었다. 잠시 망설이던 제흐나므는 의자에 앉았다. 어린 황자의 뺨이 살짝 붉어지는 것을 보고 황후는 흐뭇하게 웃었다.

"전 어디에 앉아요?"

혼자 남은 다흐마르가 입가를 삐죽이며 항의하자 분위기가 싸늘해졌다. 황후는 저놈이 미쳤나 싶어 눈을 부라렸고, 재상은 입술을 깨물었으며, 제흐나므는 주먹을 휘둘러 보였다. 입 다물라는 의미였지만 다흐마르는 황제를 노려보며 입을 내밀었다.

"너, 까분다."

황제가 그렇게 말하자 다흐마르가 항의했다.

"하지만 저도 쌍둥이라고요. 제흐 밑에 저도 의자를 마련해 주세요."

이 방자한 항의에 황후가 묶어놓고 있던 채찍을 꺼내 드는 순간, 황제가 손을 내밀었다.

"그럼 넌 내 무릎에 앉아."

황후는 채찍을 쥔 채 굳었다. 재상은 혀를 깨물었다.

"싫어! 나, 애기 아니에요!"

다흐마르가 시뻘게진 얼굴로 항의하자 황제는 킬킬 웃으며 놀렸다.

"네 살이면 애기지. 저기 있는 저 녀석이 네 살이라니까. 똥오줌은 가리느냐? 기저귀는 뗐어?"

"기저귀 안 차! 난 다 컸다니까! 아빠 무릎에는 안 앉아!"

벌겋게 달아오른 얼굴로 항의하는 다흐마르의 말에 황후는 조금 흠칫했다.

황제가 다흐마르의 말도 안 되는 어리광을 받아주는 이유를 무심코 깨달았다. 이 많은 황자들 중에서 황제를 향해 아빠라 부르는 애는 다흐마르뿐이었다. 그만큼 간이 큰 건지 생각이 없는 건지는 판단 내리기 어려운 일이었지만.

"제흐가 저기 앉았다고 삐치는 걸 보니 애기지. 기저귀 찼나 보자, 애기야."

"기저귀 없어! 전 다 컸다구요!"

"어이구, 울겠다. 어디 똥기저귀나 볼까."

어느새 다흐마르가 큼직한 황제의 손에 잡혀 진짜 무릎에 앉았다. 버둥대는 황자의 허리를 꽉 쥔 그는 아들의 머리를 꾹꾹 누르며 킬킬댔다. 그 성질 나쁜 웃음소리에 뒤에 서 있던 메리테인의 얼굴이 허옇게 질렸다. 눌러 죽이시려는 거 아냐?

"아프다니까요!"

"허약한 놈. 기저귀 보자. 똥 쌌나."

"안 쌌어!"

갈비뼈가 부러질 것 같은 압박감을 느끼면서 항의하는 다흐마르를 옆구리에 낀 황제는 엉덩이를 툭툭 쳐가며 놀렸다. 가엾게도 황궁의 무법자로 행동해 왔던 그 모든 위엄을 상실당한 네 살짜리 황자는 엉엉 울음을 터뜨렸다.

"제흐으!"

"운다. 운다. 어이구, 입 큰 개구리 같구나. 킬킬킬."

우는 애를 놀리면서 황제가 즐거워하자 황후는 한숨을 내쉬었다. 그녀는 이제 초탈한 마음으로 모든 것을 받아들일 준비를 마쳤다. 그래, 애다, 애.

"물러들 가라."

얼어붙어 있는 후궁들과 아이들을 물린 황후는 연회석으로 막 들어서는 이들을 발견했다.

얌전히 들어서긴 했지만 앞서서 걷고 있는 이는 아그리파의 수제자 중 하나인 루키아다. 그녀가 시중드는 이라면 황후도 알고 있었다.

황제가 멀리 하리아드에서 데리고 왔다는 눈토끼 공주인 것이다.

먹이를 발견한 매처럼 번뜩이는 눈초리로 황후는 눈처럼 흰 드레스를 입고 있는 작은 소녀를 살폈다.

어수선한 연회석에 들어선 하얀 머리칼에 붉은 눈을 한 소녀. 아직 여인이라기보단 소녀에 가까운 그녀는 루키아의 손을 거쳐 청순한 아름다움을 뽐내는 자태를 드러내고 있었다.

"응?"

눈물콧물을 다 흘리고 있는 가련한 아들을 풀어준 황제는 그제야 자신의 눈토끼를 발견했다.

잔뜩 굳은 채 루키아의 인도에 따라 연회석에 들어선 안데르는 전과 달리 전문가의 솜씨를 빌려 눈부시게 아름다웠다. 희다 못해 창백하던 얼굴도 최고급 화장품과 예술적 화장술의 힘을 빌려 장미처럼 화사했고, 백발이라 다소 푸석거리던 긴 머리칼에는 은가루를 뿌려 화사한 윤기를 부여했다. 화장이라곤 모르던 얼굴에 색조가 가해지자 그녀는 정녕 백합처럼 희고 아름다웠다.

"나의 눈토끼가 왔구나."

황제가 미소 지으며 두 손을 내밀자, 안데르는 부들부들 떨면서도 조금 빨리 걸어가 황제의 품 안에 몸을 던졌다.

여기저기서 헉 하는 비명이 터졌다.

"맙소사!"

"이, 무슨 무례한!"

가장 격렬한 반응은 후궁들이 모인 곳에서 터졌지만 황제는 무시했다. 심지어 재상도 무시했다. 황태자가 된 제흐도 울음이 멈춘 다흐도 무시했다. 그들 모두의 시선은 일제히 황제의 품 안에 안긴 하얀 소녀에게로 와 박혔다.

"정녕 한 떨기 꽃처럼 어여쁘구나, 나의 산토끼야."

황제의 말이 떨어지자, 황후는 입을 벌린 채 중얼거렸다.

"너, 진짜 미친 거 맞구나."

무자비한 광폭황제와 매혹적인 요염황후의 옥좌 아래에서 서글픈 심정으로 서 있는 자들은 많았다. 황제의 시선 한 번 못 받은 후궁들과 어린 황족들은 그렇다 치고 귀족들에게서도 시선 한 번 받지 못한 굴욕을 받은 자도 있었다.

고귀한 황족의 피를 받았으나 권력과 존경을 받지 못한 자, 리게르트 에노트 황자는 조용히 황제가 하얀 머리칼의 소녀를 안고 희롱하는 장면을 지켜보고 있었다.

그는 올해 스물넷의 젊은 청년이었다. 선대 황제의 아들로 태어나 카자르 엔더의 신관으로 살아갈 것을 맹세해 흉포한 황제에게서 목숨을 구원받았다. 정확히 말하자면 황제의 형제들 중에서 황후 마노시아를 제외하고는 유일하게 살아남은 황자였다.

리게르트는 왜 황제가 자신을 죽이지 않았는지 알고 있었다. 그에겐 황족들에게 내려오는 신력이 없었다. 그는 신혈을 타고난 자답지 않게 노력해야만 힘을 가질 수 있는 초라한 육신의 소유자였다. 자신보다 어렸던 황제가 그보다 크고 그보다 힘이 셌다. 얼마나 힘이 셌는지 자신보다 여섯 살이나 어린 동생에게 멱살을 잡혀 이리저리 흔들리고도 그는 반항 한 번 못했다. 그날 이후 리게르트는 밤잠을 설쳤다.

시종들이 물러나 혼자 침대 위에 누우면 킬킬대는 펠리오르의 눈빛이 떠올랐다.

광기가 서린 푸른 눈이 그를 보고 웃으며 쇳덩이보다도 단단한 주먹이 그를 내려친다. 우두둑, 우두둑. 뼈가 부서지는 소리가 나고 내장이 끊어져 절로 입안에서 피거품이 일어난다. 고통으로 떠는 그를 보며 신을 닮았다는 얼굴로 황제가 웃는다. 그리고 산처럼 무거운 발이 내려와 그의 심장을 짓밟는다. 뿌드득 소리를 내며 부서진 뼈가 심장을 터뜨린다.

반복되는 악몽. 반복되는 섬뜩한 상황. 항상 리게르트는 비명과 함께 잠에서 깼다. 어릴 때는 무서워서 엉엉 울다가 신전까지 달려가 맨발로 무릎을 꿇고 신께 빌었다. 살려달라고 애타게 울며 기도하고 나면 금방 탈진해 버렸다.

인간을 초월한 힘을 가진 형제들에게 항상 시달리다 보니 황족 자체가 끔찍했다. 그는 항상 구석에 혼자 서서 신을 향해 기도했다. 이렇게 비루한 몸을 주셨으니 절 살려주세요. 왜 전 이렇게 무력하게 태어났나요. 왜 다른 형제들은 그토록 잔인한지. 왜 다른 집 아이들처럼 우애 좋게 지낼 수 없는 건가요?

그에게 잔인하게 굴지 않는 것은 마노시아와 그녀의 사촌인 레노시아뿐이었다. 그녀들은 꿀처럼 흐르는 금발을 흩날리며 다정한 태도(?)로 그를 대했다.

"야, 얼쩡대지 마."

"그런 눈으로 날 쳐다보면 눈깔을 터뜨려 버린다. 꼴에 눈은 있어서."

그녀들은 아름다웠다.

신혈을 받았으되 난폭하지 않은(?) 그녀들은 폭력성을 사냥이나 검술, 봉술 등으로 풀었다. 비록 상대가 반쯤 죽어나가긴 했지만 실제로 죽이는 법은 없었다.

"이유없는 살인은 아름답지 않아."

마노시아의 주장처럼 어린 레노시아도 절대 시녀나 시종을 죽이는 법이 없었다. 리게르트가 그녀들을 해치려 하지 않는 이상 그녀들도 그를 해치려 하지는 않을 터였다. 그래서 리게르트는 그녀들이 좋았다. 특히 여왕으로 태어난 듯한 마노시아가 좋았다.

"이리 와, 나의 귀여운 돼지."

리게르트는 그 달콤한 목소리에 떨리는 심장을 부여잡으며 숨을 삼켰다. 레솔트 후작의 손을 잡는 황후를 보는 순간 찌르는 듯한 고통이 느껴졌다.

언제 보아도 황후는 아름다웠다. 지나치게 황제를 닮은 저 쌍둥이를 낳은 유부녀답지 않게 늘씬하고 매혹적인 몸매는 여전했다. 다른 후궁들이 아무리 발버둥을 친다 한들 그녀의 황홀한 카리스마를 따라올 수는 없다.

오만한 턱을 치켜들고는 붉은 입술로 레솔트 후작의 이름을 부르는 황후는 너무나 아름다워 숨이 막힐 지경이었다. 리게르트는 슬그머니 주변을 훑어보았다. 황후와 레솔트 후작을 바라보며 질투로 이글거리는 남자들은 한둘이 아니었다. 젊거나 늙거나 그녀를 바라보는 시선에는 동경과 아스라한 정염이 뒤섞여 있었다.

"미친 것들."

리게르트는 그 주제도 모르는 시선에 이를 갈았다.

감히 신하인 주제에 어딜 그런 시선을 보내는 것인가. 그는 살기조차 담긴 시선을 받고도 의식조차 하지 않는 레솔트 후작의 뒤통수를 죽어라 노려보았다. 다른 놈들도 싫지만 저놈의 돼지가 제일 미웠다. 빌어먹을! 생긴 거나 미끈하면 모를까! 저런 면상에 저런 중늙은이 따위를 예쁘다고, 귀엽다고 총애하다니!

이를 북북 가는 리게르트의 시선이 문득 황제에게 닿았다.

황제는 대체 그 허연 머리 계집애가 뭐가 그리도 예쁜지 킬킬대면서 소녀의 뺨을 쓰다듬고 있는 중이었다. 제1후궁으로 봉하고 총애한 나머지 눈토끼라 부르면서 애지중지한다는 이야길 시종에게서 듣긴 했다. 하지만 눈이 제대로 붙어 있는 남자라면 덜 자란 밋밋한 어린 계집보다는 우아하고 풍만한 황후 쪽이 더 좋지 않겠는가.

"역시 미친 거야."

리게르트는 그렇게 판단 내렸다. 머리가 좀 미치더니 눈도 좀 미쳤구나. 하기야 어릴 때부터 미친놈으로 유명했었지.

"어라, 나왔네?"

갑작스런 말에 그가 고개를 돌리자, 황후와 놀랄 정도로 닮은 소녀가 서 있었다.

장신의 황후보다는 키가 작았지만 가냘프면서도 풍만한

몸매는 어딘가 닮아 있다. 고양이, 아니, 표범처럼 매서운 눈매는 아니지만 최소한 살쾡이 정도는 되는 눈매에 도톰한 입술을 가진 소녀. 황후의 사촌동생인 레노시아 이노리카였다.

올해 열두 살인 레노시아는 리게르트의 얼굴을 빤히 올려다보면서 의미심장한 미소를 지었다. 나이는 열두 살인데 모습은 스무 살 처녀 같다. 그 비상식적인 성숙함은 그녀가 가진 신혈이 얼마나 진한 것인지 보여주는 증거이기도 했다.

"레노시아?"

분명히 올려다보고 있는데도 내려다보고 있는 것 같은 오만한 시선은 정말로 황후와 닮았다. 리게르트가 조금은 묘한 기분으로 그녀를 보고 있는 동안 그녀는 혀를 찼다.

"바보."

그 말도 그다지 나쁘게 들리진 않아서 리게르트는 쓴웃음을 지었다.

"누가 반긴다고 이런 자리에 왔어?"

모진 말투이긴 했지만 정말로 모욕을 주기 위해 하는 말은 아니다. 리게르트는 보기와 달리 상냥한 소녀를 보며 웃었다.

"오랜만이야. 정말 예뻐졌네."

"나는 원래 예뻤어. 그나저나 황제에게 잘못 걸리면 죽어."

"하하."

얼버무리는 웃음에 레노시아는 입가를 삐죽이고는 발꿈치를 들어서 이리저리 주변을 살폈다. 황제의 옆에 앉아 있는 쌍둥이 황자를 발견한 그녀는 한숨을 내쉬었다. 그녀는 어린 조카들이 귀여웠다.

"황제가 쌍둥이를 예뻐할 줄은 몰랐어."

"진심일까?"

"거짓말을 할 필요가 있겠어? 황제가?"

레노시아가 조소하듯 말했다. 그녀는 한참 사람들 사이를 훑어보다가 미소를 지었다.

"찾았다!"

그녀가 찾고 있던 것이 무엇인지 깨닫고 리게르트는 미간을 찌푸렸다.

너무 말라서 등이 굽어 보이는 노안의 소유자인 재상 로리랜드다. 로리랜드는 특유의 거만한 미소를 머금은 채 다른 대신들과 대화를 나누고 있었다.

"귀엽지 않아?"

레노시아가 들뜬 음성으로 말했다.

리게르트는 뜨악한 기분으로 그녀를 내려다보았다. 하늘 위 천족을 방불케 하는 초미소녀가 바짝 마른 스물다섯 살짜리 청년을 보고 할 소리는 아니었다. 특히나 그 청년이 매부리코에 대머리(정확히 말해 대머리는 아니고 숱이 좀 적을 뿐이다), 빈약하기 짝이 없는 추남일 경우엔 더 그러하다. 리게르트의 사감이 많이 섞이긴 했지만 객관적으로 보아도 재상은 미남자가 아니었다. 굳이 말한다면 추남에 가깝다.

리게르트는 나의 돼지를 연발하는 황후와, 나의 눈토끼를 연발하는 황제, 그리고 바짝 마른 노안의 재상을 귀엽다고 환호하는 레노시아를 번갈아 보며 잠시 고뇌했다.

'혈통 탓인가? 역시 미친 피.'

미친놈들 사이에 홀로 서 있는 정상인의 외로움을 뼈저리게 느끼면서 리게르트는 한탄했다.

"전에도 생각했지만 저 빈약한 콧수염, 굉장히 귀엽지? 꼭 털 빠진 족제비 같다는 생각 안 했어?"

털 빠진 족제비는 귀엽지 않다! 리게르트는 항의하고 싶었지만 입을 다물었다. 작아도 레노시아의 주먹은 아프다. 복부에 맞으면 이틀 전 먹은 것까지 게워내고 턱에 맞으면 턱뼈가 으스러진다. 물론 신관이 대기하고 있는 고귀한 신분이긴 하지만 미소녀에게 맞은 상처는 더 괴롭다.

"공작께선 리진 소후작이나 일리네 백작과 널 맺어주고 싶어하시는 것 같던데."

은근히 리게르트가 묻자 레노시아는 혀를 찼다.

"무슨 헛소리를! 리진이나 일리네 따윈 싫어. 울퉁불퉁한 근육질은 지겹다고! 난 야들야들한 쪽이 좋아."

보드랍잖아. 중년 여성이나 할 법한 소리를 태연하게 하는 12세 소녀를 보다가 리게르트는 진이 빠졌다. 어쨌거나 힘없는 그에겐 말릴 기운도 없었다.

"리게르트 황제(皇弟) 전하."

그가 레노시아와 나란히 서 있는 것을 발견한 재상 로리랜드가 눈빛을 번뜩이며 다가온 것은 순식간이었다.

"그냥 리게르트라 부르게."

리게르트는 재상이 거북했다. 작은 체구인 주제에 온몸으로 난 잘났다를 외치고 있는 그를 보다 보면 짜증이 절로 났다. 특히 그가 가진 권력의 크기에 현기증이 났다.

"오랜만에 뵙는군요."

"황제께서 개선 연회를 여신다 하니 나올 수밖에 없었지. 힘없는 비리비리한 학자라 해도 일단 황족의 일원이니까."

고고학 학자로 알려져 있는 리게르트는 명목상 학술원의 부원장이었다. 황족이 노는 꼴을 보여선 안 된다고 주장한 재상이 마련한 자리였다. 갑자기 등장한 황족에게 겁에 질린 학자들이야 알 바가 아닌 터라 황제는 기꺼이 킬킬 웃으며 승인했다. 그는 특히 부려먹는다는 데에 즐거움을 느끼고 있는 듯했다.

"그렇군요. 그러고 보니 슬슬 결혼하실 때가 된 거 같은데… 이제 가정을 꾸리셔야지요."

번쩍번쩍 빛나는 눈빛이 무척이나 거북해진 리게르트가 절로 뒷걸음질을 치는 순간, 옆에 있던 레노시아가 나섰다.

"로리."

그녀의 모습을 뒤늦게 발견한 척하며 재상은 미소 지었다. 리게르트에게는 상당히 야비해 보이는 웃음이었지만 레노시아는 그렇게 안 보이는 모양이었다.

"내가 안 보이는 건 아니겠죠?"

"무슨 서운한 말씀을. 레노시아 양이 서 있는 것만으로도 이 자리는 축복받은 자리가 됩니다."

재상이 호들갑을 떨며 활짝 웃는 탓에 눈가며 입가에 주름이 자글자글 잡히고 어설픈 콧수염이 발랑거렸지만 레노시아는 수줍은 듯 배시시 웃었다.

"말만 잘하시는군요. 어젠 왜 안 왔어요?"

"어제는 밀린 업무가 너무 많았답니다. 하늘의 별빛을 보면서 레노시아 양의 황홀한 눈빛을 떠올리며 서글픈 마음을 달래고 있었죠."

달달한 단어가 연속으로 튀어나오는 모습을 보며 리게르트는 슬그머니 뒤로 물러섰다. 재상의 평소 모습을 아는 이들이 일제히 고개를 돌리며 외면하는 동안 레노시아는 슬그머니 재상의 팔뚝을 잡아 팔짱을 끼었다.

"춤출래요?"

"광영입니다, 레노시아 양."

두 사람은 손을 맞잡고 중앙 홀로 들어섰다.

홀 안에는 황후와 레솔트 후작이 막 춤을 마친 뒤여서 다른 귀족들도 춤을 추러 나서는 참이었다. 이 상반된 커플의 등장에 일제히 시선이 쏠렸다.

"저런 미친!"

"저건 도둑 아니오?"

"범죄다!"

외견상 30대 중반을 바라보는 25세 재상과 외견상 20세인 12세 미소녀 커플은 많은 이들의 격분을 불러일으켰다.

"저, 저놈이! 어린애를 꼬이다니!"

황후의 무자비한 채찍이 막 재상의 가냘픈 몸을 쪼개려는 순간, 레노시아의 가느다란 팔뚝이 그 채찍을 대신 막아냈다.

쫘아아아악!

요란한 소리에 시선이 일제히 쏠렸다.

황후는 씩씩대면서 소리쳤다.

"그 앤 아직 열두 살이다! 이 망할 놈아!"

"아, 저어어어기……."

재상의 얼굴이 시퍼렇게 되자 옆에 있던 레노시아는 그를 토닥이며 냉정하게 말했다.

"괜찮아요, 로리."

화려한 진줏빛 드레스 아래 페자페지의 방어구 세트를 걸치고 있던 레노시아는 팔뚝을 휘감은 채찍을 풀어내면서 진시하게 말했다.

"황후 폐하, 전에도 말했지만 저의 마음을 무시하지 말아주세요. 전 진지해요. 정말로 로리를 사랑하고 있단 말이에요."

"웃기지 마! 넌 아직 어려! 저 독사 주둥이의 감언이설에 속아 넘어가지 마라!"

황후가 이글이글 타오르는 시선으로 재상을 쏘아보자, 재상은 그 무지막지한 살기를 피해 레노시아의 가냘픈 등 뒤로 숨었다.

"언니! 언니가 쌍둥이를 가진 건 내 나이였을 때야!"

"나랑 너랑 같냐! 게다가 난 황후야!"

황후가 이를 갈며 외치자 레노시아는 턱을 바짝 치켜들면서 외쳤다.

"나도 어엿한 숙녀야! 애도 가질 수 있어!"

"이, 미친!"

악을 쓰며 황후가 달려들려는 그 순간 황제가 나섰다.

"워, 워, 그만."

어느새 황후의 허리를 감싸고 있는 두툼한 팔뚝을 발견한 레노시아는 놀란 눈으로 황제를 올려다보았다.

"내가 말이냐!"

황후가 쏘아보자 황제는 점잖은 어조로 말했다.

"흥분하지 말라고. 네가 흥분하면 로리 같은 새가슴은 심장마비로 죽는다. 난 유능한 재상을 잃을 마음이 없어."

황후는 황제의 얼굴을 뚫어져라 바라보았다. 전에도 생각했지만 아무래도 사람이 바뀐 것 같다. 얼마 전만 해도 황후와 레노시아가 싸우면 얼른 더 싸우라고 킬킬대며 여자 가슴이나 주물럭대던 놈이 아니던가.

"황공합니다."

유능한 재상이래! 감격한 재상이 재빨리 고개를 숙이자,

황제는 한 팔로 황후의 허리를 휘감은 채 레노시아와 재상을 번갈아 보며 선언했다.

"레노시아가 열여섯 살이 될 때까지 마음이 변치 않으면 두 사람 사이를 인정해 주겠다."

"뭐, 뭐라고!"

황후가 악을 쓰는 순간, 레노시아와 재상의 얼굴이 환하게 물들었다.

두 사람은 일제히 무릎을 꿇고 감사의 인사를 고하면서 기뻐했다. 황후는 말도 안 된다고 항의했지만 황제는 기묘한 기분에 사로잡혀서 레노시아와 재상의 뒤통수를 물끄러미 내려다보았다.

레노시아와 재상이 결혼한 것은 황후의 맹렬한 반대 때문에 거의 10년이 지나서였다. 스물두 살이 된 레노시아와 서른다섯 살이 된 재상이 이를 가는 황후의 시선 속에서 날치기로 결혼식을 올렸다. 그래도 좋다고 히죽거리는 재상과 레노시아를 보면서 그는 사랑이란 건 정말 이상한 거라고 생각했다. 그 당시 유그 펠리오르는 이해하지 못했다. 10년이나 레노시아를 기다린 재상도, 재상과 결혼하기 위해 많은 미남자들의 구혼을 거절한 레노시아도. 사실 황후의 반대에는 이유가 있었다. 아이를 갖기에 재상은 몸이 너무 약했다. 신혈이 강한 레노시아의 태에는 재상의 씨가 자라지 않는다. 억지로라도 아이를 갖고 싶으면 신전의 무녀에게 기원하여 생명력을 제물로 바쳐야 했다. 수명을 담보로 아이를 갖는 참혹한 상황을 아는 황후로서는 그 결혼이 싫었으리라.

하지만 사랑에 빠진 두 사람은 결국 결혼했다. 그리고 20년 만에 겨우 아이를 가졌다. 수명의 일부를 맡기고 간신히 임신한 아이였다. 그리고 미친 황제는 그렇게 힘들게 임신한 레노시아를 강간하고 태아를 죽였다. 재상 로리랜드의 얼굴에 떠오른 그 분노와 절망. 미쳐 있던 당시에도 황제는 그때를 기억했다.

'빌어먹을.'

그는 주먹을 쥔 채 아직도 바둥거리는 황후의 몸을 꽉 끌어안았다.

지은 죄가 너무 커 착해지려면 아직도 멀었다. 그는 황후를 끌어안은 채 속삭였다.

"마노, 그러지 마라. 좋아한다고 하잖아. 네가 돼지를 좋아하듯 저들도 사랑한다고 하잖아."

황후는 얼어붙었다.

"나도 착해질 테니까 너도 착해져. 우리 같이 착해져서 좋은 나라를 만들자. 카자르 엔더를 위해서."

황제의 말에 황후는 무표정한 얼굴로 그를 노려보았다. 노골적인 불신감이 담긴 시선에 그는 한숨을 내쉬었다.

"야, 나도 괴물은 아냐."

전에는 괴물이었지만. 그는 한마디를 삼켰다. 지독하게 우울했다.

"착해진다는 게 뭘까, 나의 사랑스런 눈토끼?"

루비처럼 붉은 포도주를 담은 유리잔을 들고 황제는 중얼거렸다. 포도주빛 눈동자를 한 안데르는 고개를 갸웃했다. 나이에 맞게 두 갈래로 땋은 하얀 머리칼을 한 그녀는 정말로 하얀 토끼 같아서 황제는 깨물어 먹고 싶은 충동을 참아야 했다.

정신은 50세지만 이 몸뚱이는 18세. 한창 들끓는 피를 가진 청춘이다. 황제는 문득문득 아무리 귀여운 안데르라 해도 확 덮쳐 버리고 싶은 충동을 느끼곤 했다. 아니, 시시각각 밀려오는 충동을 참기 위해 허벅지를 꾹꾹 찔렀다.

"전 괜찮아요."

안데르가 조용히 말했다. 말똥거리며 바라보는 붉은 눈이 정말로 토끼처럼 천진했다.

"뭐가?"

"전 폐하가 악당이라도 괜찮아요."

그 말에 황제는 미간을 확 찌푸렸다. 악당이라니. 나 착한 놈이 되었다니까.

그녀는 손을 뻗어서 황제의 구겨진 미간을 쓰다듬었다. 작은 손가락이 간질간질했다. 게다가 촉촉 뽀뽀까지 해댄다. 그 간지러운 애무에 기분이 좋아진 황제가 피식 웃자, 안데르는 그의 목에 매달리며 속삭였다.

"내가 좋아해 줄 테니까."

그는 뭉클해지는 마음에 다시 그 작은 몸을 끌어안았다. 토끼 같은 작은 소녀는 그가 좋단다. 악당이라도 좋단다. 그는 심호흡을 하면서 눈을 감았다. 안데르는 항상 그랬다. 한결같이 그를 좋아해 줬다.

'마노, 그 계집애도 그런 걸까.'

신혈을 가진 종자들은 다들 조금씩 미쳤다. 인간이라 부르기엔 기괴한 힘을 가진 터라 온전한 애정을 받기 쉽지 않다. 세뇌받은 자들만 가득한 황궁 안. 미쳐 날뛰는 자들이 가득한 황궁 안. 모두가 숭배하고 두려워한다. 그래서 미추에 관계없이 황후만 보면 제정신을 잃는 돼지 후작을 사랑하게 된 걸까.

황제는 작은 소녀의 머리에 연신 뽀뽀를 퍼부어대면서 속삭였다.

"내 예쁜 토끼는 착하기도 하지. 얼마나 예쁜지 몰라. 이 포동포동한 엉덩이를 콱 깨물어봤음 좋겠는걸."

호색한 무늬를 지우지 못한 그가 작은 안데르의 엉덩이를 주물럭대자 놀란 그녀는 작게 비명을 질렀다. 그 비명을 들으면서 그는 연신 킬킬거렸다.

아아, 난 역시 착해졌어. 이 예쁜 걸 옆에 두고 기특하게 참고 있잖아.

 현대에 마주르카 에시 양이 있다면 고대에는 황제의 총비 안데르가 있었지요. 고대 데이페론 제국 역사상 가장 아름답다고 기록된 그녀의 초상화는 남아 있지 않아 그 미모에 대해 우린 그저 짐작할 수밖엔 없어요. 하지만 우리에겐 오늘날 마주르카 에시 양이 있지요. 물결치는 은발과 자줏빛 눈을 가진 우리의 천사는 황제의 보물이라 불린 안데르 궁비에게 지지 않을 미모를 가지고 있습니다! 특히나 고무적인 사실은 그녀가 독신이란 점입니다!

—월간(月刊) 델 카운 5월호
영화감독 루크 버저 인터뷰 中에서

CHAPTER 06

Reload

 7번입니다. 취미는 독서이고 맡은 일은 문서 관리입니다. 아, 물론 제가 하는 일은 대장이 문서 정리를 잘할 수 있도록 관리를 하는 것뿐이지 직접 문서 처리를 하는 것은 아닙니다. 바라는 것이오? 그런 건 없습니다. 이름이오? 이름이 뭐가 필요가 있습니까? 전 그냥 7번으로 불리는 것만으로도 충분합니다. 부모가 버린 자식의 이름 따위, 기억해 주는 이는 없습니다. 우울하다고요? 그다지 우울하지는 않습니다. 그냥 그런 거지요. 가디언으로 선발되어 자라나는 순간, 부모와의 인연은 끊어졌습니다. 하도 어릴 때니 기억도 그다지 없습니다. 주인이신 폐하를 어찌 생각하냐고요? 음, 그분은 주인이십니다. 제가 지켜야 할 분이죠. 그것뿐이냐고요? 네, 그렇습니다. 그 이외에 뭐가 더 필요한지. 아, 얼마 전 폐자폐지의 방어구 세트를 받아서 좋긴 합니다. 그런 귀한 무구는 귀족 기사들도 쉽게 가질 수 없는 거니까요. 갑자기 생일이라면서 던져 주신 터라 좀 놀라긴 했지만 어쨌거나 주인이 주시니 기뻤습니다. 네? 하얀 궁비 마마에 대해서 어떻게 생각하냐고요? 으음. 그다지 생각해 본 적 없습니다만. 황후 폐하요? 그분에 대해서도 그다지 생각해 본 적 없습니다. 대장이나 다른 가디언들요? 뭐, 그냥 좀… 같이 일하는 동료라고 생각은 하고 있습니다만. 친하게 지내는 가디언이 누구냐고요? 10번입니다. 전 시끄러운 것을 그다지 좋아하지 않아서요. 그래서 대장부터 6번까지는 별로 좋아하지 않습니다. 너무 수다스럽거든요. 가디언인 주제에.

⚜

제흐나므의 황태자 즉위식은 손 빠른 재상의 행동으로 그다지 오래 걸리지 않았다. 황제가 개선한 지 일주일 만에 제국 내에 널리 선포되고 제국의 영향력 아래 있는 속국에도 알려졌다. 18세의 젊다 못해 새파란 황제가 즉위한 지 겨우 1년도 채 안 되어 네 살짜리 황태자를 세운다는 것은 꽤나 정치적인 바탕을 다지는 행위였다. 물론 무위자연을 널리 실천하고 있는 지능의 소유자인 황제가 생각해 낸 것은 아니다. 황제보다는 나이가 있지만 그래 봐야 25세의 청년(?)

재상 로리랜드는 불타오르는 사념과 공공의 이익을 생각해서 열정적으로 황제의 권력을 굳건하게 세우고 있는 중이었다.

"아아아아……."

나른하게 늘어져 있는 후궁의 나신을 끌어안고 황제는 하품을 했다. 당장이라도 숨넘어갈 듯이 할딱이고 있는 후궁과 달리 황제는 그다지 지친 기색도 없었다.

오늘로서 닷새째. 품계 받은 후궁들을 골라 매일 밤마다 동침하고 있다. 황제는 하루 세 시간 자고 여자를 갈아치워도 끄떡없는 무한정력의 소유자였다.

"다음은 누구지?"

침대 위에 엎드린 채 느긋하게 묻고 있는 황제의 질문에 발치에 앉아 있던 메리테인이 대답했다.

"제15궁비인 비올레타입니다."

"흐음."

턱을 괴고 엎드린 황제는 자신의 몸을 칭칭 감은 채 매달리고 있는 여자의 나신을 슬쩍 바라보았다. 방금 전 한바탕 일을 치른 뒤라 힘들 텐데도 아직 어린 후궁은 그에게 답삭 매달려 있었다. 그녀 혼자가 아니다. 21궁비인 로도아는 자신의 시녀도 함께 침대에 끌어들여 황제를 대접했다. 올해 열일곱 살밖에 안 된 그녀는 속국 시칠레에서 보내온 공물이었다.

가녀린 등을 슬슬 어루만지자, 얌전히 매달려 있던 로도

아의 몸이 흠칫 떨렸다. 가련해 보이는 커다란 녹색 눈동자의 눈에 눈물이 고였다.

"왜 그러느냐?"

착해지기 프로젝트를 실행하고 있는 그는 관대하게 물었다. 하룻밤의 동침이었지만 그는 그녀의 태에 자신의 아이가 생겨났음을 확신하고 있는 중이라 더더욱 관대해졌다.

"그, 그냥······."

수줍은 듯 배시시 웃는 그녀의 얼굴에 촉 하고 뽀뽀를 해준 황제는 느긋하게 웃었다.

"말해보거라."

"아무것도 아니어요."

수줍어하는 모습이 나쁘지 않다 생각이 된 그는 흐뭇하게 웃으면서 작은 그녀의 나신을 안아 올렸다.

"어머나!"

첫날밤을 치르긴 했지만 아직 어린 그녀에게 거대한 황제는 무섭기만 한 존재였다. 하도 겁에 질려 있던 터라 첫날밤을 치를 때 기절해 버린 그녀는 황제에 대한 기억이 그다지 없었다. 게다가 살인광에 흉포하기로 이름 높은 남자다. 여자 알기를 베개 이상으로 여기지 않는다던 그를 첫날밤 치른 지 약 1년 만에 만났는데 의외로 상냥했다. 잔뜩 겁에 질려 있던 로도아는 안도했다. 하도 다른 후궁들에게 황제를 만날 때의 주의사항에 대해 주입받은 터라 두려움이 컸던 것이다.

첫째, 황제를 만날 때는 절대로 우는 얼굴을 하지 마라. 우는소리 내면 짜증난다고 때린다. 일단 맞으면 팔다리가 부러지거나 턱뼈가 으스러진다.

둘째, 황제와 침대에 오를 때는 미리 벗고 대기해야 한다. 아니면 비싼 옷 다 망친다. 비싼 장신구나 보석 장식도 삼가라. 건방지다며 빼앗아 가디언들에게 간식 사먹으라고 내주는 경우도 있다.

셋째, 황제와 일을 치른 뒤에는 힘들다고 늘어져 있으면 안 된다. 재빨리 일어나 시중을 들지 못하면 약한 척한다고 발길에 차여 침대에서 떨어진다. 또 팔다리가 부러질 수도 있다.

넷째, 황제와 동침할 때는 체력이 달릴 수도 있으니 반드시 시녀 두 명 정도는 동참시켜야 한다. 안 그러면 모자란다고 다른 후궁전에 가버릴 수도 있다.

다섯째, 술과 안주는 항상 넉넉해야 하며 시중을 드는 시녀는 반드시 능숙한 아이를 써야 한다. 서툴면 가디언에게 목이 잘린다. 황제는 방중술이 모자란 것은 용서해 줘도 시중이 서툰 것은 용서해 주지 않는다.

여섯째, 침대 위에서 절대 베갯머리송사를 하지 말 것. 황제는 인사관계나 정무에 대해 입을 여는 여자는 모두 목을 부러뜨린다.

일곱째, 지나치게 요란한 화장과 향수는 절대 쓰지 말 것. 신혈의 소유자들은 감각이 예민해서 과한 냄새에 짜증을 낸다. 잘못하면 동침은커녕 냄새난다고 맞아 죽을 수도 있다.

여덟째, 황제에게 어설픈 거짓말은 하지 말 것. 신력을 가진 황제는 간혹 독심술을 한다. 들키면 사지가 잘려 노예창에 집어 던지거나 내장이 터질 때까지 밟힐 수도 있다.

아홉째, 방중술을 펼친답시고 요란한 교성을 내지 마라. 죽을 때까지 황제의 침대에서 벗어나지 못할지도 모른다. 황제는 그 방면에 있어 이미 짐승의 수준을 넘었다.

이제 겨우 두 번째로 황제와 같이 밤을 보낸 로도아는 은근슬쩍 황홀한 시선을 황제에게 던졌다. 다들 그렇게 겁을 주더니 생각과 달리 황제는 그렇게 무서운 사람은 아니었다. 의외로 다정하게 대해주었고 발길로 걷어차지도 않았다. 첫날밤에는 그냥 벌벌 떨다 얼결에 끝났는데 두 번째이다 보니 자세히 살필 여유도 생겼다.

'아아, 미남이시다.'

순진한 소국의 공주는 반짝이는 시선으로 황제를 올려다보았다.

외견상 미남자에 속하는 황제는 이제 겨우 열여덟 살이다. 따지고 보면 로도아와 한 살 차이가 날 뿐 아직은 청년이었다. 다 늙은 왕의 후궁으로 가느니 잘생긴 청년 황제의 총희가 되는 것도 나쁘진 않다 생각하며 아직 어린 후궁은 나름 망상에 젖었다.

로도아의 시녀들이 목욕탕 준비를 하는 동안 황제는 나름 보람찬 하루를 보냈다고 흐뭇해했다. 그동안 방치해 두었던 후궁전을 한 바퀴 돌며 메리테인에게 명단을 짜보라고 했다. 어쨌거나 신에게 받은 사명—애를 줄줄이 낳으라는—을 이행해야 하지 않겠는가. 그랬더니 메리테인은 하루에 두 명의 후궁과 동침하도록 계획을 세워 명단을 만들어왔다.

하루에 두 명이라고는 해도 실질적으로는 후궁의 시녀들도 있으니 정확히 그가 은혜를 내린 여자는 하루에 여덟 명에서 여섯 명 정도에 이른다. 지나치게 탁월한 본능으로 살아가는 짐승 같은 황제는 그 여자들 중에서 네 명 정도는 아이를 가졌을 거라 확신하고 있었다. 문제는, 신혈이 강한 터라 체력이 모자란 여자는 금방 유산해 버린다는 것이다. 카자르 엔더가 직접 신탁을 내렸다시피 황제에게는 신혈을 가진 자손을 많이 생산해야 한다는 중차대한 임무가 있었다.

지금 로도아가 귀엽게 구니 받아주긴 하지만 실제로 그녀가 그의 아이를 낳을 가망성은 그다지 높지 않았다. 아직 어린데다가 체력도 그다지 좋지 않았다. 아이만 낳고 죽는 여자들도 선대엔 많았다는 걸 봐선 자손을 늘린다는 게 그리 쉬운 일은 아닌 듯했다.

"흠."

황제는 소담스런 로도아의 가슴을 어루만지며 고뇌했다.

후궁들 중 체력 좋은 여자들만 골라내라고 무녀들에게 명령을 내려놓을까? 어쨌거나 카자르 엔더가 원하는 게 그거니. 아니, 어쩌면 대무여관에게 일러서 후궁들 체력 증진을 위한 훈련 계획을 세우라고 말하는 게 나을지도 모른다. 체력은 국력이고 모체의 체력은 아이의 체력으로 연결되는 법이니까.

"그나저나, 펠님."

후궁 명단을 확인하던 메리테인이 조심스럽게 그를 불렀다.

"왜?"

"재상이 폐하를 뵙고자 합니다. 저번에 지출하신 황금에 대해서 드릴 말씀이 있다는데요."

"놔둬."

"예산에 구멍이 뚫렸다면서 광분하고 있는 듯합니다만. 그냥 놔두면 황후 폐하에게 가서 떠들어댈 것 같은데요."

메리테인의 걱정스런 말에 황제는 비웃었다.

"떠들어봤자지. 내 돈 내가 쓰는데 뭔 잔말이 그렇게 많아?"

메리테인은 입을 다물고 존경의 시선으로 황제를 올려다보았다. 산만 한 덩치를 가진 사내놈이 보내는 뜨거운 시선에 짜증난 그가 맨발로 걷어차자 가디언은 데굴데굴 굴렀다. 놀란 로도아가 그의 가슴으로 파고들었다.

"어머나!"

바닥에 뻗었다 일어난 메리테인은 한숨을 내쉬었다.

재상이 난리를 친 이유는 사실 가디언 때문이다. 가디언 20명 전원에게 페자페지의 방어구 세트와 무구 세트를 내렸기 때문이다. 페자페지의 무구는 무지하게 비싼 물건으로 그걸 갖기 위해서는 고위 귀족들도 예약 명단에 이름을 올려놓고 3년은 기다려야 하는 물품이다. 황금으로 말하자면 몇 톤이나 되는 금액이다. 그런 걸 20개씩이나, 그것도 세트로 홀라당 집어 노예나 다름없는 가디언들에게 내렸으니 예산을 담당하는 재무대신과 궁정대신, 재상이 뒤로 나자빠지는 것도 당연지사.

메리테인은 물론이고 가디언들 전부가 그래도 방어구 세트를 벗어놓을 마음은 없었다. 공작이든 후작이든 쉽게 얻을 수 없는 게 페자페지 무구 세트다. 무엇보다 아무 생각 없는 주인이 모처럼 하사해 주신 귀한 물건 아닌가. 게다가 일단 착용하면 착용하는 자의 몸에 맞게 달라붙는 게 페자페지 방어구 세트. 그냥 중고가 되는 페자페지 세트. 당연히 환불 불가다.

페자페지. 페자페지 무구.

끊임없이 회자되는 페자페지는 과연 누구인가? 부자라 자랑하고 있는 제국 황실의 예산에 거대한 구멍을 뚫어놓는 그 페자페지란 과연 무엇인가. 시골에 처박힌 무지한 이들은 페자페지는 드워프의 이름이라 주장한다. 드워프는 신의 무구를 만들었다는 강철 난쟁이들을 말한다. 또 신화에 집착하는 이들은 늑대의 머리에 거인의 팔뚝을 가진 수인족(獸人族)들일 것이라 말하기도 한다. 하나, 모두 다 틀렸다.

페자페지는 제국 최고의 장인만 모여 있는 공방(工房)의 명칭이다. 물론 그 장인들 중에는 드워프의 피를 이은 자들도 있고 순수한 인간도 있다. 혹은 신혈을 이은 고귀한 황족도 섞여 있다. 일류장인 약 120여 명이 모여 있는 공방에서도 특히 최고의 장인이라 불리는 20명의 명장이 손을 댄 무구를 페자페지의 무구라 부른다. 약 200여 년 전 장인이 되겠다는 실용적인 꿈을 가진 황자가 있었으니 그가 바로 페자페르티 황자다. 신혈이 짙은 황자는 염동력과 환술, 화염을 다루는 신력의 소유자였지만! 스스로의 능력에 지나친 자신감을 품고 있었다. 즉, 장인이 되기엔 재주가 모자랐다. 몇 번이나 무구를 만들기 위해 노력했으나 평범한 대장장이의 실력에도 미치지 못하는 자신의 능력을 비관한 그는 뜨거운 쇳물 속에 스스로 몸을 던지려다 말고 주변에 있는 실력있는 장인들의 손목을 잘라 용광로에 집어넣는 광기를 뿌렸다. 한마디로 미친 짓을 벌였던 것이다.

그 참혹한 참상을 보고 당대의 황제가 격노한 것은 당연지사. 그는 페자페르티 황자를 잡아 사지를 잘라 용광로에 집어넣고 끓이게 했다. 그래서 나온 쇳물로 희생된 장인의 가족들에게 무구를 만들라 명했다. 그리하여 만들어진 무구가 전설적인 신검 라자르디였다. 유달리 힘이 강해서 항상 검을 부수고 깨뜨렸던 황제는 라자르디를 받아 들고 흡족해했다. 그리고 사지가 잘린 페자페르티 황자가 거처했던 궁을 개조해서 장인들을 살게 했다.

이유는 알지 못했으나 페자페르티 황자의 피와 살이 담겼던 용광로에서는 유달리 좋은 질의 합금이 만들어졌다. 신혈이 가진 효능 탓일지도 모르나 어찌 되었든 좋은 쇠와 좋은 장인이 만났으니 좋은 물건이 만들어지는 것은 당연지사. 계속해서 명작이라 할 법한 무구가 만들어지자 황제는 그 무구의 이름에 페자페르티 황자의 이름을 붙였다. 그리고 잔혹하게도 가끔 쓸모없는 황족이나 죄를 진 황족들의 사지를 잘라 용광로에 집어넣도록 시켰다.

그리하여 페자페지 무구가 생겨났다. 당연한 말이지만 페자페지란 이름이 붙는 순간 바늘 한 개도 최고가의 가치를 가지게 되었다. 다른 것도 아니고 신혈이 담긴 무구였으니. 따지고 보면 인간의 피와 살이 뒤섞인 저주받을 물건들이었지만 제국의 황족이며 귀족들은 아무렇지도 않게 생각했다. 특히나 유그 펠리오르는 공방의 용광로에 많은 수의 황족들을 보냈기에 자신이 특별한 손님임을 강력하게 주장해 무구를 절반 가격에 구입하게 했다. 보통이라면 있을 수 없는 일이겠지만 그가 용광로에 집어넣은 황족이 두 자리 수가 넘자, 대대로 황제의 총애를 받아 간이 커졌던 페자페지의 장인들도 순순히 그의 명에 따를 수밖에 없었다. 미친놈을 상대로 배짱을 부릴 수는 없는 일이다.

"니들이 반값에 얻었다는 게 부러워서 그런 게 틀림없어."

황제의 말에 메리테인은 묵묵히 고개를 끄덕였다. 재상이나 재무대신의 성격상 왠지 그게 맞는 것도 같다.

"이것들이 내가 좀 착하게 지내니까 간덩이들이 부어가

지고. 그냥 확 한 번쯤 밟아줘야 하나?"

 황제는 잠시 눈을 번득였다. 살벌한 광기 어린 눈빛이 스쳐 지나가자 얌전히 있던 가디언들이 일제히 부르르 떨었다. 하지만 아무것도 모르는 어린 후궁은 그의 입가에 향기로운 술잔을 내밀었다.

 "올해 첫 수확한 포도주랍니다."

 수줍게 말하는 로도아의 말을 들으며 그는 술잔에 입을 댔다. 독주를 즐기긴 하지만 후궁이 내미는 술을 마다할 그가 아니었다. 그는 후궁의 손가락까지 핥으면서 미소를 머금었다.

 "귀엽구나. 잘근잘근 씹어 먹고 싶을 정도로."

 로도아는 그게 칭찬인 줄 알고 뺨을 붉히며 고개를 숙였지만 옆에 있는 가디언들은 벌벌 떨었다. 실제로 왕년에 황제는 말 안 듣는 놈들 몇을 산 채로 찢어 죽이고 살점은 씹어 삼킨 적이 있었다. 물론 그러다가 유모에게 열 시간짜리 잔소리를 듣고 인간은 먹어선 안 된다는 교훈을 얻었다. 먹다 걸리면 열 시간짜리 잔소리의 바다를 헤엄쳐야 한다. 그것은 두려움을 모르는 황제에게 있어 가장 두려운 일이었다.

 뜨끈한 목욕을 끝낸 황제는 개운한 마음으로 다음 후궁전으로 향했다. 안타까운 듯 로도아가 연신 시선을 던졌지만 하루에 두 번 후궁전을 찾겠다는 그의 계획을 막을 순 없었다. 무엇보다 이 계획은 그를 굽어보는 신 카자르 엔더의 명에 따르는 고귀한(?) 임무였다.

"폐하아아아~!"

악을 쓰면서 달려오는 대신을 발견한 황제는 눈썹을 꿈틀거렸다.

그의 앞에 대가리를 들이밀고 있는 것은 재무대신이었다. 아직 40대 중반인 재무대신은 어릴 때부터 황제의 지지자였다. 그 때문인지 그는 자신이 황제의 총애를 받고 있다고 과신하는 면이 없잖아 있었다. 따지고 보면 근위기사단의 단장인 루네릭이 그의 사촌이다. 황제의 기억 속에 이 재무대신은 상당히 건방지긴 했어도 충실한 인간이었다.

"이번 황실 예산에 대해서 말씀드릴 것이 있습니다."

"없어."

"폐하아!"

40 넘은 중년 사내가 우는소리 하는 꼬락서니가 귀찮아진 황제는 귓구멍을 새끼손가락으로 파면서 중얼거렸다.

"폐자폐지 무구 세트는 원래 할인 판매를 안 해. 나니까 싸게 산 거다."

"그, 그게……."

"뻔하지. 너, 근위대 기사들한테 내릴 무구 세트를 반값으로 구입하겠다고 그러는 거지?"

눈치를 보며 눈알을 굴리는 재무대신을 보고 황제는 픽 웃었다.

"이봐, 왜 이래. 나 부자거든."

"하오나……."

재무대신이 울상이 되어 그를 올려다본다. 아무리 불쌍한 척을 해도 수염 무성한 사내가 가련해 보이진 않는다. 특히나 울룩불룩한 근육질에 널찍한 어깨를 가진 거구의 사내를 보고 연민을 느끼기란 쉬운 일이 아니다. 참고로 말하자면 재상을 뺀 다른 대신들은 전부 다 근육질로 탄탄한 몸매를 자랑하고 있었다. 물러 터진 몸매를 한 남자는 인간으로 취급하지 않는 황제 때문에 다 늙은 귀족들도 체력 단련에 열을 올려야 했다.

"로리가 아무리 지랄을 해도 받아주지 마. 쓸 때는 쓰는 거다."

황제가 모처럼 황제다운 발언을 하자, 재무대신은 한숨을 삼키며 고개를 흔들었다. 그 아니꼬운 모습에 확 모가지를 비틀까 하다가 그는 참았다.

'난 착해졌어. 암, 아무렴.'

그는 잠시 먼 하늘을 바라보면서 걷기 시작했다.

'신의 뜻을 따라 열심히 노력하고 있으니 오늘 밤에는 주먹질 좀 그만하시지. 카자르 엔더님, 어째 그리 쫀쫀하십니까?'

어젯밤에는 모닝스타로 면상을 얻어맞고 나자빠졌다. 얼마나 아픈지 코뼈가 으스러지는 줄 알았다. 일어나 보니 코피가 터졌더라. 열네 살 때 황후와 싸우다가 코뼈 부러진 이래로 처음 나는 황제의 코피에 가디언들은 패닉상태에 빠졌다.

밤마다 나타나 인정사정없이 매타작을 하는 전쟁의 신. 매일 밤마다 얻어맞는 도구가 다양해지면서 황제는 맞으면 아프다는 산 교훈을 얻고 있었다.

황제가 신께 직접 교훈을 얻는다는 사실을 모르고 있는 충실한 카자르 엔더의 무녀 루키아는, 자신이 맡은 가련한 눈토끼 후궁을 교육시키는 중이었다.

미리 말해두지만 안데르는 교육을 받은 적이 없었다. 방중술 교육 같은 심도 깊은 교육 말이다. 안데르가 아는 것은 싸고 빈약한 재료로 맛있는 음식 만들기, 혹은 자투리 천으로 그럴듯한 옷 만들기, 싸구려 실로 수예 작품 만들기 등등 같은 실생활과 밀접한 관련이 있는 것들이 전부였다. 궁정 여인들이 알아야 하는 사치스러운 지식은 전무하다시피 한 유모와 살아온 그녀다 보니 루키아가 가르치는 모든 것이 다 새로웠다.

작은 하리아드와 달리 제국 황실의 규모는 범대륙적이다. 후궁의 수를 비롯해 후궁을 모시는 시녀나 시종의 수도 무지하게 많다. 만약 후궁이 황자를 낳았을 경우에는 그 숫자가 배로 늘어나게 된다. 따라서 안데르가 알아야 할 것은 무척 많았다.

첫째, 신혈의 황족과 일반 후궁과는 차이가 있다. 아무리 황제의 총애를 받아도 후궁은 신혈을 이은 황족에게 덤비면 죽는다. 말 그대로 그냥 죽는 수가 있다. 왜냐고? 미친놈들이 많으니까.

"조심해야 할 대상은 어린 황자분들이십니다. 현재 가장 강하신 분은 올해 네 살이신 쌍둥이 황자분들이십니다. 이번에 그중 첫째가 되시는 제흐나므님이 황태자가 되셨으니 그분은 황태자 전하라 불러야 하지요. 어찌 되었든 그 두 분이 가장 강하신데, 그래도 함부로 사람을 해치는 일은 하지 않으십니다. 그래도 몸을 낮추셔야 합니다."

안데르는 고개를 갸웃했다. 네 살짜리 황태자? 연회에서 본 황태자는 적어도 그녀와 그다지 차이가 없어 보였다. 키도 비슷하지 않던가.

"황태자 전하와 다흐마르님은 올해 네 살이 맞으시지만 강한 신혈 탓에 열두 살은 되어 보이지요. 원래 황족 분들 중에는 외견과 나이가 맞지 않는 분들이 많으니 주의하셔야 합니다."

"아무리 그래도 그렇지! 네 살인데 열두 살로 보인다는 게 말이 돼?"

놀라서 소리를 지르자, 루키아는 잠시 먼 산을 바라보며 미소 지었다.

"현 황제 폐하께서는 세 살 무렵 이미 열다섯 살로 보이셨지요. 뿐만 아니라 열두 살에는 이미 일곱 명의 자손을 보셨습니다."

안데르는 얼어붙었다. 그러고 보니 황제의 나이는 분명

18세라고 들었다. 하지만 어디로 보나 그는 18세 청년으로는 보이지 않았다. 외견은 청년이되 이미 말투와 행동만은 훌륭한 중년이다.

"두 분 전하는 황제 폐하께서 14세 때 탄생하셨습니다."

황후 폐하도 그 당시 열네 살, 두 분은 동갑내기이시거든요. 덧붙인 그 말에 안데르는 입을 다물지 못했다. 〈나의 돼지〉라는 애칭으로 중년의 후작을 성희롱하고 있던 황후는 아무리 보아도 18세로는 보이지 않았다. 안데르는 올해 14세. 루키아의 말대로라면 황후가 황태자를 출산했을 때의 나이다.

"미, 믿어지질 않아."

당황해서 입을 벌리고 있는 그녀를 보며 루키아는 의미심장한 미소를 머금었다.

"기골이 장대하신 폐하는 어릴 때부터 범상치 않은 분이었지요. 신의 혈통이란 그런 거랍니다, 마마."

"그, 그럼 다른 분들도?"

"신혈을 이은 황족들을 조심하시라 말씀드린 이유가 그런 것입니다. 모든 분들이 빨리 성장하십니다. 게다가 신력을 지닌 분들도 많고요. 아직은 어리기에 신력 조절도 잘 안 됩니다. 그래서 악의가 없어도 시녀를 해치거나 하는 일이 잦습니다."

안데르는 미간을 찌푸렸다.

그녀의 마음 한구석에 시커먼 앙금이 생겨났다. 14세. 이제 여자로 피어날 때가 다 된 그녀였다. 처음에는 황제가 예쁘다 하며 뽀뽀해 주는 것만으로도 기뻤는데 생각해 보니 이건 좀 아닌 듯싶었다. 황후는 그 나이에 애를 낳았다는데. 황제는 12세에 이미 여자들을 주렁주렁 임신시켰다는데. 그녀만 한 애들이 줄줄이 있다 하는데.

루키아는 그녀의 얼굴이 파리해지자 무슨 생각을 하는지 알아차렸다.

"마마께선 아직 폐하와 합방하지 않으셨지요?"

빨간 얼굴로 안데르는 고개를 끄덕였다. 눈토끼라 부르며 예뻐해 주는 건 좋지만 그래도 제1후궁인데 합방도 한 적 없다. 아직 어린애 같아서 그런 걸까?

갈등하는 그녀를 보고 루키아는 의미심장한 미소를 머금었다.

"아직 어리고 약하신 몸이니 조심해야 한다고 폐하께서 당부하셨습니다. 체력을 기르셔야지요."

시무룩해진 안데르는 루키아의 풍만한 몸매를 슬그머니 살폈다. 가만히 보니 그녀만이 아니다. 다른 시녀들도 다들 늘씬하고 풍만하다. 제국 여자들이 키가 크고 풍만한 체형이라는 것은 유모만 봐도 알 수 있는 일이지만 하리아드의 작은 여자들에게 익숙해 있던 안데르는 주눅이 들 수밖엔 없었다.

"오늘부터 특별 식이요법에 들어갈 겁니다. 물론 운동도 하셔야지요."

루키아의 말에 안데르는 도전의식을 불태웠다.

"응."

"폐하께서 가장 사랑하는 후궁이시라는 걸 잊지 마시고 열심히 노력해 주십시오. 내일부터는 방중술 교육도 병행하겠습니다."

"응!"

요염함이 엄청나게 부족한 눈토끼 안데르가 두 주먹 불끈 쥐고 교육에 임하는 동안 황제는 정무에 나가 있었다. 후궁 두 명을 포함해 세 명의 시녀를 실신시키고 나서였다. 카자르 엔더의 매질에 못 이겨 여자를 안는다는 것치고는 지나치게 열심인 그였지만 어쨌거나 신의 명령을 이행하고 있다는 점에서는 나름 훌륭했다.

모든 것을 짐승의 본능과 주먹과 위협으로 해결하고 있는 황제였지만 그래도 참한 의견들을 알아보는 재주는 있었다. 그렇지 않았다면 아마 그가 아무리 힘이 세도 황제가 되기란 쉽지 않았으리라. 오랜만에 대전의 제위에 앉은 그는 뜨겁게 데운 차에 독주를 줄줄 부어 훌훌 마시고 있었다. 집에서 마시는 한 잔의 차는 심신을 상쾌하게 만든다. 역시 아침엔 술 대신 차다. 아, 나 정말 성실해졌어. 남들은 입에 대지도 못하는 독주가 반이다. 이미 차라기보다는 술에 찻물을 섞었다는 게 옳은 표현. 어쨌든 아침부터 음차를 빙자한 음주를 하는 그의 앞에는 산처럼 쌓인 서류가 놓여 있었지만 정작 그 서류를 보는 것은 메리테인과 가디언들이다. 메리테인의 손짓에 따라 서류는 세 갈래로 분류되어 바삐 정리된다. 제일 앞에 서 있던 재상 로리랜드가 그 모습을 상당히 티껍다는 듯이 바라보고 있었다. 그뿐만이 아니다. 열두 명의 궁정대신 모두가 뜨악한 표정이었다.

뜨거운 차를 홀홀 마시며 나름 해장을 하고 있던 황제는 그 시선을 눈치챘다. 생각해 보면 그가 즉위한 지 1년이 채 되지도 않았다. 석 달 후면 딱 1년이다. 그동안 잊고 있었지만 가디언들이 그의 서류를 대신하는 것은 그가 황자였을 때부터지만 국정 운영에 가디언들이 낀다는 것은 사실상 황당한 처사였다. 까막눈에 게으른 그야 별게 아니라 생각하지만 대신들의 눈에는 기겁을 할 일이었으리라. 길들인답시고 항의하는 자들은 몽땅 숙청해 항의하는 자가 아예 없던 그 옛날과는 엄연히 달랐다.

'저 반항적인 눈초리. 오랜만이군.'

황제는 추억에 잠기며 음험하게 웃었다.

30년 후에는 그에게 버티는 놈들도, 까부는 놈들도, 반항하는 놈들도 없었다. 다 죽였으니까. 하지만 지금은 다르다. 그는 풋풋한(?) 대신들의 얼굴을 바라보며 나름 청춘 시절의 추억을 즐겼다.

"험험. 위대하신 폐하, 지금 가디언들이 나누고 있는 자료는 내년 예산안에 관한 중요한 자료이옵니다."

못마땅한 얼굴이었던 재무대신이 기어코 먼저 입을 열었

다. 근위기사단의 루네릭과 닮은 고지식한 얼굴에 콧수염을 달고 묵직한 근육을 자랑하는 중년남이다.

"그리고 그다음 서류는 각 지역에서 올라오는 세금과 동향에 대한 보고서입니다."

재상, 내무대신, 재무대신, 군무대신, 궁내부대신, 외무대신, 각 지방청 장관들의 시선이 뾰족해지자 황제는 나른하게 웃었다.

"건방진 눈초리구나."

싸늘한 말투에 살기가 서렸다.

헥 하고 제일 먼저 눈치 빠른 재상이 모가지를 길게 빼며 소리쳤다.

"며칠 전 동부 국경선에서 야만인들의 소요가 감지되었습니다!"

"음?"

그럼 전쟁인가? 진압? 황제의 시선이 재빨리 재상을 향하자 새파란 얼굴로 서 있던 재무대신이 재빨리 자리에 앉았다. 화제를 바꾼 것이 주효했는지 황제는 어느새 반항하던 재무대신을 잊었다.

"동부의 어디?"

"동부 베이진 평원이옵니다. 아시다시피 그곳의 주민 대다수는 야만족 베이딘족이온데 그중 리카르라는 자가 나타나 분열되었던 족속을 통합하였습니다."

"호오."

"그 베이딘이라는 야만족은 원래가 유목민족으로 뭉치기 어려운 족속이온데 그자가 통합한 것입니다. 아마 300년 이래 처음일 것입니다. 나름 영웅이라 불리는 모양입니다."

"그래서 헛된 짓거리를 시작했다?"

황제의 눈빛이 빛나기 시작하자 재상은 어색한 웃음을 머금었다. 아, 씨. 난 이 자식이 이런 표정 지을 때가 가장 무섭더라.

"베이딘족의 총 인구수는 약 150만에 이릅니다. 그와 혼혈과 방계 혈족까지 따진다면 넓은 베이진 평원을 넘어서는 것이 되지요."

"흐음."

"문제는 베이딘족만이 아니라 그 북쪽의 얌족과 홀리족도 함께 흔들리고 있다는 것입니다. 홀리족의 전승신화에 따르면 북방 새의 황금 깃털이 나타나면 신성한 영웅이 나타난다고 합니다."

"그래서 어디 누런 새라도 나타났냐?"

황제의 질문에 재상은 고개를 끄덕였다.

"네. 약 보름 전 북(北)요르문 산에서 황금빛 광휘를 뿌리는 거대한 새 한 마리가 목격되었습니다. 그리고 그것 때문에 지금 요르문 산 일대는 난리입니다."

"진짜 그런 새가 있었다고?"

황제가 고개를 갸웃하자 재상이 재빨리 자료를 건네며 말했다. 어차피 건네봐야 가디언들이 읽지 황제는 읽지 않는다는 것을 모른 척하는 것이다.

"리르카이야라고 합니다. 신족 마이칼루야의 상징이자 불사조라고 하는군요. 불길에서 일어나 황금으로 몸을 감싸고 행운과 부유함을 갖다준다고 합니다."

"예쁜가?"

뜬금없는 질문에 재상 이하 모든 대신들이 정지했다.

"예?"

"그 새, 예쁘냐고. 반짝반짝 빛나는 금빛이라며? 진짜 황금으로 만든 것은 아니겠고, 황금색으로 번쩍이는 새라는 이야기지? 안 그래?"

"하하, 그러합니다."

재상은 어색하게 미소 지었다. 좀 변한 듯싶더니만 완전히 변한 것은 아닌가 보다.

"그래서? 요르문 산에는 그 새가 있다는 거야, 없다는 거야?"

"일단 목격자의 말에 따르면 산 정상의 화구에 있다는군요."

"재미있군."

황제가 눈을 빛내며 말하자 재상은 말을 이었다.

"신조의 황금 깃털을 얻는 자는 신의 사랑을 받아 세상의 지배자가 될 것이라고 하더군요. 그 때문에 북방의 야만인들은 전부 모여들었습니다. 얌족의 족장이나 베이딘의 리카르도 마찬가지입니다. 덕분에 북부의 소요는 점점 커지고만 있지요."

"거기다가 덧붙여 제국 귀족들이나 어중이떠중이도 끼어들고?"

황제가 이죽거리자 재상은 침착하게 미소 지었다.

"그러합니다."

황제는 킬킬 웃었다. 기묘한 일이다. 전에는 이런 이야긴 못 들어본 것 같은데. 허기야 그때는 제국의 국정회의에도 참석하지 않았을 때다. 그때 참석했던 것은 황후였다. 기억을 되살려 봐도 특별한 것이 없자, 황제는 금방 집중력을 잃고 하품을 했다.

"그 외의 것은?"

"동부 율리아 지방의 가뭄이 벌써 5년째입니다. 그 지역의 난민과 소요가 상당히 심각합니다."

"그래서?"

재상은 일사천리로 보고를 끝냈다. 가뭄이 오래된 곳에 식량과 난민 보호를 위한 조치는 이미 재상 손에서 다 끝난 뒤나 다름없었다. 그는 근처의 제후들과 세후들에게 식량을 협조받고(강탈하고) 이번에 정복한 소국에서 뽑아온 식량과 재물로 그 뒷감당을 하겠노라 설명했다. 그리고는 하도 가뭄이 극심해 그 지방에 세금 면제를 명할 수밖에 없겠다면서 두 손을 벌벌 떨었다. 따져 본다면 황제의 명이 떨어지기도 전에 이루어진 일들이라 재상의 월권행위이기도 했지만 그에 반대하는 이는 별로 없었다.

황제는 젊었고, 시큰둥했으며, 과격하고, 좀 미친놈 같았다. 게다가 뭐라 설명을 길게 하면 역정을 낸다. 젊은 황제가 까막눈이라는 것은 아는 이는 다 아는 비밀이었다.
　"왜 흥분하는데?"
　"세금 면제라니! 감면도 아니고! 면제! 면제입니다!"
　두 손을 부르르 떠는 재상의 얼굴을 보면 격한 절망에 빠진 가련한 피해자의 몰골이다. 안 그래도 빈상에 가까운 재상이 두 손을 모으고 부르르 떠는 모습은 가난뱅이 그 자체였다.
　"제국징수세법에는 2년 이상 가뭄이 계속된 지방에는 세금 감면, 5년 이상 계속되면 면제라고 하는데 뭐가 그렇게 아깝나?"
　재상은 물론이고 주변에 있던 대신들이 일제히 눈을 동그랗게 떴다.
　그들의 놀란 표정을 무시하면서 태평하게 황제는 이미 차가워진 차를 홀라당 마셨다.
　"그래서, 다른 건은?"
　"아, 그게……."
　무려 더듬기까지 하면서 재상은 이런저런 일들을 다시 보고하기 시작했다. 재상조차 놀라는 표정을 감추지 못하는 것이 꽤 재미있었던 황제는 한 귀로 흘리면서 회의석의 중간쯤에 앉아 있는 자신의 형제에게로 시선을 돌렸다.
　여전히 나약한 그는, 학술원 부원장이라는 자격으로 회의에 참석해 있었다. 검푸른 원복을 입은 그는 어디서나 흔하게 보는 학자 나부랭이처럼 보였다. 지루한 듯 서류를 뒤적이고 있던 그를 지켜보던 황제는 잠시 잊고 있었던 것을 기억해 냈다.

리게르트 에노트. 그보다 몇 살 위의 〈형〉.

선제의 후궁 마르게리타에게서 나온 리게르트는 황족답지 않게 온화하다고 알려져 있었지만 문제는 온화한 게 아니라 나약하고 연약하다는 것이다. 황족이 미칠 순 있어도 연약할 수는 없다. 어린 시절 황제는 단번에 자신보다 작은 그를 보며 그것을 깨달았다.

형? 개뿔! 저건 형은커녕 형제도 아냐. 피는 한 방울도 안 섞였어. 저놈에게선 신혈의 부스러기도 안 보여. 잘난 척하던 선제가 그는 어렸을 때부터 싫었다. 모후보다 약한 주제에, 황제랍시고 잘난 척하는 꼴이 아니꼽고 웃겼다. 뿐이랴, 아직은 어린 그보다도 약한 그 기운을 보다 보면 어이가 없어서 당장이라도 그 목을 부러뜨리고 싶었다. 단지 자식이라는 이유만으로 고개를 숙이고 존대해야 한다는 게 신물이 나도록 싫었다. 그렇다고 유능한가 하면 그렇지도 않았다. 신혈이 가진 문제점이란 문제점은 모조리 다 가지고 있던 선제는, 나이가 들면 들수록 점점 문제가 심각했었다. 광기에 의한 살육, 여자에 대한 집착, 자식들에 대한 공포와 질시, 광란에 가까운 엽색행각.

"나에게 충성을 하느냐?"

나른한 음성으로 묻는 부황을 떠올리자 황제의 얼굴에 사나운 미소가 떠올랐다.

"유능한 황자를 나처럼 많이 거느린 자는 없었느니라. 나는 카자르 엔더께 가장 가까운 자이니 다들 나를 향해 경배를 바쳐라."

얌전하다고 제일 마음에 들어하던 황자가 친자식이 아니라는 것을 알면 부황은 어떤 표정이 될까. 얼간이, 멍청이, 자기 자식도 못 알아보는 병신.

어린 유그 펠리오르는 그렇게 생각하며 킬킬거렸다. 그의 발치에서 벌벌 떨고 있는 리게르트를 보며 맘껏 조소했다. 신혈을 받았다는 황족이 그렇게 약할 리가 없지 않은가. 그렇게 평범한 인간처럼 착할 리가 없지 않은가. 원래 황족이란 미친 것들이다. 착하다면 황족이 아니다.

만약 그의 제일 맏형이었던 황태자가 선제를 죽이지 않았다면 그가 먼저 선제를 죽였으리라. 선제의 집요한 의심과 공격을 받던 장남 황태자가 부황을 죽이자, 그 아래에 있던 황자들이 일제히 일어나 서로를 잡아먹기 시작했다. 때는 이때다 하고 나선 유그 펠리오르는 단번에 형제들을 모조리 죽여 버리고 스스로 제위에 올랐다.

"왜 리게르트를 죽이지 않는 겁니까?"

죽마고우이자 황제의 권력은 곧 나의 것이라 우기고 있는 비쩍 마른 로리랜드가 물었다. 숙청과 권력 찬탈을 기다렸다는 듯이 해치운 로리랜드는 활기에 차서 며칠은 밥 안 먹어도 배 안 고프다며 즐거워했다.

"변덕이야."

유그 펠리오르는 비릿하게 웃었다.

"죽일 가치가 없거든."

"그가 약하긴 해도 학자들이나 귀족들 사이에서는 평판이 좋다는 걸 아시지 않습니까? 오히려 다른 황족들보다 평판이 좋아요. 무엇보다 미친 짓거릴 안 하는 유일한 황자니까."

"야, 로리. 넌 황족이 미친 짓 안 했다는 것을 어떻게 생각해?"

그가 킬킬대며 따라놓은 포도주 잔에 피를 섞자, 혐오감으로 얼굴을 찌푸리면서도 그는 충실하게 대답했다.

"자제력이 대단하다고 생각하죠."

그의 시선은 모 황자의 자른 손목에서 흐르는 피를 받아 마시고 있는 유그 펠리오르를 살피고 있는 중이었다. 버릇없이 대답하다가 죽을 뻔한 적이 한두 번이 아닌 그는, 날뛰는 젊은 황제가 어디서 발작하는지 잘 알고 있었다.

"병신. 자제는 개뿔. 자제할 수 있다면 미쳤다고 하겠냐? 네 얌전한 레노시아를 봐. 그 계집애도 내숭은 다 떨지만 사냥터에만 가면 난리야. 잡은 짐승을 갈가리 찢고 그 피를 마시면서 킬킬댄다고. 자기보다 키가 큰 계집애만 보면 발목을 댕강댕강 자른단 말야."

벌써 굳어가는 피를 핥으면서 그는 쥐고 있던 손목을 집어 던졌다. 퍽 소리에 곁에 있던 시종 하나가 낮은 비명을 지르긴 했지만 반쯤 취한 젊은 황제는 무시했다.

"자제한다는 거, 살육을 하지 않는다는 거, 점잖다는 거, 얌전하게 시키는 공부만 한다는 거. 그것만 해도 그 새끼는 황자가 아냐."

재상의 눈이 커졌다.

"빌어먹을 부황이 예뻐하던 그 리게르트는 신혈이 아니라고. 그놈은 제 어미가 어디서 붙어 낳은 자식이야."

"폐하?"

황제를 대신해서 결재를 끝낸 메리테인이 그를 불렀다. 평상시 말이 거의 없는 그였지만 황제의 몸에서 이는 살기에 가만히 있을 수가 없었다. 충실한 가디언은 황제의 시선이 닿는 곳을 보았다.

얌전히 앉아 있는 〈둔한〉 황자 리게르트 에노트. 황제가 풍기는 살기도 눈치채지 못하는 일반인이다. 단순한 가디언은 짐작하지 못했다. 그의 주인이 죽이고 싶어하는 상대는 30년 후의 리게르트였다.

황제의 심복이었던 재상 로리랜드가 반역을 일으키면서 내세운 신(新) 황제. 리게르트 에노트. 신혈이 아니기에 살아남은 유일한 황자. 재상과 황제만이 알고 있었던 리게르트의 부친은, 후궁 마르게리타의 정부(情夫) 마토닉 백작이었다. 그리고 그 마토닉 백작은 유그 펠리오르가 제위에 오르는 그때, 마르게리타와 함께 목이 잘렸다. 재상 외에는 아무도 그 이유를 몰랐으리라. 본인조차도.

지루한 회의가 끝나자 황제는 오랜만에 신전에 가보기로 마음을 굳혔다.

어젯밤 꿈에서 얻어맞은 프레일에 광대뼈와 코뼈가 으스러져서 그런 것은 아니다. 물론 그 뒤를 이어 날아온 도끼에 허벅지가 잘려 나가서 그런 것도 아니다. 곤봉에 맞아서 으스러진 무릎은 그렇다 쳐도 황제인 이상 황가의 신이자 전쟁의 신인 카자르 엔더의 신전에 찾아가 제물을 바치는 것은 의무였다. 꼭 이젠 때리지 말아달라는 애원을 하기 위해서가 아니었다.

"오랜만입니다, 위대하신 폐하."

비꼬는 것인가? 그를 보고 고개를 숙인 중년의 탈을 쓴 대무여관 아그리파의 무덤덤한 표정에는 별다른 의미가 없어 보인다. 그러나 나름 생각이 많았던 황제는 그녀를 싸늘하게 노려보았다.

사실 기묘하게도 아그리파에 대한 기억은 그다지 없었다. 그녀가 죽었는지 살았는지. 30년 동안 황제는 카자르 엔더의 신전이나 대무여관에 대해서는 전혀 관심이 없었다. 나이는 많은 주제에 얼굴은 팽팽한 사나운 노인네가 잔소리하는 게 싫어서 어릴 때부터 멀리했다. 황자 시절에는 특히 더 그랬다. 누군가에게 명령받거나 권고받는 건 질색이었으니까.

"그래, 오랜만인가."

"대관식 이후 처음이지요."

대관식. 잊고 있었지만 그의 몸은 18세. 제위에 오른 지는 이제 1년도 채 안 된다. 다시 말해서 아그리파를 다시 만난 지 1년도 채 지나지 않았다는 이야기.

황제는 잠시 기억을 되살리려고 애를 쓰다 말았다. 중요한 게 아니니까 넘어가자.

"기도회를 열 예정이다."

"호오."

"제물은 그대가 골라라. 생각해 보니 오랜만에 여는 기도회니까 알아서 하고."

"폐하께서 직접 주도하실 생각이십니까?"

"아니. 난 제물만 바칠 거야. 그대가 알아서 제국의 번영을 위한 기도회를 열어라."

제국의 번영이라는 손발 오그라드는 단어를 사용한 황제를 보고 아그리파는 경악했다. 유그 펠리오르라는 황제는 어릴 때부터 단순무식, 무구한 뇌를 자랑했다. 덕분에 그의 어휘력은 빈약하고 어색하고 모자랐으며 때로는 보는 이가 민망할 정도로 부실했다.

"철이 많이 드셨군요."

아그리파의 말에 그는 눈썹만 치켜 올렸다. 이 짜증나는 할망구를 확 쳐버리고 싶긴 한데 차마 카자르 엔더에게 얻어맞을까 봐 그렇게는 할 수가 없다.

"그런데 이상하군요, 폐하. 불경스럽게도 폐하의 옥안에 상처가 가득합니다."

"응?"

상처는 무슨 상처? 그가 미간을 찌푸리자 아그리파는 눈을 가늘게 뜨고 황제의 얼굴을 올려다보았다.

"코와 뺨에 멍이 들어 있네요. 아, 목에도 그렇고."

"멍?"

황제는 잠시 신전의 문짝에 얼굴을 비춰 보았다. 백금을 씌워 만든 빛나는 카자르 엔더의 대신전의 문은 거울이라 해도 될 정도로 매끈했다. 하지만 아무리 비춰 보아도 그의 얼굴에 상처라곤 없다.

"야, 상처가 있냐?"

"없습니다."

메리테인이 이상하다는 얼굴로 대답하자 황제는 짜증을 냈다.

"할망구, 장난치지 마."

"장난이 아닙니다, 폐하. 정말로 코와 뺨에 멍이 있습니다. 목에도 분명히. 희미하긴 하지만 멍은 멍입니다."

"아무것도 없거든. 할망구, 노망이 들었으면 혼자 해결해."

다른 무녀들이 그 불경한 발언에 입을 짝짝 벌리고 있는 동안 아그리파는 잠시 침묵하더니 신전 안쪽으로 안내했다.

"어쨌든, 이리로."

황제는 찝찝했다. 설마 어젯밤 꿈에서 얻어맞은 것을 아그리파가 알고 있는 것일까? 굳이 코와 **뺨**이라고 하는 걸 보면 전혀 관계없는 건 아닌 것 같기도 했다.

황궁 내에 위치한 대신전은 일곱 채의 소신전과 하나의 대신전으로 이루어져 있었다. 주름이 새겨진 원통형의 기둥 사이로 완전히 개방된 일곱 채의 소신전은 신께 바쳐진 황가의 신심을 의미했다. 그 일곱 채의 소신전에서는 황제를 제외한 황족들의 출산과 혼인, 장례식을 주관했고, 대신전에서는 황제의 대소사를 담당했다. 제국의 황제는 카자르 엔더의 교황이기도 했다. 물론 제사장의 역할을 제대로 하지 않아 결국은 무녀에게로 모든 업무가 내려져 오긴 했지만.

대신전 안으로 들어서니 차가운 바람이 일어났다.

황제는 가디언들과 함께 안으로 들어서다가 얼굴을 찌푸리고 말았다. 안에는 말끔하게 복장을 갖춘 무녀들이 도열해 선 채 제사 준비를 하고 있었다. 전쟁의 신 카자르 엔더의 신상은 가장 높은 곳 제단 위에서 그를 오만하게 내려다본다. 그의 발치 아래엔 역대 황제들이 바친 유명한 무구들이 줄지어 걸려 있었다.

전쟁신에 대한 제물은 무구였다. 피가 잔뜩 묻은 검이나 활, 방패나 도끼 등 무구들이다. 전쟁을 즐겼던 역대 황제들은 신에 대한 예물로 정복한 나라의 명검이나 보도를 가져와 제단에 바쳤다. 카자르 엔더는 피가 흐르는 살아 있는 제물은 받지 아니했다. 전쟁의 신인 주제에 꽃이나 과일을 받는다. 그 외엔 전부 다 무구다.

계속 무녀들의 손에 의해 손질된 그 무수한 무구들 중에는 온갖 것들이 다 모여 있었다. 욕심 많은 황제는 명검을 바치기 아깝다고 나무 곤봉이나 뿔로 만든 활을 바치기도 했고, 신심이 깊은 황제는 보석이 가득 박힌 보검이나 신검을 수집해 제단에 바치기도 했다. 현 황제 유그 펠리오르는 단 한 번도 제단에 제물을 바친 적이 없었다. 아니, 사실은 제전이나 기도회에도 참석을 거의 안 했다.

황제는 삐딱한 자세로 신상을 노려보았다. 너무한 것 아닙니까? 꼭 그렇게 날 부러뜨리고 으스러뜨려야 직성이 풀립니까? 왜 밤마다 지랄이십니까?

그가 무언의 항의를 하고 있을 때 아그리파는 그의 뒤통수에서 커다란 혹을 발견하고는 고개를 갸우뚱했다. 이상한 일이다. 황제처럼 강대한 힘을 가진 이가 뜬금없이 웬 혹? 꼭 누구한테 맞아서 멍들고 혹난 것 같은 모습이라니. 그뿐만이 아니다. 슬쩍 옷자락 사이로 시퍼렇게 멍든 팔뚝과 손등이 보인다. 혹시 부부싸움이라도 하셨나?

아그리파는 신중하게 생각했다. 황제의 몸에 상처를 남길 수 있는 인물은 황후뿐이라는 것은 누구나 아는 사실. 그녀는 혀를 찼다. 어릴 때도 맞고 다니시더니 커서도 맞고 다니시는군. 그렇게 잘 달래서 결혼했어야지. 윽박질러 결혼하더니 결국 맞고 사시는군.

"음?"

그사이 황제는 섬뜩한 것을 발견했다.

제물로 바쳐진 무구들 중에 유달리 눈에 익은 사각 실드가 하나 있었다. 유달리, 아주 유달리 모서리가 날카로운 사각 실드. 묵직하고 큼직해서 전신을 다 가릴 수 있을 정도로 거대한 놈으로 최소 연대는 300년은 넘는 것 같은 골동품이다. 청동이 섞인 그 묵직한 사각 실드를 노려보면서 그는 특히 그 날카로운 모서리를 확인했다. 세공이 섬세하지 못한 터라 아마 야만족의 무구 중 하나인 듯하다. 특히나 뚱뚱해 보이는 새가 날개를 엉성하게 펼치고 있는 모습이 굉장히 낯익다.

"빌어먹을."

그것이다. 그의 뒤통수를 내리찍던 사각 실드.

그는 재빨리 다른 무구들도 살펴보았다. 그리고 발견했다. 어젯밤 카자르 엔더가 휘두르던 거인족이나 쓸 법한 엄청난 길이의 프레일을. 사슬로 연결된 낡은 프레일은 무려 3단. 녹까지 슬었다. 도저히 요즘 기사들이 휘두를 물건이 아니었다. 고대 무구 중 하나다.

3단으로 꺾어지고 휘어지면서 그의 콧날과 광대뼈를 가차없이 으스러뜨리던 그것. 그 끔찍한 흉기를 발견한 그는 이를 뿌드득 갈면서 가디언들에게 명령했다.

"카자르 엔더께 바쳐진 무구치고는 너무나 초라하군. 저걸 다 치워라."

"네?"

"다 치워 버리라고. 다른 것을 바치자. 칙칙하잖아."

"이, 이것은 유래 깊은 물건들입니다. 신께 바쳐진 것인데 어찌 손을 댈 수 있겠습니까?"

"오래된 거잖아? 너희들, 카자르 엔더께 저런 걸 바치고 싶나? 뭉그러진 썩은 곤봉하고 녹슬어 시뻘건 방패 따위를 제물로 놔? 이건 신성 모독이다! 얼른 치워!"

난데없는 소리에 당황한 무녀들을 무시하고 가디언들은 황제의 명령에 기꺼이 따랐다. 아그리파가 안 된다고 말리는 것도 무시하며 그는 착하게 명령했다.

"낡은 것들은 전부 창고에 집어넣고 새로운 제물을 올려라. 가장 향기로운 꽃과 가장 신선한 과일로 제단을 채우도록 해라."

그는 작게 이를 갈며 전쟁신이자 조상신을 노려보았다.

"하지만 폐하, 그것들은 모두 역대 황제께서 바치신 귀한 제물이옵니다."

무녀들이 안절부절못하며 그들을 막자, 황제가 악을 질렀다. 포효하는 괴수가 된 그를 보고 무녀들은 겁에 질렸다.

"농담해? 저기 있는 나무 곤봉이나 녹슨 사각 실드! 구닥다리 모닝스타나 부러질 거 같은 프레일 같은 게 귀한 거냐?"

가져가 봐야 아무도 안 쓰거든! 양심이 있다면 어찌 전쟁의 신께 저런 조잡한 것을 바친단 말인가? 황제의 열변에 압

도된 아그리파는 입을 다물었다.

"구질구질한 물건은 다 치워! 알겠나!"

그가 악을 지르자 우왕좌왕하던 무녀들은 결국 밖으로 꽃과 과일을 가지러 나갔다. 아그리파는 고개를 숙이고 기도하는 듯한 자세를 취하고 있는 황제의 뒤통수를 바라보면서 생각했다. 언제부터 황제가 이토록 신심이 깊어졌던가. 혹시 소문대로 다정한 여인을 만나 마음이 열린 것일까. 역시나 그 하리아드의 공주를 좀 살펴봐야겠다고 대무여관은 판단했다.

'아아, 존귀하신 저의 주인이시여. 아직 성숙하지 못한 젊은 황제를 위해 은총을.'

냉담하지만 충성심 깊은 대무여관은 카자르 엔더의 사나운 신상을 향해 기도했다.

기도하는 척하던 황제는 이를 드러내며 속으로 웃었다. 오늘은 맞아봤자 꽃다발로 얻어맞겠군.

"나의 귀여운 돼지."

"아아, 폐하."

두 남녀는 서로 엉겨 있었다. 침상에서.

그러나 옷은 입고 있다. 남들이 뭐라 생각하든 황후는 얇은 침의를 걸친 채 길게 엎드려 있었고, 곰발, 곰손을 자랑하는 큼직한 체구의 레솔트 후작은 그녀의 몸을 쓰다듬고 있었다. 정확히 말해 안마하고 있었다.

"으음. 그래, 거기."

"여기입니까?"

"그래. 아아아! 좋구나."

후작은 자신의 손바닥으로 그녀의 허리를 전부 가릴 수 있다는 놀라운 사실을 몇 번이나 깨달으며 안마에 열중하고 있었다. 뿐이랴. 그의 손에 전부 감싸지는 작은 얼굴이며 목덜미, 손목, 발목은 한 손에 감긴다. 유려하고 가느다란 그 팔뚝이 지닌 괴력에 대해서는 아예 잊은 채 후작은 혼자 감격했다.

'아름다워라!'

매끈하게만 보이는 그녀의 몸에는 여기저기 흉터가 꽤 있었다. 황족끼리의 암투 혈전이 남긴 것들도 있지만 사실 대부분은 어린 시절 날뛰던 흔적들이다. 그렇다. 유그 펠리오르라는 이름의 황제만큼이나 진한 신혈을 타고난 마노시아는 황제처럼 대놓고 날뛰지 않았을 뿐 사실상 황족 서열 제2위의 살육자였다. 그 사실이 널리 알려지지 않은 이유는 강자만이 죽일 가치가 있다고 주장하는 그녀의 고집 때문이었다. 황후는 내킨다고 죽이지 않았다. 기분 나쁘다고 죽이지 않았다. 단지 눈에 거슬릴 때만 죽였다. 살해당한 당사자는 그게 무슨 차이가 있겠느냐 항의하겠지만 분명 차이는 있었다. 따라서 결코 황제와는 사이가 좋을 수 없었다. 그들은 나름 숙명의 라이벌이었던 것이다.

"네 눈에는 어찌 보이느냐?"

"네?"

황후의 발을 조심스레 주무르면서 후작이 고개를 들었다.

"황제의 새로운 지랄 말이다. 착해졌다고 우기는 저 지랄."

"하, 아하하하!"

거친 말투에 당황한 고지식한 레솔트 후작은 억지웃음을 지었다. 황제는 믿지 않겠지만 레솔트 후작은 고지식한 주제에 황가에 대한 충성심이 넘쳐흐르는 인물이었다. 그런 그가 황후의 애인이 되었다는 것 자체가 사실 놀라운 일이었지만 그는 정신적인 사랑과 숭배의 대상으로 황후를 사모하고 있다고 믿었다. 아니, 사모하려고 노력하고 있었다.

"좋은 일이라 생각합니다."

그가 조심스럽게 대답하자, 황후는 코웃음을 쳤다.

"난 저 미친 녀석을 오랫동안 봐왔느니라. 황제는 무른 놈이 아니야. 아무리 계집애에게 흘렸다 해도 저 성질에 착해진다는 건 불가능한 일. 아마도 뭔가 꾸미는 게 있을 것이야."

"하지만……."

레솔트 후작 역시 오랫동안 황제를 봐왔다. 레솔트가 정상적인 혼인을 했다면 황제보다도 나이 많은 아들이 있으리라.

"폐하께옵선 음모를 꾸미기에는 너무 강한 분이십니다."

"그래, 음모를 꾸미기엔 너무 멍청하지."

황후가 한숨을 내쉬며 담뱃대를 물었다. 그러자 후작이 시종 대신 불을 붙여주었다. 다감한 그의 손길에 황후의 날선 시선이 부드러워졌다.

"북방이 시끄럽다는 건 어찌 되었나?"

"재상의 정보원들이 바삐 움직이고 있는 걸 보면 작은 규모는 아닌 듯합니다. 사람을 몇 보내 확인한 결과 그 황금 새는 정말로 등장했다 하더군요."

"흥, 대륙의 영웅? 세상의 지배자? 웃기는 소리로다."

황후는 피식 웃었다. 공허한 감정이 그녀의 눈동자 안에 맴돌았다.

"제국이 이 땅을 지배한 지가 800년이라 기록하고 있지만 실제로는 500년이다. 흥망성쇠는 신이 부여한 신물 따위에 좌우되는 것이 아니라는 것쯤은 알아야 하지 않겠는가. 이름도 모르는 고대의 신이라……. 전쟁신의 후예인 우리는 그저 싸우고 이기는 것을 즐길 뿐이지만."

레솔트는 황후의 어깨를 주무르며 향유를 손끝에 조심스레 묻혔다. 곰손이라 불릴 정도로 손이 크고 거칠어 최고급 비단처럼 매끄러운 황후의 살에 닿기가 무서울 정도였다.

"그대는 어떠한가, 나의 아름다운 돼지? 그대도 황금 새의 깃털을 얻어 대륙의 지배자가 되고 싶은가?"

갑작스런 황후의 말에 후작은 잠시 멈칫했다.

그는 두 손을 뻗어 황후의 매끈한 등을 매만졌다. 이미 안마라기보다는 애무에 가깝긴 했지만 적어도 맨살에 닿는 것이 아니니 거친 손마디가 부담스럽지는 않았다.

"저는 지배자가 되길 바란 적이 없습니다, 폐하. 저는 폐하의 말씀대로 어리석은 돼지라 제 주변이 잘 먹고 잘살면 그뿐이고, 고귀하고 아름다우신 폐하께 지배받는 것만으로 충분히 만족합니다."

그 말에 황후는 고개를 돌려 무뚝뚝해 보이는 후작의 뺨을 매만졌다.

"어리석은 돼지라……."

그녀는 서글프게 웃었다.

"그대는 어리석은 돼지가 아니라 나의 고귀한 돼지이니라."

황후는 손을 감추려는 후작을 제지하고 향유 냄새가 나는 거친 손등 위에 키스했다.

"그대의 귀여운 앞발은 나의 자랑이요, 제국의 자랑이니 숨기지 말라. 내 이처럼 귀엽고 어여쁜 손은 본 적이 없나니."

후작의 얼굴이 빨갛게 달아올랐다.

"이런 흉한 손을……. 민망합니다."

"그렇기에 그대는 귀엽고 사랑스러운 나의 돼지인 것이야. 그대는 내가 매끄러운 손가죽을 좋아할 줄 아는가?"

후작은 자신을 뚫어져라 바라보는 황후의 시선을 슬그머니 피해 고개를 숙였다. 목덜미까지 붉어진 중년의 무장을 바라보며 황후는 음흉하게 웃었다.

"매끄럽고 고운 가죽 따위는 필요없음이네. 나는 단련하고 또 단련한 이 어여쁜 손이 훨씬 더 사랑스럽지. 이 어여쁜 손으로 나를 어루만져 주면 더더욱 좋아. 어떠한가?"

"폐, 폐하……."

벌겋게 된 후작이 당황하자 황후는 두 손을 뻗어 그를 끌어안았다.

"밤은 길고 사랑스런 그대는 내 곁에 있어. 이것은, 실로 행복한 순간 아니던가."

황후가 속삭였다. 그리고 그녀의 손가락이 우아하게 흔들렸다.

그 순간 어두운 구석에서 얌전히 서 있던 황후의 가디언들이 밖으로 물러났다. 황후의 시녀들 역시 베일을 친 너머로 물러섰다. 그리고 불이 꺼졌다.

"내기를 할까?"

"무슨 내기?"

"돼지가 언제 쫓겨날지."

"죽는 게 먼저 아냐? 난 사실 부황이 그 돼지를 찢어 죽일 줄 알았어."

"그보단 백발마녀가 언제 죽을지 따지는 게 먼저 아닐까?"

"그럴지도 모르지."

음험한 웃음들이 오고 갔다.

열 살 정도로 보이는 세 명의 소년이 모여 있었다. 십대 소년처럼 보였지만 이들 중 누구 하나 열 살을 넘은 이는 없었다. 화려한 금발에 푸른 눈, 요사스러울 정도로 하얀 피부를 가진 소년들은 모두 비슷비슷한 생김새였다. 그리고 복장도 비슷했다. 발치에 늘어져 있는 피로 물든 세 구의 시체들도 비슷했다. 황자들의 심심풀이 대상이 된 가련한 시녀들이다.

무심한 얼굴을 한 소년이 이미 죽어버린 시녀의 손가락을 씹으면서 중얼거렸다.

"그 쌍둥이들 죽여 버렸으면 좋겠어."

"황태자라니!"

"그것들이! 어린 게!"

세 명의 황자는 이를 갈았다. 하얀 뺨에 튄 핏방울을 닦던 황자 마르세르두가 이복형제인 멜바인을 향해 물었다.

"우리 둘이 합치면 제흐는 몰라도 다흐는 없앨 수 있지 않을까?"

"미쳤나? 쌍둥이가 혼자 다니는 거 봤어? 게다가 다흐 놈은 부황의 총애를 받잖아!"

"왜 그놈만 예뻐하는 거지?"

늘어진 시녀의 팔을 찢으며 도르바인이 중얼거렸다. 얼굴 전체론 피가 튀었지만 소년은 신경 쓰지 않았다.

"네 어미는 뭘 하지?"

마르세르두가 도르바인에게 물었다. 동갑내기이긴 했지

만 마르세르두가 도르바인이나 멜바인보다는 강한 힘을 지녔다. 게다가 그의 모친은 황족의 피를 이은 공작가의 공녀인 레나 제8궁비였다.

"날 닦달하고 있지. 왜 더 세지 않느냐, 대체 뭘 하고 있기에 황제에게 아양도 떨 줄도 모르느냐."

"나도 그래."

사실 세 황자는 시무룩했다.

"하지만 부황은 무서운걸."

"맞아."

"나도 그래."

어린 황자들은 우울했다. 황제가 부재중일 때에는 마음껏 황궁 안을 주름잡을 수가 있었다. 가끔 나타나서 자신들을 괴롭히는 쌍둥이만 빼면 그들은 황궁 안에서 귀한 몸이었다. 감히 신혈을 타고난 황족을, 그것도 황제의 아들들을 누가 건드릴 수 있으랴.

"그 모자란 계집애 죽었다며?"

"세오라 말이지? 그 빌어먹을 쌍둥이가 죽였대."

"에이 씨."

얼마 전 좀 모자라긴 해도 세오라라는 이름의 황녀가 죽었다. 모친까지 죽이는 바람에 나이조차 확실치 않은 미친 황녀였다. 그래도 황녀는 황녀. 그런 황녀를 쌍둥이가 밟아 죽였다. 물론 황후는 모른 척했다. 재상은 물론이고 대무여관 역시 장례식도 치르지 않고 적당히 넘어갔다. 관심없는 황제는 아예 모른다. 아마 세오라가 누군지도 모를 것이다. 배경없고 능력없는 황족의 최후를 적나라하게 보여주는 사례다.

황제의 주의를 끌지 못한 황족들은 겁에 질렸다. 쌍둥이는 강했고 더 무서운 것은 강한 것들이 붙어 다닌다는 것이고, 또 그 황후를 배경으로 두고 있으면서 재상까지 그들을 지지하고 있다. 뿐이랴. 이번에 환궁한 황제는 그 쌍둥이만 인정했다. 황태자로 임명까지 했다. 성질 더러운 황자들은 원래 뭉치는 법이 없었다. 친형제도 싸우는 혈통인데 이복형제만 바글바글하니 우애라는 게 싹틀 리가 없다. 하지만 생존에 대한 본능은 남아 있는지라 비슷비슷한 능력을 가진 황자들끼리 뭉쳤다. 이들 세 황자는 같은 또래에 비슷한 생김새, 비슷한 능력, 모친들의 지위도 비슷비슷했기에 앙숙이었지만 그나마 마르세르두가 더 셌기에 뭉칠 수 있었다. 특히나 그들은 쌍둥이의 등장 이후 뭉쳤다.

"짜증나!"

시녀 서넛 죽여 화를 풀어보려 했지만 짜증은 가시지 않았다. 그들보다 나이 어린 쌍둥이가 더 주목받고 있었다. 황후의 자식들이라 하지만, 신혈이 짙은 것은 그들도 마찬가지였지만 모든 이들이 쌍둥이만을 바라보고 있는 이유는 단순했다.

항상 잔혹하기만 했던 그들의 부황이 놀랍게도 그 쌍둥이를 특별 취급했기 때문이다. 황자들이 태어난 이래로 잔혹한 황제는 단 한 번도 자식들을 돌아본 적이 없었다. 덕분에 황후를 비롯한 후궁들은 황제가 오히려 자식을 해칠까 전전긍긍했다. 너무나 젊은 18세의 황제에게 있어 자식의 존재란 중요치 않았다. 심지어는 귀찮게 군다고 애를 죽여 버리기까지 했던 것이다.

그런데 그 황제가 쌍둥이 황자를 옆에 끼고 다닌다. 쌍둥이 중 첫째인 제흐나므를 황태자로 세우고 둘째인 다흐마르를 무릎에 앉히고 총애(?)한다. 후궁들이나 황자들에게 있어 그 정도로 충격적인 일은 없었다. 말 그대로 날벼락이었다.

"그 여자나 보러 갈까?"

"어떤 여자?"

"귀신같다는 그 허연 여자 말이야."

"산토끼?"

"눈토끼."

세 황자는 킬킬 웃었다.

"나중에."

"언제?"

"소문에 따르면 황제는 또 출정 나갈지도 모른대."

"누가 그래?"

"대신들이 하는 소릴 들었지. 외조부가 그러더라고. 싸움에 미친 황제니까 북방으로 출정 나갈 것이 뻔하다던데?"

"그럼 혼자가 되겠군, 그 허연 토끼는?"

"그렇겠지?"

잔혹한 웃음을 주고받으며 세 황자는 천천히 일어섰다. 아무도 그들을 주목하지 않는 터라 장난을 치긴 더 쉽다. 시녀들은 무서워 덜덜 떨고 극성인 모친들은 저마다 몸을 가꾸느라 바쁘다. 황제의 총애를 받아야 살 수 있을 테니. 비틀린 어린 소년들은 타고난 광기를 다스릴 여유도 가르침도 받지 못했다.

세 소년은 장난감처럼 늘어져 있는 시녀들의 시체를 갈기갈기 찢었다. 나중에 대무여관이나 황후가 알아채면 귀찮아진다. 아직 가디언도 가지지 못한 터라 그들의 심사는 몹시 고약했다. 가련한 시체의 얼굴을 짓이겨서 땅에 묻은 세 황자는 나중을 기약하고 저마다의 처소로 돌아갔다.

후궁들과 황자들의 이유있는 원한과 증오를 한 몸에 사고 있는 황제의 눈토끼는 오늘도 열심히 땅을 파면서 수를 놓고 있었다.

사실 그녀는 수를 놓을 필요가 없었다. 이제 그녀는 생계를 걱정할 필요도, 돈이 모자라지도 않았다. 특히 시중드는 자들과 그녀의 옷을 수십 벌씩 만들어대고도 부족하다 말하는 시녀들이 있었기 때문에 바느질할 필요는 전혀 없었다.

하지만 어느 날 눈을 떠보니 침대 위에 은빛 털의 고운 모피코트가 놓여 있었다. 재규어의 모피라고 시녀들이 알려주었지만 북방의 짐승에 대해 아는 게 없는 안데르로서는 그저 신기할 따름이었다. 귀한 모피라고 시녀들이 호들갑을 떨었지만 그녀에게 중요한 것은 이것이 황제가 선물해 준

것이라는 점이었다. 그것도 직접 사냥까지 해서. 하리아드에서는 커다란 짐승이 흔하지 않기 때문에 커다란 짐승을 이성에게 선물한다는 것은 깊은 의미가 있었다. 물론 안데르는 황제의 가디언이 페자페지의 바늘 세트를 쥐고 이것은 암기 세트라 스스로를 속이며 눈물로 만들어낸 작품이라는 것은 몰랐다. 어쨌든 그것은 귀한 것.

"이렇게 예쁜 모피는 처음이네요!"

호들갑을 떠는 유모가 감탄하는 동안 안데르는 자신도 뭔가를 황제에게 해주고 싶다는 열망에 휩싸였다. 그녀에겐 모든 것이 새로웠다. 자신을 예뻐해 주는 사람도 처음이고 타인에게 선물받은 것도 처음이다. 사실 없는 사람 취급을 받아온 안데르는 자신을 위한 이 모든 것이 기쁘기 그지없었다.

"수를 놓을래."

안데르의 말이 떨어지기가 무섭게 유능한 시녀 루키아는 비단실에 금, 은을 입힌 실과 색색의 최고급 실타래를 준비해 주었다. 황제의 사냥장갑을 만들어보는 게 좋겠다는 조언을 진지하게 들은 그녀는 자신의 특기를 살려 얇은 사슴 가죽으로 장갑을 만들고 그 위에 은실과 금실을 써서 수를 놓았다. 신성 황실의 상징을 함부로 쓸 수는 없기에 그녀는 황제를 보면 생각나는 것, 즉 포효하는 야수를 새기기로 마음먹었다. 루키아의 도움으로 여러 가지 도안을 구상한 끝에 만들어낸 장갑은 꽤나 괜찮아서 시녀들도 감탄했다.

"이렇게 좋은 가죽이나 실은 처음이야. 실은 항상 끊어지는 걸 썼었는데."

역시 고급 실은 다르다. 감탄하는 안데르를 보면서 루키아는 미소를 머금었다. 소박하다 못해 빈곤한 공주. 아무리 소국이라지만 그래도 공주인 주제에 이 빈곤하기 그지없는 발상은 또 무엇인가. 그래도 귀엽고 성실하지 않은가. 그 잔혹하신 황제가 그렇게도 좋단 말인가. 힘이 넘쳐흐르는 탓에 소녀의 몸에 만날 손바닥 모양의 멍을 남기는 황제다. 그런 잔학무도한 괴물을 사랑하다니. 이렇게 깜찍할 수가.

살벌한 것들만 봐온 무녀 루키아는 안구가 정화되는 느낌을 받으며 환하게 웃었다.

"네가?"

장갑을 받은 황제는 루키아가 상상한 것 이상으로 기뻐했다.

다소 작긴 했지만 황제의 손에 장갑은 그럭저럭 잘 맞았다. 사실 피가 뚝뚝 떨어지고 뜨끈한 살점의 감촉을 즐기는 황제는 남들 다 하는 사냥용 가죽장갑을 끼지 않았다. 한겨울에도 추위를 모르는 무식한 체력의 소유자인데다가 말을 탈 때는 심지어 고삐도 쥐지 않고 허벅지 힘만으로 타는 황제다. 그는 남들이 장갑을 끼는 이유 자체를 이해하지 못했지만 어쨌든 안데르가 손수 만들고 수까지 놓은 장갑이 무척이나 기뻤다.

"이건 퓨마를 새긴 건가?"

"재규어입니다."

"퓨마같이 생겼는데."

"재규어예요."

쓸데없는 곳에서 고집이 센 안데르는 그렇게 우겼다. 사실 그녀는 퓨마와 재규어의 차이도 잘 모른다. 그냥 크고 이빨 큰 야수다.

"내 사랑스런 눈토끼가 이런 재주가! 너의 손은 놀랍구나. 너의 작은 이 손으로 내 것을 손수 만들다니."

감탄을 연발하는 황제에게 안데르는 뽀뽀를 수십 번이나 하사받았다. 황제가 우악스럽게 움켜쥔 터라 또 새로운 손자국이 그녀의 팔뚝에 남았고 허리에도 남았다. 뿐이랴. 귀여워 죽겠다면서 깨문 탓에 볼과 목덜미는 이빨 자국까지 났다. 피멍이 들 수준으로 물어뜯는 황제가 좋답시고 웃는 그녀를 보며 유모와 루키아는 한숨을 삼켰다.

진짜 야수 한 마리가 침을 줄줄 흘리며 작은 토끼를 삼키고 있는 것 같은 모습이었다.

"그악스러운 것들만 그득한데 나의 사랑스런 눈토끼는 이런 재주도 있구나. 수도 예쁘고 내 손 크기를 맞춘 것도 놀랍구나. 네가 내 가슴을 몹시도 괴롭히는구나."

"네?"

괴롭힌다는 말에 놀란 안데르가 눈을 크게 뜨자, 황제는 느끼하게 속삭였다.

"네가 내 가슴속에 들어와 콩콩 뛰고 있으니 내 가슴이 아프다."

장족의 발전을 이룬 황제의 말솜씨에 듣고 보던 가디언들이 일제히 감탄했다. 가디언 3번은 눈물을 흘렸다. 흑, 성장하셨어!

안데르의 작은 몸을 끌어안고 잠을 청하며 황제는 수를 세기 시작했다. 글자는 몰라도 숫자는 아는 기이한 지식의 소유자인 황제는 600을 넘기고는 다시 처음부터 세기 시작했다. 벌렁거리는 심장과 아랫도리가 자신은 쉬지 않겠노라 주장하고 있었던 것이다. 불행히도 안데르는 영 자라질 않았다. 아무리 14세라 하지만 제국 여인들과 하리아드인들 사이에는 신체적 괴리가 극심했다. 머리 하나는 차이가 나는 기본 신장에, 황제는 유달리 컸고 안데르는 유달리 작다. 덕분에 황제의 금욕 기간은 상상외로 길어지고 있었다.

"대체 왜 안 자라는 거지?"

그는 안데르의 큼직하고 화려한 침대 기둥을 노려보며 중얼거렸다.

침대 기둥에는 황제가 새겨놓은 칼자국이 있었다. 자신의 가슴 정도도 못 미치는 키로 그 정도면 양심의 가책 없이 그녀를 품을 수 있으리라 생각한 최소한의 키였다. 참고로 말하자면 현재 안데르의 키는 황제의 명치에 해당했다.

색색 잠도 잘 자는 그녀를 노려보면서 그는 죄도 없는 시녀들을 욕했다. 이것들이 황명을 뭐라 생각하는 거지? 역시 굶기는 게 틀림없어. 안색은 괜찮지만 키도, 살집도 그다지 늘지 않았어!

그가 이글이글 불타는 기분으로 침대 기둥을 노려보고 있을 때였다. 어느 순간 주변이 변했다. 퍽. 갑자기 눈앞에서 별이 빛났다.

⚜

"헉!"

머리가 빙빙 돈다. 그는 이마를 부여잡고 끙끙댔다. 퍽, 탕, 쾅, 쿵 소리와 함께 연속 타격이 이마에 와 닿는다. 눈앞에서 불꽃이 튀고 귀가 징징. 뭔가 뜨끈한 것이 주르르 흐른다. 코피다.

갑작스런 타격. 가진 것이라곤 짐승보다 더한 본능을 가진 황제를 능가하는 이 속도.

"…카자르 엔더시여."

그는 코피를 줄줄 흘리며 한숨을 내뱉었다.

이번에 그를 후려갈긴 것은 새빨간 사과였다. 그리고 호두 세 알.

"빌어먹을."

그렇다. 그는 잊고 있었다. 고수는 무기를 가리지 않는다.

황제는 한숨을 내쉬며 얌전히 무릎을 꿇었다. 이 상황은 꿈이다. 아무리 아파도 꿈은 꿈이다. 신은 황제의 육신을 마구 짓밟으면서도 결코 선을 넘지 않는다. 바람은 피워도 임신은 시키지 않는 프로페셔널 바람둥이처럼.

평상시와 마찬가지로 희뿌연 공간이다. 아무것도 없는 허연 공간 안에 존재하는 것은 신과 가련한 황제뿐이었다. 호두 한 알로 황제의 코뼈를 부러뜨린 전쟁의 신께서는 턱을 괸 채 다리를 달달 떨며 의자에 앉아 있었다. 위치로 보나 모습으로 보나 위엄에 넘치는 형상이긴 했지만 다리를 꼬고 앉아 달달 흔들고 있는 모습은 그다지 멋지다고는 볼 수 없다.

비스듬히 앉아서 심기가 불편한 얼굴로 코를 움켜쥔 채 얌전히 무릎을 꿇고 앉아 있는 황제를 노려보던 전신이 마침내 한숨을 푸욱 내쉬었다.

—너, 바보지?

"아닙니다."

—바보인 게야. 정말 바보인 게야.

가슴을 쥐어뜯으며 잠시 전신은 회한에 잠겼다. 어찌하여 내가 이런 놈을 후손이랍시고 남겨서 신국(神國)을 세웠던고. 어쩌다 머리 좋은 놈 다 놔두고 이런 멍청한 놈을 황제로 세웠던고.

순간 차악 소리와 함께 길쭉한 채찍이 황제의 등줄기를 내려쳤다. 찰진 소음과 더불어 황제는 앞으로 답삭 고꾸라져 부러진 코를 다시 박았다. 비명이 나오기도 전에 연달아 짜악짜악 날아든 채찍은 등의 살갗이란 살갗은 모조리 다 찢어대는 끔찍한 고통을 그에게 끌어다 안겼다. 노예도 아니고 하필이면 채찍질이냐. 뽀얀 속살을 자랑하던 황제는 찢어지는 살가죽의 아픔에 몸부림쳤다. 차라리 전사답게 창이나 곤봉으로 두들겨 주십사 바라며 황제는 고개를 들었다. 그 와중에도 그의 얼굴로, 손등 위로 시뻘건 코피가 줄줄 흘렀다. 출혈 과다로 죽겠다 싶었던 황제가 아픈 코를 부여잡고 조심스레 건의했다.

"저어, 채찍은 좀 그러니……."

—**채쪅 좋아하시네. 미친놈!**

다시 한 번 짜악 하고 모진 채찍이 날아들어 그를 후려갈겼다. 다시 고꾸라진 황제는 코앞으로 팔랑팔랑 떨어져 내리는 무언가를 발견하고 미간을 좁혔다. 아까부터 흩날리던 것이다. 피가 사방에 흩어지는 건가 생각했는데 그게 아니다.

"…꽃잎?"

달착지근한 꽃향기가 막힌 콧구멍을 뚫고 달려들었다.

황제는 슬그머니 뒤를 돌아보았다. 그는 채찍으로 맞는 게 아니었다. 꽃다발로 맞고 있었다. 공중에 둥둥 뜬 큼직한 꽃다발이 유달리 길쭉한 줄기를 자랑하며 그를 향해 날아들더니 가죽 채찍 못지않은 위력을 과시하며 그를 가차없이 후려쳤다. 철골을 자랑하는 황제의 등짝에 충격받은 꽃잎은 산산이 부서져 나풀나풀 떨어져 내린다. 제법 굵직한 꽃송이는 곤봉에 맞은 것 같은 감각을 불러일으켰지만 뒤이어 날아든 앙상한 줄기는 채찍 그 자체.

꽃다발로 얻어맞고 피와 살이 튀는 이 처참한 상황. 색색으로 흩어지는 꽃잎들. 하얀 꽃잎, 녹색 잎이 휘날린다. 붉은 장미 꽃잎이 핏방울처럼 사방으로 흩어졌다. 하얀 피부 위에 흩어지는 붉은 꽃잎. 꽃향기에 둘러싸인 채로 두들겨 맞는 이 비생산적인 광경. 비뚤어진 시인이 보았다면 변태적인 시가 서사시로 뿜어져 나올 상황이다. 빌어먹을.

순간적으로 황제는 차라리 그냥 모닝스타나 곤봉으로 맞는 게 나을지도 모른다는 생각이 문득 들었다. 아, 쪽팔려!

―세상일은 아무도 모른다.

갑작스런 카자르 엔더의 말을 들으며 황제는 출혈이 멈춘 콧대를 쥐고 주물렀다. 우둑우둑 소리가 나더니 곧 부러진 코뼈가 적당한 위치로 돌아왔다. 눈물이 줄줄 흐르도록 아팠지만 그래도 참을 만했다. 물론 꽃다발 채찍으로 얻어맞아 등은 여전히 엉망진창이었지만 최소한 코피처럼 체면을 손상할 모습은 아니었다.

―내 힘이 약해졌기 때문에 공간을 비집고 누군가가 개입했다.

"네!?"

황제가 아방한 소리를 내며 그를 올려다보자, 전신의 발길질이 다시 한 번 그의 면상에 작렬했다. 컥 소리를 내며 뒤로 쓰러진 황제는 등을 할퀴는 강렬한 고통에 부들부들 떨었다.

―원래 마이칼루야는 부족신이야. 나보다 한두 단계 아래인

하급 신으로 중급 신으로 올라갈 가망성은 거의 없었지.

뜬금없는 소리에 황제가 고개를 들자, 전신은 한숨을 내쉬며 말을 이었다.

─그놈은 유목민의 조상신이야. 원래 예전엔 제사 의식을 제대로 치러 유목민들의 중심이 되었던 놈이지만 요즘은 유목민들도 교활해져서 이리저리 이합집산을 반복하지. 그 때문에 마이칼루야의 힘은 나에게 미치지 못했어.

"그 마이카라는 신이 실제로 존재하는 겁니까? 전 그냥 미신이라 생각했습니다만."

황제의 말에 전신은 고개를 저었다.

─마이칼루야. 태양신. 너희들이 말하는 베이딘족의 조상신이야. 내가 너희들의 조상신인 것처럼. 차이가 있다면 너희들은 스스로 번성하며 나를 향해 기원하지만 기반이 약한 베이딘족은 그렇지가 못했다. 있는 것을 고수하려는 습성 탓인지 무슨 일만 있으면 항상 도망쳐 버리지. 그게 신들 사이에서는 꽤나 강력한 차별 요소이기도 하다.

조상신이 진정한 하급 신에서 중급, 상급 신으로 오르기 위해서는 필요한 요소들이 있다. 가장 큰 것은 신앙심을 갖는 인간들의 양과 질이다.

"많이 믿는 신이 가장 강한 신이 아닙니까?"

─결국은 그렇지. 하지만 조금 다른 것도 있다. 질의 문제야.

수천만이 믿긴 하되 강하게 고뇌하며 믿는 이가 별로 없으면 그 신은 여전히 하급 신이다. 굳이 예를 든다면, 대륙인 누구나 부엌에 있는 가사의 신 마마사를 믿지만 마마사의 존재나 신앙심을 두고 처절한 신앙적 고민이나 고뇌, 철학을 논하는 이들은 없다. 그냥 있나 보다 하고 넘어갈 뿐이다.

―그래서 마마사는 항상 하급 신에도 못 미치는 능력을 가지게 된다.

"그럼요?"

―내가 전쟁의 신으로 태어나 순식간에 상급 신이 된 것은 그만한 이유가 있는 것이다. 나의 신민이자 나의 후손들이었던 너희들이 스스로 전쟁신의 후예라 믿으며 계속해서 움직였기 때문이다.

"계속 싸워서?"

―너희들은 싸우고 또 싸우면서 나의 존재를 사방에 알렸다. 나를 믿고 생명을 걸라 강요하고 교육하고 나를 위해 승리를 바치고 나를 위한 제사장과 무녀를 키웠지. 너희들 자신이 나에게 축복을 요구하면서 또한 자신들의 승리와 영광을 나와 함께하고자 했다.

황제는 생각했다. 별로 고심하거나 철학적인 고뇌를 가진 황족들은 없었을 텐데.

―신력이란 절대적인 힘이다. 전부가 아니면 전무(全無). 물러날 여유를 두고 믿는 신앙은 신앙이 아니지. 전쟁을 수도 없이 일으켜 싸워온 너희들은 나의 존재를 한 번도 의심하지 않

았다. 생과 사의 갈림길에서 나의 축복과 나의 명예, 나의 힘을 믿고 따르는 그 신앙은 책상물림들이 입으로만 나불거리는 신앙에 비할 바가 아니다.

카자르 엔더는 엄숙하게 말했다.

황제는 가만히 무릎을 꿇고 앉아서 곰곰이 생각해 보았다. 기억은 잘 안 나지만 싸워서 밀리거나 눈앞에서 적의 칼날이 오고 갈 때 그의 병사들은 고심하지 않았다. 그들은 살아 있는 전신이 자신들과 함께하므로 지지 않는다 생각했다. 황제가 아무리 폭군이어도 정치 귀족들은 몰라도 병사들만은 그에게 복종했다. 전신의 후예, 살아 있는 신의 혈족. 그 이유만으로 병사들은 기꺼이 복종했다.

"그래서 절 살리신 거로군요."

그가 중얼거리자 전쟁의 신은 무표정한 얼굴로 고개를 끄덕였다.

―너는 황제이기 이전에 나의 제사장이며 나의 말을, 나의 존재를 인간들에게 전하는 상징이었다. 너는 모르나 다른 이들은 너와 나를 동일시하지. 네가 아무리 모자란 살인마라 해도 인간들은 나의 후손이니 난폭할 수밖에 없는 것이라 수긍하는 것이다.

황제가 입을 다문 사이 전쟁신은 잠시 혀를 차더니 말을 이었다.

―내가 널 살리기 위해 시간 축을 비튼 것은 기억하고 있느냐?

황제가 수긍하자 신은 심드렁한 얼굴로 말을 이었다.

―그리하여 문제가 발생했다.

"네?"

―시간을 비튼 사이에 문제가 일어났단 말이다.

황제가 멀뚱멀뚱 쳐다보자 신은 다시 한숨을 내쉬며 혀를 찼다.

―제국 멸망의 순간, 나의 신급은 순식간에 하급 신으로 곤두박질쳤다. 그리고 그 사이를 메우기 위해서 하급 신이었던 마이칼루야가 승급했다는 이야기다.

황제의 얼굴이 일그러졌다. 무슨 소리인지 확실치는 않지만 뜬금없이 야만인의 신이 카자르 엔더를 누르고 강해졌다는 이야기다.

―하지만 내가 다시 시간 축을 비트는 순간 마이칼루야의 존재는 중간에 뜨고 말았다. 그리하여 내가 살아 있는 바로 이 순간, 이 대륙에는 상급 신이 둘이다. 나와 마이칼루야.

"아니, 과거로 돌아왔으니 그 야만족의 신도 다시 하급 신이 되어야 하는 것 아닙니까?"

그가 항의하자 카자르 엔더는 고개를 저었다.

―신은 시공간에 좌우되지 않아.

그의 얼굴이 진지해지자 황제 역시 얼굴을 찡그렸다.

"그럼, 그 야만족의 힘이 감히 제국을 넘볼 정도가 되는 겁니까?"

―모시는 마이칼루야가 성장한 것은 그들 역시 알아차렸을

게다. 지랄 맞은 제국인들과 달리 그들은 얌전하지만 조상신이 승급했다면 그들 역시 대륙에서 차지하는 위상이 커지게 된다.

"그런 말도 안 되는!"

―마이칼루야는 내가 상급 신에서 내려오길 바라는 것이야. 그래야 균형이 맞으니까. 자유로운 유목민들은 이기적이고 욕심 많은 제국인들에 비해 신앙심이 깊지만 나약하다. 특별한 계기가 없는 이상 그가 상급 신이 될 기회는 없었을 게야.

"다시 말해 카자르 엔더님의 뒤통수를 친 것이군요."

황제의 말에 신의 주먹이 뒤통수를 강타했다.

"그래서 바라시는 건?"

그가 아픈 뒤통수를 주무르며 묻자 신은 미소 지었다.

…고대 신화에 대해서 수많은 해석이 있지만 중요한 건 단 한 가지입니다. 자기 조상신이 최고라는 거죠.

―〈알기 쉬운 고대 신화〉 中에서

피요르 헨더 著

CHAPTER 07

RELOAD

 안녕하십니까? 8번입니다. 이름은 군나르 에페이고요, 저의 주인이신 폐하와 동갑입니다. 아, 어디서 많이 본 것 같다고요? 그렇습니다. 제가 폐하와 많이 닮았답니다. 미리 말씀드리건대, 가끔 폐하께서 외유하러 나가시면 제가 대신 폐하인 척합니다. 키, 외모, 목소리가 똑같거든요. 사실 취향이나 식성도 같습니다. 잘 기억은 나지 않지만 아마 대무여관께서 절 그렇게 가르치셨던 것 같습니다. 저는 부모에 대한 기억은 전혀 없습니다. 다른 가디언들은 기억이 있는 모양입니다만 전 전혀 없지요. 평상시 저는 다른 가디언들과 달리 두건을 푹 뒤집어쓰고 있습니다. 외견상 폐하와 많이 닮아서 대역을 맡기 때문에 외부인들에게는 얼굴을 알리지 않습니다.

대개 가디언들은 얼굴들을 가리는 편입니다만 폐하는 답답한 걸 싫어하셔서 가디언들도 다들 얼굴을 내놓고 다니지요. 저도 복면을 쓸까 했습니다만 폐하께서 싫다고 하셔서 그냥 두건을 쓰기로 했습니다. 폐하의 유별난 백금발은 흔한 게 아니라서 닮은 저를 본 이들은 다들 기겁했거든요. 그냥 허연 빛깔이 도는 금발, 뭐 그런 게 아니라 폐하의 백금발은 햇빛을 받으면 빛을 뿌리는 신성한 빛을 띠고 있습니다. 흔히 신혈의 증거라 부르기도 하지요. 억울하냐고요? 아뇨. 전혀요. 전 그 덕분에 다른 가디언들과 차별화된 역할을 맡고 있습니다. 좋은 거 먹고 몸치장에 신경을 쓰고 야근을 하지 않습니다. 전 폐하보다 약해서 사흘만 못 자도 금방 안색이 변하거든요. 다른 가디언들도 저에게는 심한 소리를 못합니다. 잘난 척하는 메리테인도 제게는 뭐라 하지 않습니다. 전 폐하의 옆에 있는 게 아주 행복합니다. 그분을 지키는 것은 가디언의 명예지요. 다른 황족들의 가디언들이 어떻게 되었는지 모르시는가 봅니다. 다른 황족들의 가디언들은 모두 갈가리 찢겨 죽거나 백치가 되었습니다. 오래 모신 주인이 죽으면 가디언도 미치거나 죽습니다. 연결되어 있기 때문이죠. 저희들이 힘이 세고 강인하다면 그건 주인이 폐하라서 그러합니다. 사실상 폐하를 이길 수 있는 가디언은 아무도 없습니다. 가디언들이 아무리 강해도 진짜 강한 황족에게는 당해낼 수 없지요. 그렇기에 우리의 숫자가 이리도 많은 것입니다. 아주 예전엔 가디언을 100명이나 거느린 황족도 있었습니다. 하지만 숫자에 관계없이 주인이 강한 쪽이 이깁니다. 저희는 사실 행복한 가디언에 속합니다. 주인이 강하니 취미도 가질 여유가 있고, 수다를 떨거나 주인님의 여자들에 대해서 품평회를 한다거나, 주인님의 옷맵시나 장신구에 대해 토론을 할 수도 있습니다. 얼마 전엔 고위 기사들도 가질 수 없는 페자페지 무구 풀세트를 선사해 주셨지요. 폐하께서도 페자페지의 무구가 없다는 것을 볼 때 저희들이 얼마나 주인님께 총애를 받고 있는지 적나라하게 보여주는 일이 아니겠습니까. 어험! 사실 궂은일을 도맡아 한다고 말들은 합니다만, 시종도 시녀도 아닌 저희들이 할 일은 사실상 주인님의 소소한 시중—시녀, 시종 감시, 후궁 감시, 독서 대행, 문서 관리 대행, 결재 대행 등—을 드는 것과 유사시에 방패가 되는 것 외엔 없습니다. 하지만 다른 황족들은 전쟁이나 암살, 호위로 가디언을 활용합니다. 심령으로 맺어진 가디언들은 배신을 모르니까요. 우리 주인님께서는 아마 저희들을 강아지 이상으로는 생각하지 않으실 겁니다. 성질이 급해서 당신 자신이 뛰쳐나가 패고 죽이고 부수는 분이니 저희들은 그냥 새 옷 들고 서 있기만 하면 됩니다. 가디언으로서 참으로 편하고 바람직한 주인님이시지요. 강하고, 잘 안 죽고, 무심하고, 신경줄 두껍고, 소소한 것은 기억 안 하고……. 거기에다 또 부자이십니다. 식성 무던하지(독충이든 독사든 먹을 수만 있으면 그냥 드십니다), 황족이면서도 사치를 모릅니다(걸칠 수만 있으면 어떤 옷이든 신경 쓰지 않습니다. 가끔 아랫도리만 걸치고 뛰쳐

나간 일도 있었죠. 몸매에 자신감이 넘친 탓일까요? 장신구는 무기 대용이 될 수 없으면 걸치지도 않습니다). 본인이 너무 강하다 보니 신경질이라곤 조금도 없습니다(밤 되면 자고 아침 되면 일어납니다. 불면증, 식욕부진, 우울증, 의심 그런 거 없습니다). 저희야 그저 말만 잘 들으면 됩니다. 그러니 당신께서도 오해하시면 안 됩니다. 강자를 모시는 것은 가디언의 행운입니다. 야, 5, 6번! 노려보지 마. 내가 말한 건 사실이란 말이야. 뭐, 대신 야전 때 설거지 해오라고? 미쳤나! 손 거칠어져!

⚜

근위기사단 호르데마누의 단장 루네릭 백작.

그는 휴가 중이었다가 부단장의 비명에 가까운 호출을 듣고 부랴부랴 휴가를 취소했다. 사실 그는 휴가를 취소하고 꼭 황궁에 돌아와 주군 옆에서 일을 하고 싶었다. 아주아주 열심히 오래오래.

"무슨 일인가?"

"단장님······."

부단장 레비스 자작은 멍하니 한 달의 휴가를 보내고 돌아온 루네릭 백작을 멍하니 바라보았다. 집에서 푹 쉬었으면 얼굴색이 좋아져야 할 텐데 어찌 되어 피골이 상접할까!

강건한 타입의 기사는 부하의 시선을 바라보며 쓴웃음을

머금었다.

그는 먼 산을 향해 한숨을 내쉬고는 초탈한 얼굴로 보고를 재촉했다.

"그래, 빨리 말해보게나."

"단장님, 소문에 듣자 하니 하리아드의 왕녀 다섯을 첩으로 들이셨다 하는데 소득은 있으셨는지?"

짓궂은 수석기사 앙데라그가 끼어들었다. 장난기가 많아서 황제와 함께 뒷골목을 헤매며 뒤치기를 즐겼다는 전설을 가진 수석기사는 단순 폭력을 즐긴 황제와 달리 고문과 협박을 즐기는 타입이었다. 그러나 얼굴은 동글동글, 순진무구한 동안. 그래서 그는 전설이 되었다.

"으음."

루네릭 백작이 침음성을 흘리자 옆에 있던 부단장은 혀를 찼다.

"소득이 없으신가요? 폐하께서 그걸 아신다면 또 다른 여자를 내리실지도 모릅니다."

헉 소리를 내며 기사단장의 얼굴에서 혈색이 빠져나갔다.

하리아드의 왕녀들은 침대 기술을 갈고닦은 여자늘이다. 게다가 나긋나긋 요염과 애교가 위험 수위를 넘나드는데 그 주제에 또 왕녀라 콧대는 높다. 성질 나쁜 남자라면 즐길 수 있겠지만 백작은 성질 나쁜 남자가 아니라 성질 좋은 성실한 남자다. 그런 남자는 왕녀들에게 휘말려서 헐떡댈 뿐 즐길 여유가 없다. 황제가 직접 하사한 여자들이니 내칠 수도 없고 황제는 백작이 자손을 늘려주길 기대하니 그냥 독수공방시킬 수도 없다. 아무리 강건한 무인이라 해도 본부인 포함, 혈기왕성한 여섯 여자에게 밤낮으로 시달리다 보면 피골이 상접할 수밖에 없다.

"그런데 사모님께선 가만히 계시던가요?"

앙데라그의 질문에 백작은 고개를 끄덕였다. 가만히 있는 정도가 아니라 백작부인과는 오히려 사이가 더 좋아졌다. 백작부인은 현모양처답게 황제의 성질 나쁜 심술을 잘 알고 있었다. 그녀는 백작의 손을 잡고 이 모진 고난을 넘어서자고 다짐했다. 그리하여 밤에 백작을 끝없이 채찍질했다. 둘째를 가지면 분명 황제도 심술을 멈출 것이라고.

"그 하리아드 여자들 말고 사모님께서 아이를 가지신 듯하다면서요?"

"그건 어찌 알았나?"

"마누라들 입심이 얼마나 대단한데요. 제 형수님이 알려주시더라고요."

"하아."

백작은 한숨을 내쉬었다.

"왜요? 잘됐잖아요?"

"하리아드의 왕녀들에게서 자손을 보시길 바란 것인데 그녀들은 의외로 아무도 애를 가지지 않았어."

앙데라그가 고개를 내저었다.

"천만의 말씀. 폐하가 원한 건 단장님의 자손이지 그녀들의 자손이 아니에요. 그냥 백작부인께서 아이를 가졌다 하시면 흐뭇해하실걸요."

"그럴까?"

불안한 기색으로 백작이 묻자, 협박과 고문을 즐기는 수석기사가 자랑스레 대답했다.

"저만큼 폐하를 잘 아는 이는 메리테인 경뿐일걸요."

"그럼 됐고. 사담은 그만두고 보고사항이나 빨리 하게. 대체 무슨 일이야?"

엄숙한 얼굴로 루네릭 백작이 표정을 바꾸자 부단장도 표정이 바뀌었다.

"폐하께서 친정(親征)을 원하십니다."

"뭐?"

데이페론 제국의 황제 유그 펠리오르 5세. 개선한 지 두 달 반이 된 어느 날 친정을 선언하다.

목적지는 북요르문 산. 동북부의 산맥 중간 지점에 위치한 험한 산으로 그 일대로 동부의 불온한 유목민들이 몰려들고 있어 그들을 정벌할 계획이라 했다.

이미 베이진 평원을 가로질러 분열되었던 동서남북의 베이딘족이 통일되었고, 그들 이외에 떠돌이 유목민으로 알려진 얌족과 홀리족도 집결, 모여든 유목민의 수가 물경 100만을 넘는다는 풍문이었다. 워낙 넓은 제국의 땅덩이 구석에서 벌어진 일에 대해 대다수의 귀족들은 무심했다. 동부 평원은 초원지대로 유목민들이 대대로 살아온 곳이다. 제국의 중남부에 몰려 있는 풍요로운 자산가치에 비해 빈약하고 헐벗은 동부 평원지대는 건질 것이 없었다. 유목민들에게는 귀족들이 탐낼 것이라곤 말이 전부였다. 하지만 동부의 평원에 비해 제국 중남부는 크고 작은 야산이 줄지어 있는 지역이 많아 그들이 자랑하는 말조차 그다지 가치가 없었다. 평지를 달리는 말과 야산을 달리는 말은 체구나 지구력에서 차이가 났던 것이다. 제국 귀족 대부분은 넓은 가슴에 두꺼운 사지를 가진 야수와의 혼혈마인 마지크 종을 최고로 쳤다. 마지크 종은 수더분한 동부 말과는 달리 말을 닮은 맹수 게브와 산악지대의 토종 지크 종을 교배시킨 말이다. 유달리 덩치 크고 근육질인 제국 귀족들은 힘이 센 말들이 최고라 여겼다. 주로 말을 전마로 쓰기 때문에 피를 두려워하거나 맹수를 두려워하는 것은 말로 치지도 않았다. 따라서 주인을 따라 적병을 밟거나 씹거나 먹는 마지크 종이 최고로 비쌌다. 동부의 말들은 천적이 적기 때문인지 빠르고 양순하긴 했지만 전마로서의 가치는 마지크 종보다 못했다. 실제로 마지크 종과 동부 말이 부딪치면 동부 말은 겁에 질려 달아난다. 하지만 마지크 종은 동부 말보단 느렸다. 힘이 센 대신 좀 느리다는 것이다. 아주 조금.

"마노와 로리가 맡아라."

"하오나!"

"황태자도 정했고, 큰 문제는 없다. 만약 있으면 다 죽여."

황제의 말에 로리랜드는 뭐라 말하려다가 입을 다물었다.

"1년도 채 안 된 상황인데 또 나가신다면 아무래도 무리가 있지 않겠습니까? 그냥 동부군에게 맡겨놓으시지요. 동부군의 수장 베네릿 공작은 바보가 아닙니다."

"바보라서가 아니라 계시를 받았다."

"네?"

재상은 귀를 손가락으로 쑤셨다. 아무래도 헛소리를 들은 것 같다.

"신의 계시가 떨어졌다. 북요르문 산으로 가서 그놈의 마이야인지 라이야인지 하는 그걸 잡아 꺾으라 하시더군."

"마이칼루야의 신조 리르카이야 말입니까?"

"그래, 그 황금 새. 그걸 놔두면 제국이 흔들릴 수도 있다 하시더군."

"누가요?"

"카자르 엔더께서."

"폐하께요?"

불손한 반문의 향연에 황제의 주먹이 재상의 빈약한 턱주가리에 닿았다. 그렇다. 치지는 못하고 그냥 좀 닿았다.

"쿠엑!"

그럼에도 불구하고 빈약한 재상은 1미터를 날아 그냥 널브러졌다. 고통으로 헐떡거리는 재상을 보다 말고 황제는 손짓했다. 그러자 대기하고 있던 메리테인이 접견실의 둔중

한 문을 열었다.

 황제의 접견실은 상당히 컸다. 의자 두 개와 탁자 하나가 달랑 놓여 있는 휑한 공간 안에는 황금과 자수정으로 장식된 화려한 벽화만이 있을 뿐 아무것도 없다. 아니, 황제만 아는 곳에 숨겨진 비밀 통로와 비밀 금고가 있긴 했다. 어차피 의자에 앉을 수 있는 것은 황제나 황후뿐이다. 공적인 장소인 접견실에서 황제를 만나 설마하니 마주 앉아 수다를 떨 정도의 지위를 가진 인물이 몇이나 되겠는가. 그냥 없다고 보면 된다.

"부르셨습니까?"

 들어선 인물은 무심한 중년 여인, 대무여관이었다.

 대무여관은 쓰러진 채 거품을 물고 있는 재상을 외면하고는 조용히 걸어 황제의 앞으로 다가갔다. 황제는 의자에 점잖게 앉아서 고심하고 있었다. 그의 시선은 지도에 고정되어 있었지만 그렇다고 그걸 읽을 줄 아는 건 아니었다. 옆에서 열심히 설명하고 있던 3번이 대무여관의 싸늘한 시선을 발견하고는 재빨리 황제에게 눈치를 주었다.

"재상을 일으켜라."

 가디언들이 가여운 재상을 툭툭 털어 일으켜 세우자, 비로소 나름 엄숙한 분위기가 이루어졌다.

"신탁이 내렸는가?"

 황제의 질문에 대무여관은 담담한 어조로 노래했다.

*대륙을 질타하는 자들의 머리 위로 황금 태양이 나타나리니
태양의 궤도를 바꾸어 운명을 바꾸라*

"그게 전부인가?"

"그러합니다. 짐작하시는 바가 있으시지요?"

대무여관의 말에 황제는 고개를 끄덕였다.

"북요르문 산."

"새로운 신조 황금의 새. 리르카이야. 베이딘의 신 마이칼루야의 힘이 확장되고 있는 듯합니다. 2천 년 만의 일이라 할 수 있겠군요."

황제는 고개를 갸우뚱했다.

"2천 년 만에 있는 일이라고?"

"네, 신족 마이칼루야는 베이딘족이 모시는 신입니다. 태양과 불길을 상징하는 신이지요. 베이딘족을 통일한 리카르라는 자는 자신이 마이칼루야의 적자라 자칭했습니다."

세상의 많은 이들이 착각하는 것 중 하나는 신들이 자애롭다는 것이다. 신의 입장에서의 자비와 인간 세상의 자비가 일치하지 않는 데서 괴리가 발생한다. 제국이 오랫동안 영역을 확장하고, 난폭하다의 경지를 넘어 잔혹무비한 황제가 제위에 있는데도 번영하고 있는 것은 제국의 인간들이 신을 믿고 있기 때문이다. 그들의 신은 전쟁의 신 카자르 엔더.

전쟁의 신 카자르 엔더의 제사장이자 후예인 황족들은 잔혹하고 사악하고 광기에 물든 끔찍한 존재였으나, 그 상대

는 항상 밖에 있는 것들이었다. 자신들을 지켜주는 존재라면 엄청난 악당이라 해도 숭배하는 것이 인간이다. 카자르엔더의 황제들은 이기적이고 잔혹해서 자신의 제국민을 해치는 자들을 용서하지 않았다. 정확히 말하자면 아껴서 그런 게 아니고 내 것을 남이 건드리다니 용서할 수 없다는 이기적인 발상이다. 또 그것을 빌미로 삼아 타국을 침범하고 괴롭히고 보상금을 억수로 받아낸다. 그게 황제들의 취미였다. 싸우는 취미는 그 황제가 얼마나 미쳤든 상관없이 계속해서 이어져 내려온다. 제국의 전통이다.

그러다 보니 제국 외의 타국은 몸을 사리지 않을 수 없었다.

아무리 치안이 잘되어도 깊은 산속의 도적 떼까지 모두 막을 수는 없는 일이다. 불행히도 제국의 상단이 타국을 지나다가 도적 떼에게 살해당하기라도 하면, 제국의 황제께서는 벌떡 일어서서 그 나라의 왕을 갈구어 보상금과 영토를 강력하게 요구한다. 물론 안 내어놓으면 전쟁이다. 때는 이때! 이것은 기회! 전쟁은 이럴 때 하는 거라고 역대 황제들은 굳게 믿었다. 그럭저럭 온화한 황제들은. 물론, 사나운 황제들은 보상금이고 공식사과고 뭐고 없다. 그냥 전쟁이 시작되어 그 나라를 초토화시키며 약탈하고 영토를 넓힌다.

타국의 시선이 어떠하든 제국민은 편안했다. 타국으로 가면 대접받는다. 걸핏하면 전쟁광인 황제가 군대를 일으키겠다고 호시탐탐 노리는지라 힘없는 나라일수록 제국민이 다

치지 않도록 벌벌 떨었다. 제국 안에서야 폭군이라고 뒤에서 욕을 할 수도 있지만 밖에 나가면 우리 위대하신 폐하가 되는 것이다. 시큼털털한 일이지만 어쨌든 황제의 인기는 그래서 높았다. 그리하여 제국민 전체가 독실한 전쟁의 신의 신자가 된다. 우리를 지켜주시는 카자르 엔더시여! 감사드리나이다. 황제를 보우하소서. 이런 기도를 매일 아침저녁으로 올린다. 반대로 귀족들은 죽을 맛이다. 자신의 힘을 자랑하는 귀족들은 황제에게 쉽게 죽는다. 덕분에 통치를 썩 잘하는 것은 아니지만 세금을 엄청 올리며 영지민을 갈구는 귀족은 그다지 오래가지 못하는 게 제국이다. 귀족들은 허구한 날 전쟁에 동원되다 보니 사치할 겨를도 없다. 몸이 쇠약하거나 뚱뚱하면 황제에 대한 반역이라고 외치는 탓에 은퇴하지 않으면 몸도 단련해야 한다.

"귀족은 강해야 해! 귀족은 튼튼하고 강인하고 잘 싸워야 해! 아니면 신에 대한 반역이다! 그런 놈은 죽어야 한다!"

황제의 칙령이다. 거짓말이 아니다. 제국법에 그렇게 명시되어 있다.

영지를 다스리는 것은 대개가 전문 관리늘이었고, 그늘은 시험을 통해서 뽑힌다. 제국의 영토가 잘 운영되는 것은 그 때문이다. 하급 관리자와 꼭대기 층이 되는 대신과 재상들이 유능하다. 대신이 되려면 영리해야 하고 유능해야 하기 때문이다. 유능하면 귀족이라 해도 몸 단련 안 해도 된다. 가장 큰 예로 비리비리한 재상 로리랜드가 있다. 덕분에 중간 관리자라고 하는 귀족들은 황제의 비위 맞추기에도 사실 꽤나 버겁다. 어릴 때부터 공부냐, 무술 단련이냐의 기로에 놓여 각박한 인생을 보내는 귀족. 고위 귀족일수록 사는 게 팍팍하다. 그러니 매일 신을 찾으며 독실한 신자가 된다. 전쟁의 신 카자르 엔더시여! 저에게 힘을 주소서! 약해지면 죽나이다! 이게 바로 귀족들의 아침 기도문, 밤 기도문의 골자다.

난폭한 황제 덕에 위아래로 전부 카자르 엔더의 독실한 신자다. 그리하여 제국이 넓어질수록 카자르 엔더의 신자는 늘어난다. 간혹 제국민이 아닌 타 국민이 카자르 엔더를 믿는 경우도 있다. 제국군과의 전쟁 중에 저도 신자예요! 하고 외치면 간혹 제국 병사들이 살려줄 때도 있기 때문이다.

공포는 자비보다 전염성이 강하다. 전쟁신 카자르 엔더의 신앙도 비슷하다. 그리고 그것이 무너지는 속도도 빠른 법이다. 황제가 반역으로 죽으면 전쟁신에 대한 신앙에 금이 갈 수밖에 없다. 신의 화신이라 불리는 황제가 인간인 귀족에게 죽었다면 신앙심이 줄어드는 것은 당연지사.

"야만인의 신이 세력을 펼치고 있다는 것을 매우 불쾌하게 여기십니다."

대무여관의 말에 문득 황제는 자신의 힘과 카자르 엔더의 힘이 같은 선상에 있다는 것을 깨달았다. 자신이 약해지면 신도 약해진다. 그렇기에 신이 자신을 되살린 것이다. 신력을 총동원해서. 그것이 바로 이 엉망진창의 미친 집단인 황족들을 카자르 엔더가 돌보는 이유인 셈이다.

"가자."

황제는 선언했다.

"어딜요?"

재상은 반문했다.

"그 황금 새를 잡으러."

황제는 대답했다.

"지금 당장 가신단 말입니까?"

"신탁이잖아."

황제의 단언에 재상은 고심했다. 그는 잠시 동안 대무여관의 무표정한 얼굴과 황제의 얼굴을 번갈아 바라보며 작게 물었다.

"그럼 얼마나 데려가실 겁니까?"

"제일 빠른 놈들만 데려가겠다."

벌써부터 엉덩이를 들썩거리는 황제를 보며 재상은 잠시 고심했다.

제일 빠른 놈들? 근위기사단이야 당연히 가야 하지만 제국에서 제일 빠른 놈들이라면 역시 황후의 애완 멧돼지 레솔트 후작 휘하의 까만 놈들이다. 제국 제일의 보물 사냥꾼이자 제국 제일의 부유한 군대라 불리는 자들. 만약 그들이라면 먼지 풀풀 날리는 황야에서라도 값나가는 것을 챙겨 오리라.

"알겠습니다. 그럼 레솔트 후작에게 연락하고 준비하겠습니다."

나름 계산을 마친 재상이 싹싹하게 단언하자 황제는 잠시 움찔했다.

"레솔트? 돼지 말이야?"

"네. 역시 제일 빠른 자들이라면 레솔트 후작 휘하의 기사들이죠."

그는 잠시 고심했다. 재수없게 레솔트를 데려갔다가 다치기라도 하면 황후의 발광을 견뎌야 한다. 그러나 망설이는 것도 잠깐, 자신 역시 사랑하는 눈토끼를 두고 가야 한다는 것을 떠올린 그는 주저하지 않았다.

"빨리 준비시켜."

"네엡!"

재상이 발랑거리는 걸음새로 총총 사라지고 나자, 황제는 대무여관의 뚫어져라 바라보는 시선에 흠칫했다.

"뭐야?"

"상처가 사라질 날이 없군요, 폐하."

대무여관의 무표정한 얼굴에 동정의 빛이 서렸다. 대륙의 황제에게 연민의 시선을 보내는 이 발칙한 상황에 그의 얼굴이 일그러졌다.

"괜찮으시겠습니까? 어쩌다 옥안이 그리도 상하셨는지."

대무여관의 눈에는 황제의 얼굴에 난 상처가 고스란히 보였다. 눈은 밤탱이가 되어 통통 부어 있고 높은 콧대는 휘어져서 상처가 그득하다. 입가도 터지고 뺨도 터졌으며 혹도 있다. 가만히 보니 성한 곳이 없다.

대무여관의 시선에 문득 황제는 의심이 생겼다. 그동안 아무도 그에게 아파 보인다는 말을 한 적이 없었다. 어린 시절 모후에게 얻어맞을 때나 아팠지 그 이후에는 다친 적도 별로 없다. 요즘 들어 꿈속에서 카자르 엔더에게 두들겨 맞긴 했지만 꿈에서 깨어났을 때는 그저 맞은 곳이 욱신거리는 정도지 고통이 남아 있는 것도 아니었다.

"뭐야?"

그가 이상하다는 듯이 바라보자 대무여관은 조용히 말했다.

"귀하신 옥안에 바를 약을 지어 올리겠습니다. 담당 의관이나 시종장은 대체 뭘 했는지."

걸리면 반쯤 죽여놓아야겠다는 의지를 보여주는 대무여관의 말에 황제는 가슴이 철렁했다.

"상처? 상처가 있다고?"

"네. 곧 약을 올리겠나이다."

그녀의 말에 황제는 자신의 얼굴을 손바닥으로 마구 문질렀다. 대무여관은 기겁을 하며 황제를 말렸다.

"폐하! 그런 상처는 문지르면 안 됩니다!"

"상처 따윈 없어. 넌 대체 뭘 보는 거냐?"

손바닥에 느껴지는 감촉은 평소와 다를 바 없이 미끈하다. 황제는 침통하게 말했다.

"너, 노망났구나."

황후의 총애를 받고 그 수백 배에 달하는 증오와 질시를 한 몸에 받고도 아무렇지도 않은 두꺼운 신경줄의 소유자 레솔트 후작은 현재 조금 바빴다.

황궁에서, 그것도 황후궁에서 지내고 있는 후작은 자신의 부하들을 제도에 뿌려놓았는데 그중에 그가 가장 싫어하는 일을 행하는 녀석이 있다는 보고를 받았다. 잘 싸우고 부유한 주제에 머리도 은근히 좋고, 돈 냄새와 보물 냄새를 맡는 본능을 자랑하는 레솔트 후작이 가장 싫어하는 것이 있었다.

도박이다.

귀족들이 즐기는 유흥이자 만민이 즐기는 사행성 오락인 도박을 그가 가장 싫어하는 이유는 그것이 중독성이 있기 때문이다. 도박에 빠지면 인간이 망가진다던가.

대개 승승장구하는 병사들이 망가지는 대표적인 경우가 술과 여자, 도박이다. 목숨 걸고 돈 벌어 패기만만하게 돈을 뿌리겠다는데 말리지는 않는다. 술이야 먹고 마시는 음식이고, 좋아하는 여자가 있어서 돈 좀 뿌리겠다는데 누가 뭐라 할 수 있겠는가. 하나, 도박은 다르다. 도박은 돈 놓고 돈 얻는 줄 알다가 돈 잃는 가장 나쁜 경우다.

봉급을 넘치도록 주고도 보너스까지 주고 있는 후작이다. 그의 말을 거스를 병사는 없다.

"미카 조장은 어디 있나?"

보기에도 음침한 골목을 지나 마약으로 반쯤 녹은 중독 거지들을 지나, 문신 자랑하는 근육덩치들을 지나 도착한 도박장에서 후작은 음산하게 물었다.

"저, 저, 저 안쪽에에에에……."

코 내려앉고 갈비뼈도 몇 대 부러진 덩치 큰 근육덩치가 피를 토하며 공손히 고했다. 그 옆에 있던 턱뼈 부서진 덩치는 공손히 방향도 가리켰다. 말을 할 수 있다면 먼저 고했을 거라 눈빛으로 외치면서.

잘나가는 제국의 수도라 해도 암흑가는 있다. 암흑가 제일의 불문율은 〈미친 돼지를 건드리지 말라〉였다. 또한 곁다리로 〈미친 돼지의 새끼 돼지들을 상대하지 말라〉라는 말도 있었다. 돈과 권력, 무력과 독기까지 겸비한 레솔트 후작을 상대로 암흑가의 조직들이 수도 없이 쓰러졌다 사라졌다.

오늘 후작은 심기가 불편했다. 어제 그의 보병대 소속 조장의 어린 아들이 울며 그에게 달려와 호소했다. 자신의 아비가 도박에 빠져서 마누라를 담보로 잡아 돈을 빌렸다는 경천동지, 상상초월, 기상천외한 비극을 고했던 것이다.

"죄송합니다, 각하."

산뜻한 정장을 갖춰 입은 사내가 어디선가에서 급히 뛰어나와 후작에게 고개를 숙였다. 이곳 도박장 주인이자 이 지역을 관장하는 케르투파의 부두목이다. 그 뒤를 이어 어두컴컴한 도박장 구석에서 세 명의 덩치가 뛰어나와 인사를 했다. 그들의 얼굴은 잔뜩 일그러져 있었다. 하필이면 재수 없게! 그들이 일제히 마음속으로 외치고 있는 동안, 건달들의 손에 잡혀온 도박에 빠진 조장이 시퍼렇게 질린 얼굴로 질질 끌려왔다. 자신의 주인을 본 그는 달달 떨고 있었다.

"한 번만 용서해 주십셔!"

악을 쓰듯 외치는 녀석을 바라보며 건달들은 눈물을 줄줄 흘렸다. 아아, 우린 재수가 넘 없었어.

"일단, 맞고 시작한다."

레솔트 후작은 황후에게 보였던 순한 표정과는 전혀 다른 냉혹무감한 얼굴로 선언했다.

후작의 뒤에 서 있던 세 명의 기사 역시 주군을 따라 무표정한 얼굴로 소매를 걷었다. 그 주인에 그 부하들이다. 그들이 벌겋게 물이 든 밧줄을 집어 드는 순간 비명이 터져 나왔다.

"끄아아아악!"

와장창 소리를 내며 도박장 전체가 들썩였다. 울부짖는 덩치들의 끔찍한 모습에 밖에서 지키고 있던 후작의 병사들은 조용히 골목을 폐쇄하고 문을 닫았다. 좁은 골목이라 병사 두 명만 서 있어도 골목이 폐쇄되는 것이나 마찬가지다. 그들의 얼굴에는 연민의 빛이 강하게 서렸다.

"미카 조장도 끈질기지."

"이번이 몇 번째지?"

"다섯 번째."

"독하네. 전에 있던 마르코란 놈은 세 번 만에 손 털었는데."

"조장도 나름 독종이니까."

"그나저나 이젠 도박장 애들이 불쌍해."

"누가 아니래나."

기름 먹인 최고급 레더 아머에 강철을 잇댄 건틀렛과 폐자폐지의 장검, 단검 세트를 갖춘 후작의 병사는 허리춤에서 은으로 만든 곰방대를 하나 꺼내 입에 물었다. 옆에 있던 병사가 자신도 곰방대를 꺼내며 그에게 새로 샀다는 향 담배 한 줌을 내주었다. 두 명의 병사들은 서로 곰방대에 불을 붙이며 연기를 내뿜었다.

그때 소식을 들었는지 우락부락하게 생긴 사내 십여 명이 달려왔다. 험상궂은 흉터에 살기를 풀풀 날리는 사내들은 각자 흉기를 휘두르며 병사들에게 소리쳤다. 제국의 수도를 배경으로 움직이는 조직원 13명. 무기는 곤봉과 쌍도끼. 자칭 케르투파. 도박과 마약 판매가 주된 수입원.

"이 샌님들이 어디서!"

"지들이 군인이라고 우릴 우습게 아는 모양인데! 이 거리에선 우리가 왕이다!"

좁은 골목길을 막고 서 있던 두 명의 병사와 열세 명의 깡패가 부딪쳤다. 번쩍이는 칼날 위로 시퍼런 살기가 돋았다.

"내기할까?"

담배 연기를 내뿜으며 병사가 씨익 웃자, 옆에 있던 병사가 혀를 찼다.

대륙 최고의 병사가 아니면 훈련병이라고 외치는 뇌전기 사단의 보병대 제10조 소속 병사 두 명. 무기는 숏소드. 자칭 레솔트파. 부동산 매입(?)과 봉급이 주된 수입원.

왁자한 소음과 함께 13대 2가 붙었다. 남들이 들으면 불합리한 전투라 욕하겠지만 상황은 그렇지도 않았다. 날고 기는 적병과 사선을 넘나든 산전수전 다 겪은 병사다.

"으아아악!"

"카악!"

"쿠엑!"

검은 뽑지도 않았다. 건틀렛으로 후려치고 발길로 걷어차고 검집으로 머리통을 두들겼다. 퍽퍽 소리와 함께 콰직콰직 소리도 함께 들렸다. 피가 터지고 살이 찢겨 나가고 뼈가 부서지는 소리다. 덩치가 큰 탓에 맞을 곳도 많다. 노련한 병사 두 명이 건달패 열세 명을 쓰러뜨리는 데는 그다지 오래 걸리지 않았다.

"후."

먼 산을 바라보며 곰방대를 문 병사가 연기를 내뿜었다. 그는 발치에서 헐떡이고 있는 덩치들의 주머니에서 지갑을 꺼내서 재빨리 부수입을 챙겼다. 그들의 주인이 말하시길, 수입을 챙길 때 부대의 이익을 반하지 않는 이상 주저하지 말라 했던가. 이 경우 부외 수입이니 아무도 뭐라 할 수 없으리라.

"크크크."

두 명이서 열세 명의 지갑을 획득하자 의외로 쏠쏠하다. 쓸 만한 무기면 팔아볼까 싶어 무기도 집어 들었다. 건달의 옷가지를 벗겨서 보자기를 만든 병사들은 사이좋게 건달들의 무기를 수거했다.

"괜찮네."

"더 왔으면 좋겠네."

둘이서 그렇게 시시덕거리고 있는 차에 앞에서 누군가가 달려오는 소리가 들렸다. 좁고 어두운 골목길이라 움직이는 소리가 크게 들린다. 병사들이 부수입을 기대하며 눈을 빛내는 순간, 어둠 속에서 새까만 갑옷을 걸친 거구의 기사 두 명이 나타났다.

"헉!"

"주군께선 어디 계신가?"

"아, 안쪽 도박장에서 미카 조장을 교육시키고 계십니다."

"흠, 늦었다. 안내하라. 지금 막 칙령이 내려왔다."

기사의 말에 놀란 병사들은 급히 길을 열었다.

레솔트 후작의 부관을 맡고 있는 뇌전기사단의 부단장인 메베르크 자작은 잔뜩 굳은 얼굴을 하고 있었다. 그는 후작이 황후의 애인이 되는 것을 그다지 좋은 일이 아니라 여기고 있었다. 무엇보다 황제가 너무나 건재하다. 황족들이 보통 인간들과는 다르다는 것은 안다. 하지만 황제도 남자인데 자신의 아내가 다른 남자랑 지내는 것을 내버려 둘 리가 없다. 황제는 아직 18세였고, 난폭하고 잔혹하기가 역대 황제 중 최고가 될 가능성이 매우 컸다.

황제의 변덕으로 남부 지역을 정벌하러 나간 일도 그러했다. 다행히 남부 소국 몇 곳을 통합한 것으로 끝내고 악명 높은 사막 지역을 지나지 않을 수 있었지만 이번에도 그럴 수 있다는 보장은 없었다. 게다가 레솔트 후작은 정치와 암계에는 약한 남자였다.

'야만족을 정벌하라니. 그것도 뜬금없이 신탁? 어쩌면 황제의 암계일지도 몰라.'

그는 황제를 과대평가하고 있었다.

오물이 널린 골목길을 좌우에 끼고 드디어 도박장이 나타났다. 원래는 평범한 3층 건물을 개조한 그 가련한 건물은 지금 현재 폐가 직전이었다.

바닥에 걸레처럼 처박혀 있는 덩치 큰 건달들을 무심히 밟으며 메베르크 자작은 안으로 들어섰다. 안에서는 비명이 연달아 터지고 있었다.

"크아아아악! 자, 잘못, 자, 잘못했습니다아!"

눈물콧물을 흘려대며 애원하는 거구의 남자를 동정할 이는 이 자리에 아무도 없었다.

"다시는 도박하지 않겠습니다!"

"그래야지. 다음번에는 손목을 잘라 버릴 테니까."

무심한 어조가 후작의 두터운 입술 사이에서 흘러나오자, 얼룩강아지처럼 온통 상처투성이인 남자는 달달 떨었다. 그래도 오줌을 지리지 않은 것만으로도 충분히 용감하다 할 수 있기에 자작은 허공에 매달린 더러운 작대기, 아니, 밧줄에 매인 채 천장에 거꾸로 매달려 있는 10조 조장 미카를 보며 눈썹을 치켜 올렸다.

"대담한 놈이로군."

그는 가볍게 한마디 한 뒤에 요즘 들어 채찍질에 재미를 붙이고 있는 주군을 돌아보았다.

후작은 두 개의 채찍을 쥐고 있었다. 하나는 평범한 말채찍, 하나는 보기만 해도 부담스러운 크기와 길이를 가진 새까만 채찍이었다. 방금 전까지 매달린 가련한 보병대 조장을 두들기고 있던 것은 말채찍이다. 만약 검은 채찍으로 때렸다면 10조 조장은 이미 세상을 떴을 터였다.

"무슨 일인가?"

무표정한 얼굴에 남들의 두 배쯤 되는 거대한 곰손.

레솔트 후작은 누가 봐도 묵직한 무인의 표본처럼 생긴 남자였다. 그의 뒤에 서 있던 기사 두 명이 목례를 해오자, 자작은 주저하지 않고 후작에게 가서 소식을 알렸다.

"칙령이 떨어졌습니다. 어서 궁으로 돌아가셔야 합니다."

"칙령?"

"네. 어서 환궁하셔야 합니다."

"황후께 무슨 일이 있는 것은 아니겠지?"

"아닙니다. 재상부에서 급히 연락이 들어왔습니다."

후작의 눈썹이 꿈틀거렸다. 그는 피에 젖은 말채찍을 집어 던져 버리고는 자신의 손목 어림에 매어져 있는 검은 채찍을 손가락 끝으로 쓰다듬었다.

새까만 윤기가 잘잘 흐르고 있는 채찍. 길지는 않지만 보통 채찍보다는 두껍고, 무려 끝에는 가느다란 갈고리가 달려 있는 섬뜩한 무기다. 저런 것에 저런 힘으로 얻어맞으면 가벼운 놈은 살가죽이 벗겨져 내장까지 드러날지도 모른다. 무시무시한 모습에도 불구하고 채찍은 섬세한 세공품에 가까웠다. 손잡이는 비단 끈과 가죽을 교묘하게 섞어 금색, 적색, 검은색으로 잘 짜여 있고 무려 황금의 수실이 손잡이 끝에서 찰랑거린다. 그 수실 하나하나에는 놀랍게도 투명한 황색 토파즈가 매달려 있었다.

말하지 않아도 누가 준 것인지는 뻔한 일이다. 페자페지의 공방 장인들 중에서 저런 채찍을 만들 수 있는 이는 몇 안 된다. 그중 몇은 이미 황후에게 죽을 만큼 얻어맞고 충실한 노예가 되어 있다는 소문이다. 황제와 더불어 황후는 페자페지의 장인들을 거의 무임금으로 부려먹는 악당이었다.

황후가 장난으로 하는 게 아닌 것 같다는 생각이 들자 자작의 마음은 점점 어두워졌다.

황족들이 제정신이 아니긴 하지만 황제의 힘은 너무도 강력하다. 황후가 아무리 강해도 황제가 아닌 이상 후작의 생명은 위험했다. 18세의 황제가 18세의 황후와 사이가 나쁜 것은 널리 알려져 있다. 이복남매인 동시에 천적에 가까운 사이다. 각각 놀아나도 서로에게 관심이 없는 것도 사실이다. 하지만 남자의 자존심이라는 건 자신은 놀아도 마누라는 놀아서는 안 된다는 불합리한 것. 자작은 남자니까 잘 알고 있었다. 물론 황제는 좀 미치긴 했지만 그래도 남자니까. 후작과 황후의 사이는 벌써 2년이 넘었다. 황후가 쌍둥이 황자들을 낳고 나서부터 그녀의 옆에 있던 것은 황제가 아니라 후작이었다.

'어쩌면 오지에서 황제는 주군을 해치우려는 것일지도 몰라.'

그렇다면 어떻게 해야 할까? 심오한 고민을 하고 있는 부관을 놔두고 후작은 주저없이 몸을 돌렸다. 칙령이 내려왔다면 가야 하는 것이 당연지사.

"아, 미카 조장은 어찌할까요?"

뒤에서 기사 한 명이 묻자 후작은 걷다 말고 대답했다.

"사흘만 굶겨."

뒤에서 짐승의 울부짖는 소리가 들려오긴 했지만 당연히 후작과 기사들은 무시했다.

"나의 사랑스런 눈토끼."

황후의 애완돼지와 돼지의 부관이 고심하고 있을 무렵, 황제는 두 팔 벌려 아직도 자라지 않고 있는 이 괘씸한 토끼를 어찌해야 하는가 고민 중이었다. 토끼를 먹긴 해야겠는데 아직도 너무 작다. 너무 작다 보니 한입 물면 죽어버릴까 두려워 차마 물지도 못하고 있는 처량한 신세.

황제는 이글거리는 시선으로 서글프게 한숨지었다. 옆에서 보고 있던 가디언들이나 시녀들이 달달 떨었지만 정작 토끼 본인은 의식하지 못하고 있었다.

"어딜 가시는지 모르지만 저도 가면 안 될까요?"

안데르는 불안한 심정에 황제의 손가락을 잡고 애원했다. 워낙 덩치가 작다 보니 그녀의 손은 황제의 손가락 두 개를 잡는 것만으로도 꽉 찼다.

"안 돼. 자아, 이리 와 나에게 행운의 키스를 하렴, 나의 사랑하는 눈토끼."

"절 두고 가시면 안 돼요. 저도 갈게요!"

"안 돼. 그대는 더 크고 더 튼튼해져야 해."

황제는 커져야 한다는 데 힘을 팍팍 주었다. 그의 시선이 은밀히 침대 기둥을 살폈다. 그가 그어놓은 금에 다다르려면 어림도 없다. 요즘 들어 알아낸 것이지만 너무 어릴 때 관계를 가지면 불임이 되기 쉽다고 한다. 안데르가 그 옛날 애를 못 가진 것은 아마도 너무 어릴 때 황제가 품었기 때문일 가능성이 높았다. 희미하긴 하지만 황제는 그녀가 자신과 잠자리를 같이 하고 나서는 항상 며칠 동안 앓아누웠던 것을 기억하고 있다.

"어떻게 모셨기에 주인이 이렇게 항상 가녀리단 말이냐!"

애꿎은 루키아에게 호통을 치는 황제를 보고 안데르는 시무룩해졌다. 역시 여성적인 매력이 부족해서 이 남자는 자신과 합방을 안 하는 게 틀림없다는 판단을 내린 그녀는 서글펐다.

"무녀들에게는 몸을 단련시키는 교육이 있을 것이다. 대무여관에게 말해서 반드시 교육을 시켜라."

눈에서 불을 켜고 으르렁거리는 황제의 시선을 피하여 무릎을 꿇은 루키아는 진땀을 줄줄 흘렸다. 도무지 황제가 할 법한 소리는 아니었지만 어쨌거나 황제가 이 하얀 소녀를 아끼는 것만은 분명한 듯싶었다.

가련하게도 욕구불만에 시달린 황제는 안데르의 작은 손을 이리저리 주물러 시퍼렇게 멍을 만들고도 모자라 쪽쪽 뽀뽀하는 것만으로도 그녀의 뺨과 턱, 목과 가슴 언저리에 얼룩무늬를 만들어냈다.

"얼른 커라, 나의 눈토끼!"

자신의 인내력에 스스로 감탄하면서 황제는 그녀를 끌어안은 채 몸부림쳤다.

"가시면 슬퍼요. 가실 때 가시더라도 데려가 주세요. 제가 시종 대신 시중을 들게요. 네?"

애원하다시피 하면서 안데르가 매달리자, 황제의 마음이 흔들렸다. 확 데리고 갈까? 전에도 데리고 다녔었는데.

"안 된단다."

그를 바라보는 붉은 눈동자에 눈물이 조롱조롱 맺히고 당장이라도 당신이 없으면 죽을 거라고 외치는 듯한 표정. 안데르는 처절하게 그에게 매달렸다.

"싫어욧! 그럼 절 안아주고 가세요!"

"안 된다니까."

"저도 싫어요! 같이 있고 싶어요! 그도 아니면 제대로 당신의 여자로 만들어주세요!"

앙앙 울기 시작하는 그녀를 안고 황제는 어쩔 줄 몰라

했다.

 그의 기억에 안데르가 앙탈을 부린 적은 없다. 하지만 이렇게 울면서 애원하는 걸 보니 마음이 마구 흔들렸다.

 '내가 그렇게 좋은가?'

 마음이 뭉클하다. 남들은 다 무서워하는 자신에게 이렇게 온몸을 던져서 좋다고 말하는 여자는 일찍이 없었다. 안데르는 주먹만 한 눈물을 뚝뚝 흘리면서 그의 팔에 매달렸다. 키가 작아서 목에 매달리지도 못하고 팔뚝에 매달리다가 힘이 부쳤는지 이젠 손가락에 매달렸다.

 "폐하께선 힘이 좋잖아요. 절 데려가시는 게 어렵진 않잖아요? 저는 그냥 같이 있고 싶어요! 폐하가 없으면 여기 있기 싫어요!"

 "예쁜 보석을 주마. 원하는 게 있다면 뭐든 주지. 그러니 얌전히 있거라."

 성질에 어울리지 않게 달래도 보았다.

 "싫어요! 보석도 옷도 다 싫어요! 같이 있고 싶어요! 나도 고생할 줄 안다고요!"

 나름 고생하며 살아온 그녀다.

 "어허, 험한 꼴 보여주기 싫다니까."

 "이미 실컷 봤거든요!"

 부왕과 형제들이 도륙당하는 장면도, 자매들이 노예로 팔려 나가는 장면도 봤다. 시체들을 개먹이로 먹이는 것도 본 그녀다.

"말 안 들을 거냐!"

성질이 나온 황제가 왁 소리를 지르자, 안데르는 새파랗게 질리더니 털썩 주저앉았다. 그녀는 헐떡이면서 눈물을 뚝뚝 흘렸다.

"제가, 제가, 이, 이젠 싫어지신 거예요?"

흑흑대며 말하는 그 모습이 짠해서 황제는 불끈 솟아오르는 성질을 억지로 짓누르고 결국 기운을 삼켰다.

"그럴 리가 있나. 난 그냥 안 다쳤으면 해서 그런 거야."

안데르의 얼굴이 시무룩해졌다. 그녀는 고개를 숙인 채 입을 다물었다. 우울함과 슬픔이 줄줄 배어 나오는 표정에 황제도 가슴이 아팠다. 아씨, 이걸 그냥 데려갈까. 착한 척하니까 애가 더 속상해하잖아. 그냥 하던 대로 할까?

황제가 갈등을 일으키는 동안 안데르는 얌전히 고개를 숙였다.

"네, 알겠습니다. 기다리고 있을게요."

하얀 두 손 모으고 고개 숙인 그 모습이 가련했다. 황제는 침을 뚝뚝 흘릴 것 같은 표정으로 그녀를 뚫어져라 바라보다가 입맛을 다셨다. 참으려니 진짜 미칠 지경이다.

'착한 남자 되기 참 힘들다.'

"그럼, 안녕히 다녀오세요."

안데르가 조곤조곤 말했다. 소녀는 입술을 깨물고는 발갛게 달아오른 얼굴로 울먹이면서 인사했다.

"그, 그렇지만 다치지 말고, 다치시지 말고 조심해서 다

녀오셔야 해요."

힝힝 우는 얼굴이 된 그녀를 보고 황제는 가슴을 부여잡았다. 예, 예쁜 것!

재상부와 레솔트 후작들이 황제의 친정을 발표하고 바삐 준비를 하고 있는 동안 황제는 그러고 놀고 있었다.

⚜

모든 일에는 인과가 있고 그에 따른 영향이란 게 있기 마련이다.

전쟁의 신 카자르 엔더가 자신의 총애(?)를 받는 제국의 황제를 위해 시간을 되돌렸으니 황제는 좋았을 것이다. 그러나 그에 따라 그 시간대의 모든 것은 비명을 지를 수밖에 없었다.

전쟁의 신 카자르 엔더는 상위 신이었으니 그 아래 하위 신 모두는 그 영향력에 치를 떨었다. 뿐이랴. 수많은 인간들의 악행과 선행, 그리고 모든 사건과 사고들이 한데 뒤엉켰다. 인간들이야 아무것도 몰랐지만 시공을 넘나드는 신들은 달랐다. 하위 신은 상위를 바라보며 달리기 마련. 많은 작업을 해두었던 하위 신들은 일제히 비명을 질러댔다.

─이 말도 안 되는 만행!

─이건 횡포요!

─인간 하나를 위해 시간을 되돌리다니!

상위 신 중 하나인 운명의 여신이 눈을 흘겼다. 그녀는 길쭉한 장대를 들고 와 카자르 엔더의 옷자락을 찌르며 물었다.

―이 말도 안 되는 상황에 뭐라 할 참이오? 그대는 과거를 되돌렸소. 운명을 뒤바꾸었소.

카자르 엔더는 눈을 가린 사나운 표정의 여신을 향해 반문했다.

―내 신력이 감당할 수 있을 만큼의 일을 했을 뿐. 전에 약속해 주었지 않소, 운명의 여신 베기르 라라?

여신 베기르 라라는 운명의 장대를 허공에 대고 휘휘 저었다. 미간을 찌푸린 그녀는 한숨을 내쉬었다.

―빈약한 운명 하나를 쥐어 그 자리에 넣었구려. 허나 그대가 되돌린 인간은 인간이라기엔 너무도 강한 운명을 가진 자요. 그자로 인하여 뒤틀릴 운명들은 어찌하려오?

그 말을 듣자마자 다른 신들이 한결같이 항의했다.

―그러하오!

―그러하오! 그대가 뒤튼 운명은 너무도 영향력이 큰 자!

벌 떼같이 달려들어 항의하는 신들을 향해 카자르 엔더는 어깨를 으슥했다.

―내가 누누이 말하지만 나는 대가를 치렀지. 베기르 라라여, 동의하시오?

전쟁신의 차가운 눈빛을 받으며 눈먼 여신이 고개를 끄덕였다.

―동의하오, 전쟁이여.

―그렇기에 저들이 떠드는 것들을 내가 들어줄 이유는 없다.

카자르 엔더는 킬킬 웃으며 항의하는 신들을 쏘아보았다. 신력의 반을 희생했지만 그의 투기는 흔들리지 않았다. 그는 현존하는 전쟁의 신이고 대륙에서 가장 크게 숭앙받는 신이었다. 하위 신들과 비슷할 정도로 신력이 감소했어도 그의 영향력은 줄어들지 않았다.

―오만하구려, 카자르 엔더여.

베기르 라라가 냉소했다. 운명의 여신은 평소에는 조용했지만 뒤틀린 시간과 인과에 대해서는 엄격하였다. 그녀가 다스리는 운명의 굴레는 신들조차 벗어날 수 없는 것. 장대를 휘두르는 눈먼 여신을 신들도 두려워했다.

그러나 교활함을 간직한 전쟁의 신 카자르 엔더는 그녀를 외면하고 다른 신들을 향해 미소 지었다.

―누누이 말하지만 말로만 떠들지 말고 꼬우면 덤벼.

To be continued…